Malcolm Pryce

Aberystwyth Mon Amour

Roman

FUNNY CRIMES

SHAYOL

FUNNY CRIMES bei SHAYOL

3901 – Malcom Pryce, *Aberystwyth Mon Amour*
3902 – Joe R. Lansdale, *Wilder Winter*
3903 – Olivier Mau, *Myrtille am Strand* (Herbst 2006)
3904 – James Crumley, *Land der Lügen* (Herbst 2006)

Malcom Pryce

Aberystwyth Mon Amour

Roman

Deutsch von Richard Betzenbichler und Katrin Mrugalla

FUNNY CRIMES
Herausgegeben von Richard Betzenbichler

SHAYOL

FUNNY CRIMES bei SHAYOL
»Aberystwyth Mon Amour«
Originalausgabe 2001 bei Bloomsbury, London

Verantwortlich für das Programm der Reihe FUNNY CRIMES
ist Richard Betzenbichler: funny-crimes@web.de.

Malcolm Pryce, *Aberystwyth Mon Amour*
Erste Auflage: Juni 2006

Redaktion: Hannes Riffel
Korrektur: Ilona Pritzens
Titelbild: Fotodesign Sigrun Lenk, Freising
Umschlaggestaltung: Sigrun Lenk & Ronald Hoppe
Satz und Produktion: Ronald Hoppe
Druck: FINIDR s.r.o.

SHAYOL Verlag
Bergmannstraße 25
10961 Berlin
E-Mail: shayol@epilog.de
Internet: www.shayol-verlag.de

ISBN: 3-926126-59-0

Für Mum und Dad, Andy und Pepys

Über eines sind wir uns wohl alle einig: Aberystwyth war in den 80er Jahren kein zweites Babylon. Sogar als die Flut kam, hatte das nichts Biblisches an sich, auch wenn einige Narren heute was anderes erzählen. Vor der Sintflut lag mein Büro an der Canticle Street über dem Geschäft für orthopädische Stiefel. Und Sie wissen, was das heißt: man bog zweimal nach links ab und stand auf der Old Prom, der großen Seepromenade. Hier spielte sich die ganze Geschichte ab: in den Bars, den Spelunken, den illegalen Spielclubs, der rund um die Uhr geöffneten Wellhornschneckenbude und an Sospans Eisstand. Hier fand man die Geschäfte für Teewärmer, wo es keine Teewärmer gab, und die Stände mit kandierten Äpfeln, wo man nichts Kandiertes bekam. Hier hatten auch die Konvertiten von der Herz-Jesu-Liga ihren Stand. Ich hab auf diesem Teil der Prom vieles gesehen, aber an hängende Gärten kann ich mich nicht erinnern. Bloß an die Beton-Kübel mit Hortensien, die der Stadtrat hatte aufstellen lassen, damit die Besoffenen was hatten, wo sie reinkotzen konnten. Eine Menge Zeit verbrachte ich auch im Moulin Club an der Patriarch Street, der von den Druiden geleitet wurde, und mir ist vollkommen klar, worauf die Mädchen dort aus waren. Sicher, Sie können es Rumhuren nennen, wenn Sie sich dann besser fühlen, aber ich war in der Nacht dort, als Bianca starb, und ich bin mit dem Ausdruck Prostitution ebenso glücklich. Und zum Thema Götzendienst: Na ja, wenn Sie mich fragen – das einzige, was die Menschen in den Tagen vor der Flut wirklich anbeteten, war Geld. Das, und die Sängerin im Moulin, Myfanwy Montez. Und das weiß ich ganz genau, denn Geld hatte ich damals nie, aber einmal war Myfanwy Montez in meinem Büro …

Kapitel 1

»In dieser Stadt kann ich mir keine Freunde leisten. Mir geht zuviel Arbeitszeit durch Beerdigungen verloren.«

Sospan, der Eisverkäufer

Ich kann mich noch gut erinnern, daß ich an jenem Morgen die gesamte Prom ablief und nicht einem Druiden begegnete. Wenn ich so kurz vor neun meinen Morgenspaziergang machte, sah ich normalerweise ein paar von ihnen an Sospans Eisstand rumhängen, wo sie sich mit ihren schicken Swansea-Anzügen und modischen Teardrop-Aviator-Sonnenbrillen brüsteten. Oder sie warteten darauf, daß Dai the Custard Pie endlich seinen Scherzartikel-Laden aufmachte, um noch ein paar von diesen Seifen zu kaufen, die einem, wenn man sich damit wäscht, das Gesicht schwarz färben. Aber an diesem Junitag war nicht ein Barde in Sicht. Wenn man heute zurückschaut, kann man sich kaum noch vorstellen, wie seltsam mir das vorkam. Damals wurde die ganze Stadt von den Druiden kontrolliert. Sicher, die Bronzinis kontrollierten die Eisdielen, die Kleiderfabrikation und die Friseursalons. Und die Llewellyns kontrollierten den Minigolfplatz, die kandierten Äpfel und das Bingo. Aber wir wissen ja alle, wer die Bronzinis und die Llewellyns kontrollierte. Und natürlich schikanierte die Polizei ab und an ein paar Dichter, aber das war bloß Teil der Show. Wie diese kleinen Fische, die die Haie zwischen ihren Kiefern rumschwimmen lassen, damit sie ihnen die Zähne putzen.

Als ich in die Canticle Street kam, war Mrs. Llantrisant schon da und wischte die Treppen. Das machte sie jeden Morgen, so wie sie auch immer mein Büro aufräumte und noch ein paar andere Dinge tat, die ich ihr samt und sonders verboten hatte. Was sie allerdings nicht weiter beachtete. Ihre Mutter hatte die Treppen gewischt, ebenso ihre Großmutter und Urgroßmutter. Wahrscheinlich hatte in der Eisenzeit schon eine Mrs. Llantrisant, eingehüllt in Felle, die Menhire der Hügelfestung im Süden der Stadt abgeseift. Man mußte einfach akzeptieren, daß sie Teil des Mietvertrags war, genauso wie der Stromanschluß.

»*Bore da*, Mr. Knight!«

»*Bore da*, Mrs. Llantrisant. Schöner Tag heute.«

»Wunderschön.«

Für gewöhnlich verbrachten wir nun ein paar Minuten damit festzulegen, wie schön der Tag genau war. Wir machten das mittels Querverweisen auf die entsprechenden Tage in früheren Jahren, deren Wetteraufzeichnungen Mrs. Llantrisant im Gedächtnis behielt wie andere Leute alle Torschützen im Liga-Pokal seit 1909. Aber an dem Tag war sie durch ein drängendes Mitteilungsbedürfnis abgelenkt, das sie rumzappeln ließ wie ein Kleinkind, das darauf brennt, ein Geheimnis loszuwerden. Sie legte einen weißen, knochigen Finger auf meinen Unterarm.

»Da kommen Sie nie drauf!« sagte sie aufgeregt.

»Auf was?«

»Sie haben Kundschaft!«

Obwohl das durchaus selten vorkam, war dies nicht gerade eine Neuigkeit, die eine derartige Aufregung gerechtfertigt hätte.

»Sie raten in einer Million Jahren nicht, wer es ist!«

»Na, dann geh ich besser mal nachschauen.«

Ich trat über die blitzblanke Schieferschwelle, aber Mrs. Llantrisants Finger bohrte sich wie eine Kralle in meinen Arm. Sie blickte verstohlen die Straße rauf und runter und senkte die Stimme, als bestünde die Gefahr, jemand würde mir den Kunden wegschnappen, wenn auch nur ein Wort davon nach außen dränge.

»Es ist Myfanwy Montez«, zischte sie, »die berühmte Sängerin!«

Freudenfeuer der Erregung glühten in ihren Augen. Man wäre nie darauf gekommen, daß Mrs. Llantrisant drei Nächte pro Woche vor dem Nachtclub verbrachte, wo sie Flugblätter verteilte und die Sängerin als Dirne verunglimpfte.

Mein Büro war unterteilt in einen Wartebereich und das eigentliche Büro. Aber Mrs. Llantrisant ließ Besucher immer gleich ins

Büro, obwohl ich es ihr untersagt hatte. Miss Montez saß mit dem Rücken zur Tür im Besuchersessel. Als ich eintrat, fuhr sie hoch.

»Ich hoffe, Sie haben nichts dagegen – Ihre Putzfrau hat gesagt, ich könne reingehen.«

»Ich weiß, das sagt sie immer.«

Sie blickte zum Kleiderständer am anderen Ende des Raums, auf dem ein breitkrempiger Strohhut hing.

»Ich habe Ihren Hutständer benutzt.«

»Haben Sie sich eine Nummer geben lassen?«

»Nein.«

»Verlangen Sie immer eine Nummer, Miss Montez – sonst gibt es ein Riesendurcheinander, wenn noch ein Klient kommt.«

Sie schaute mich einen Moment verdutzt an, dann kicherte sie.

»Mrs. Llantrisant hat mich schon vorgewarnt, daß Sie mich auf den Arm nehmen würden.«

Ich setzte mich auf den Stuhl ihr gegenüber. »Was hat sie denn sonst noch gesagt, wo sie doch eigentlich die Treppe wischen sollte?«

»Sind Sie sauer auf sie?«

»Auf wen?«

»Mrs. Llantrisant?«

Ich schüttelte den Kopf. »Hat keinen Zweck. Es würde nichts bringen.«

»Woher kennen Sie meinen Namen?«

»Sie wissen so gut wie ich, daß er an jeder freien Wand von hier bis zum Bahnhof klebt.«

Sie lächelte über das Kompliment, wenn es denn eines war, und lehnte sich nach vorne, die Hände unter den Schenkeln, Handflächen nach unten. Ihr üppiges Haar fiel ihr ins Gesicht. Es hatte die Farbe und den Glanz einer frisch aus der Schale geschlüpften Roßkastanie. Ja, ich hätte sie überall wieder erkannt. Ihre Gesichtszüge waren viel weicher als auf den strengen Schwarz-Weiß-Plakaten, mit denen die ganze Stadt zugekleistert war, aber es gab ein Merkmal, an dem man sie sofort als Aberystwyth' gefeierte Nachtklub-Sängerin erkennen konnte: der Schönheitsfleck, der genau am Übergang von Lippe zu Wange saß. Sie schaute zum Fenster und blinzelte, also ging ich rüber und schloß die

Jalousien. Der Blick reichte über die Schieferdächer der Innenstadt zur Eisenzeit-Hügel-Festung auf dem Pen Dinas und sogar bis zu den vier Kaminen der Bonbonfabrik, die gerade rosafarbenen Rauch ausrülpsten.

Normalerweise kommen meine Kunden recht schnell zur Sache, aber Myfanwy schien nicht in Eile. Sie saß in ihrem Sessel wie ein Kind und schaute sich verwundert im Zimmer um. Viel gab es nicht zu sehen: ein abgenutztes Chesterfield-Sofa, ein Mono-Plattenspieler und eine Seemannskiste aus dem 19. Jahrhundert. Die Verbindungstür zum äußeren Bereich hatte in der oberen Hälfte eine Milchglasscheibe, auf der in Schablonenschrift stand: »Knight Errand Ermittlungen« und darunter, in kleinerer Schrift, der Name Louie Knight. Als ich meine Detektei vor ein paar Jahren gründete, hielt ich das für eine prima Idee, aber inzwischen zuckte ich jedes Mal zusammen, wenn ich es sah. Auf dem Schreibtisch standen ein Vorkriegsventilator mit Bakelit-Knöpfen, eine Tischlampe aus den 50ern, ein modernes Telefon und ein Anrufbeantworter. Die Leute hielten diesen Stil für gewollt ironisch, dabei hatte ich das ganze Büro von der Bücherei gemietet, und die Einrichtung war Teil des Vertrags. Genauso wie Mrs. Llantrisant. Die Toilettentür ließ sich nur von außen verschließen, ein Überbleibsel aus der Zeit, als der Raum zur Aufbewahrung heikler Dinge benutzt worden war, etwa der Anatomiebücher oder des Farbatlasses der Augenchirurgie. Auf dem Schreibtisch standen zwei Fotos in billigen Rahmen. Ein Schwarz-Weiß-Schnappschuß, der meine Mutter und meinen Vater auf einer windgepeitschten Promenade in Llandudno in den 50er Jahren zeigte. Mein Vater, der sehr jugendlich wirkt, das Haar mit Pomade nach hinten gekämmt, stemmt sich gegen den Wind und schirmt so seine frisch Angetraute ab; und meine Mutter, die ewige Braut, mit einem Lächeln, das nicht ahnen läßt, daß sie ein Jahr später tot sein würde. Das zweite war ein unscharfes Farbfoto meines Schulfreundes Marty, der während eines Schneesturms auf einen Geländelauf gejagt wurde und nie zurückkehrte. Das einzige andere Bild im Zimmer hing neben der Tür: Urgroßonkel Noel Bartholomew – der viktorianische Exzentriker und Romantiker, dessen Neigung zu bescheuerten Kreuzzügen auf mich übergegangen war. An den beiden gegenüberliegenden, Onkel Noel flankierenden Wänden links und rechts von der Tür hingen zwei Landkarten: eine von Aberystwyth und Umgebung, eine von Borneo.

»Ich war noch nie im Büro eines Privatdetektivs.«

»Erwarten Sie sich nicht zuviel.«

»Was ist in der Truhe?«

»Ein paar Seekarten vom südchinesischen Meer, der Kopfschmuck eines burmesischen Eingeborenen und ein Schrumpfkopf.«

»Wirklich?«

»Wirklich.«

»Ist das Caldy Island?« fragte sie und deutete auf die Karte von Borneo.

»Nein, das ist Borneo.«

Sie hielt inne, biß sich auf die Lippe und sagte: »Ich nehme an, Sie fragen sich, warum ich hier bin.«

»Ist mir schon durch den Kopf gegangen.«

»Ich hab gehört, Sie seien der beste Privatdetektiv der Stadt.«

»Und was haben Sie über die anderen gehört?«

»Was soll ich denn gehört haben?«

»Es gibt keine anderen.«

Sie lächelte. »Dann sind Sie wohl der beste. Egal, ich hätte einen Auftrag für Sie.«

»Was Bestimmtes, oder soll ich bloß mit Ihnen spazieren gehen?«

»Sie sollen einen Vermißten finden.«

Nachdenklich nickte ich. »Jemand, den ich kenne?«

»Evans the Boot.«

Ich sagte nichts, hob nur die Augenbrauen. Sehr hoch. Ich hätte genauso gut einen Pfiff ausstoßen können, beschloß aber, es bei den Brauen zu belassen.

»Evans the Boot?«

Myfanwy zappelte linkisch auf dem Stuhl herum.

»Ist er ein Freund von Ihnen?«

»Mein Vetter.«

»Und er wird vermißt?«

»Seit ungefähr einer Woche.«

»Sind Sie sicher, daß Sie ihn finden wollen?«

Sie seufzte. »Ja, ich weiß, er ist ein übler Bursche, aber seine Mutter sieht das anders.«

»Das ist das Großartige an Müttern.« Ich lehnte mich zurück und verschränkte die Arme hinter dem Kopf. »Waren Sie schon bei der Polizei?«

»Ja.«

»Und? Was haben sie gesagt?«

»Daß das die beste Nachricht ist, die sie die ganze Woche gehört haben.«

Ich lachte, aber als ich sah, wie sie mich anstarrte, verstummte ich.

»Das ist nicht komisch!«

»Nein, wahrscheinlich nicht. Entschuldigung.«

»Werden Sie mir helfen?«

Was hätte ich sagen sollen? Daß sie bei der Polizei, die die nötigen Mittel und Beziehungen hatte, besser aufgehoben war? Daß man bei Vermißtenfällen oft viel Geduld brauchte, weil die Leute häufig gar nicht gefunden werden wollten? Daß Evans the Boot fast hundertprozentig tot war? Statt dessen sagte ich: »Ich mag Evans the Boot nicht.«

»Ich bitte Sie ja nicht, ihn zu mögen, nur, ihn zu finden.«

»Und ich mag die Leute nicht, mit denen er sich herumtreibt. Wenn ich meine Nase in deren Angelegenheiten stecke, könnte ich auch bald auf der Vermißtenliste stehen.«

»Ich sehe schon, Sie haben Angst.«

»Nein, ich hab keine Angst.«

»Für mich hört es sich schon so an.«

»Ich hab aber keine.«

Sie zuckte mit den Schultern. Eine Zeit lang starrten wir einander an.

»Ich gebe zu, daß eine Suche nach Evans the Boot keine gesunde Art und Weise ist, sich den Lebensunterhalt zu verdienen«, sagte ich und senkte den Blick, weil ich ihren nicht mehr ertragen konnte.

»Alles klar.« Ihr Tonfall legte nahe, daß ich ein Versager sei.

»Ich meine, es tut mir leid und alles.«

»Geben Sie sich keine Mühe, ich kenne den wahren Grund.« Sie stand auf und ging zur Tür.

»Was soll das denn heißen?«

Sie nahm ihren Hut. »Sie wollen kein Mädchen wie mich als Klientin.«

Ich wollte was sagen, aber sie redete schon weiter.

»Ist schon in Ordnung, Sie schulden mir keine Erklärung«, sagte sie leichthin, »so was bin ich gewohnt.«

Ich flitzte quer durch das Zimmer zur Tür. »Wovon reden Sie denn überhaupt?«

Sie warf mir einen höhnischen Blick zu. »Moulin Girls!«

»Moulin Girls?«

»Das ist es doch, oder etwa nicht? Sie verachten uns!«

»Nein, tu ich nicht.«

»Sie möchten nicht gern mit mir gesehen werden, wenn Sie mit dem Großen Zauberer Golf spielen.«

»He! Moment mal!« rief ich. »Glauben Sie etwa, daß ich mit den Druiden Golf spiele?«

Sie blieb bei der Borneo-Karte stehen und sagte, als hätte sie zuvor über das Wetter geredet: »Was bedeuten denn die kleinen roten Punkte?«

»Wie bitte?« sagte ich, immer noch ganz benommen.

»Diese kleinen roten Punkte da auf der Landkarte?«

»Das ist die Route, die mein Urgroßonkel bei seiner Expedition genommen hat.«

»Was hat er denn da gewollt?«

»Er hat eine Engländerin gesucht, die sich angeblich im Dschungel verirrt hatte.«

»War er in sie verliebt?«

»Nein, er hat sie nie kennengelernt. Er hatte nur davon gelesen und war total fasziniert.«

Sie fuhr mit dem Finger die Strecke nach – den Rajang flußaufwärts, über die Bungan-Stromschnellen. Sie schaffte in zwei Sekunden, wofür Noel sechs Monate gebraucht hatte.

»Wo ist denn das?« sagte sie zu der Karte.

»In der Nähe von Australien.«

»Und er ist den ganzen Weg bis nach Australien gefahren, um einer Frau zu helfen?«

»Ja, das könnte man wahrscheinlich so sagen.«

Sie sah mich an und sagte verschmitzt: »Sind Sie ganz sicher, daß er Ihr Onkel war?«

Bevor ich antworten konnte, verschwand sie durch die Tür und die Treppe hinunter. Ich rannte raus und lehnte mich über den Balkon, um ihr einen Kommentar hinterherzuschleudern, aber mir fiel nichts ein. Die Haustür knallte zu.

Ich ging ins Zimmer zurück, legte die Füße auf den Schreibtisch und ließ den Morgen vor meinem geistigen Auge Revue passieren. Wie üblich waren Klienten dünn gesät, und ich hatte gerade eine verscheucht, deren Scheck die Bank wahrscheinlich eingelöst hätte. Das gerahmte Sepia-Portrait von Noel Bartholomew starrte herab und tadelte mich mit einem Blick, den viele als geheimnisvoll bezeichnet hatten, der mir aber immer als herablassend erschienen war. Gestärkter weißer Tropenanzug, Tropenhelm, ein toter Tiger zu seinen Füßen und hinter ihm der Dschungel. Schon 1870 war die Kamera eine eifrige Lügnerin: Der Tiger war ausgestopft, der Dschungelfarn stammte aus dem Wald von Danycoed, und die ganze Szene war vor seiner Abreise in einem Fotostudio gestellt worden. Ich lächelte matt und dachte an Evans the Boot. Natürlich kannte ich ihn. Ein Gelegenheitsdieb mit dem sicheren Blick für eine kletterfreundliche Regenrinne oder eine leicht zu öffnende Hintertür. Obwohl er noch zur Schule ging, hatte er schon breite Schultern und einen Bart. Er brachte es fertig, die Frauen seiner Lehrer zu verführen und hinterher vor diesen damit zu prahlen. Ein gewalttätiger Rowdy, der einem eine Angst einjagen konnte, die durch alle Eingeweide kribbelte. Dieselbe Angst, die man verspürt, wenn man in einer fremden Stadt eine Unterführung betritt und über sich diese Urwald-Sprechgesänge von Hooligans hört. Ja, ich kannte ihn, wir waren beide Geschöpfe desselben nächtlichen Territoriums. Aber unsere Pfade kreuzten sich nur selten. Seine Abende waren verplant mit verschiedenen kniffligen Routen von Pub zu Pub, was typisch war für nächtliche Streifzüge durch diese Stadt. Ich dagegen saß eher in kalten, von Atem und Kondenswasser klammen Autos und beobachtete Schlafzimmervorhänge. Ein Profi-Schnüffler in einer Welt, in der die meisten Leute meinen Job als Hobby betrieben. Ich schaute noch einmal zu Noel hinüber. Jetzt war es offensichtlich, was ich Myfanwy hätte hinterherrufen sollen: Onkel Noel ist nicht lebend zurückgekommen. Das hat man von falsch verstandener Ritterlichkeit. Aber der Gedanke konnte mich auch nicht trösten. Der morgendliche Friede war gestört, und es gab nur einen Weg, ihn wiederzuerlangen.

Et in Arcadia ego. Die Eiswaffel aus Fiberglas war 1,50 Meter hoch, und das lateinische Motto schlängelte sich als gestochen scharfe Leuchtschrift um den Sockel. Auf dem Dach von Sospans Eiswagen war sie für die in der Hitze röstenden Seeleute bis zu zehn Meilen aufs Meer raus zu sehen. Sie war eine Aberystwyth-Ikone, ebenso wie die Cliff Railway oder Myfanwys Muttermal. Auch ich war in Arkadien. Ich wußte, was das Zitat bedeutete, weil ich es mal in der Bibliothek nachgeschlagen hatte. Aber wenn man Sospan fragte, zuckte er nur mit den Schultern und sagte, er habe es in irgendeinem Buch gefunden und geglaubt, es habe was mit den Vergnügungsarkaden zu tun. An dieser Version hielt er hartnäckig fest. Dabei wußte er besser als jeder andere, welch seltsame Dämonen die gepeinigten Seelen an seine Theke trieben.

»Morgen, Mr. Knight. Wie üblich?«

»Doppelte Portion, viel Sirup.«

Er schüttelte den Kopf. »Und noch nicht mal zehn Uhr. War wohl 'ne schwere Nacht?«

»Nein, mir geht nur was im Kopf rum.«

»Dann sind Sie hier genau richtig.«

Seine Hände flatterten am Eisspender wie Möwenflügel, während er gleichzeitig über die Schulter zu mir herschaute. Hinter seinem gezwungenen Grinsen, das er für ein Lächeln hielt, blieb der Eismann unergründlich. Viele Leute behaupteten, in seinem Gesicht Ähnlichkeiten mit Joseph Mengele, dem berüchtigten Todesengel der Nazis, zu erkennen, ich selbst sträubte mich gegen diese Sichtweise. Dennoch umgab ihn ein Hauch moralischer Neutralität, die einen gelegentlich regelrecht zermürben konnte. Er stellte das Eis vor mich auf den Tresen und betrachtete besorgt mein kummervolles Gesicht. Aus irgendeinem Grund hatte mich das Gespräch in meinem Büro aus der Fassung gebracht.

»Jetzt essen Sie erst mal das Eis, dann geht's Ihnen gleich viel besser.«

»Was hat das alles eigentlich für einen Sinn, Sospan?« fragte ich, während ich die Waffel nahm.

»Keine Ahnung.«

»Denken Sie jemals über die Dinge nach?«

»Was für Dinge meinen Sie denn?«

»Ach, ich weiß auch nicht. Welchen Sinn das alles hat. Die Stadt. Die Dinge, die hier so vor sich gehen ...«

Geräuschvoll atmete er ein, leicht erschrocken über die Richtung, die unsere Unterhaltung nahm. Ich versuchte, die richtigen Worte zu finden.

»Moralische Dinge, Sospan. Gut und böse und die Rolle, die wir dabei spielen. Das Gefühl, daß man, wenn man nichts tut, oder nicht genug, daß man dann zu ... äh ... äh ... ich weiß auch nicht ... zum Komplizen wird oder so was ...«

»Ich hab nicht viel Zeit, über solche Sachen nachzudenken«, sagte er, und eine abweisende Schärfe schlich sich in seinen Tonfall. »Ich streue hier bloß meine Liebesperlchen unters Volk. Das Philosophieren überlaß ich den Säufern.«

Ich merkte, daß er nicht mehr mitkam. Oder ich hatte das Gespräch in eine Richtung geführt, die das Protokoll in Frage stellte. Die Leute kamen hierher, um ihren Sorgen zu entfliehen, nicht um sie noch einmal zu durchleben. Sie kamen her, um ihre in Vanille getränkte Fahrkarte zurück in eine Welt zu kaufen, in der Schmerz nicht mehr als ein aufgeschrammtes Knie bedeutete und die fürsorgliche Hand einer Mutter nie weit weg war.

Ich schleckte am Eis, drehte mich um, lehnte mich mit dem Rücken gegen den Tresen und schaute aufs Meer. Die Wasseroberfläche glitzerte wie die Scherben eines zersplitterten Spiegels. Heute würde ein glühendheißer Tag werden.

»Haben Sie in letzter Zeit mal Evans the Boot gesehen?«

»Nein. Und ich leg auch gar keinen Wert darauf.«

»Es heißt, er hat sich abgeseilt.«

»So? Ich schätze mal, die Trauer wird sich schwer in Grenzen halten.«

»Haben Sie irgendwas gehört?«

Er kratzte sich am Kinn, wie jemand, der vorgibt, sich erinnern zu wollen.

»Kann man nicht sagen.«

Ich legte ein 50-Penny-Stück auf den Tresen, und der Eismann steckte es mit einer Lässigkeit ein, die jahrelanger Übung bedurfte.

»Ich persönlich hab überhaupt nichts gehört, aber es heißt, die Kleine drüben im Bingo-Salon wüßte über solche Dinge Bescheid.«

Ich nickte, schnippte den Rest meiner nur halb verspeisten Waffel in den Abfalleimer und machte mich auf den Weg.

Die ramponierte Eisenkonstruktion am Pier von Aberystwyth deutet über die Cardigan Bay wie der Finger eines Skeletts. In glücklicheren Tagen war das hier ein hübsch gestrichener Boulevard mit Kiosken und Schaubuden, zu dem die Ladies and Gentlemen kamen, um die erholsame Seeluft zu genießen. Sonnenschirme wurden gewirbelt, Schnurrbärte gezwirbelt, und Schiffe mit Zielhafen Shanghai, Honolulu, Papeete und Frisco nahmen am Ende des Landungsstegs ihre Passagiere an Bord. Aber in den Jahren seither war alles allmählich den Bach runter gegangen. Die Schiffe hatte man zu Gartenhäuschen umfunktioniert, und der Pier lag jetzt gestutzt und verkümmert da wie die Brücke zu einem Gelobten Land, dem das Geld ausgegangen war.

Ich spazierte unter einem Bogen blinkernder bunter Lichter an einem von Spinnweben bedeckten Wachhund des Tierschutzvereins vorbei. Seine fieberglasigen Augen schauten mich mit erschrockenem Ausdruck an. Ich tätschelte ihn, dann trat ich ein. Es war ein Tollhaus: ein blinkendes Labyrinth von Glücksspielautomaten, vor denen Jungs, die eigentlich in der Schule hätten sein sollen, wie Kühe in der Abendsonne vor sich hin kauten und mit der Konzentration von Schachspielern die Walzen beobachteten. Mürrische Mädchen, mit dicken Kajalstrichen um die Augen wie Dienerinnen aus ägyptischen Grabkammern, lungerten in ihrer Nähe rum. Durch eine Tür aus flatternden Plastikstreifen ging ich rasch nach hinten ins Bingoland. Hier saßen die gleichen Mädchen, allerdings mit fünfzig Jahren mehr auf dem Buckel, in spülwasserfarbenen Mänteln und linsten gebannt auf die elektronischen Bildschirme. Jede suchte in den Tiefen ihres Monitors nach der Zahlenreihe, die die Tür zum gläsernen Kabinett der Preise öffnen würde. Goblin Teasmades Picknickkörbe, Sets von Weingläsern oder, für die Knallharten unter ihnen, die wild entschlossen waren, die Gewinnscheine zu sammeln, ein .45er Colt und ein Roy-Rogers-Hut. Egal welche Reihe, von oben nach unten, links nach rechts oder diagonal.

Am hinteren Ende des Raums saß in der Nähe eines Fensters, von dem aus man die öde Weite des Ozeans sehen konnte, eine Spielerin, die sich vom Rest abhob. In ihrer Schuluniform sah sie aus wie fünfzehn oder sechzehn. Ihre Stupsnase war voller Sommersprossen, sie hatte stacheliges blondes Haar und Schoko-Flekken um den Mund herum. Obwohl sie ihre Abdeckplättchen auf der Konsole hin- und herschob, hatte sie kein Geld eingeworfen. Ohne die Hintergrundbeleuchtung konnte man die Zahlen nicht erkennen. Ihr schien das allerdings nichts auszumachen. Ich ging zu ihr hinüber. Sie schaute mich kurz an und wandte dann ihre Aufmerksamkeit wieder dem Spiel zu.

»Wäre es nicht sinnvoller, du würdest Geld reinwerfen?«

Sie antwortete mechanisch, ohne den Monitor aus den Augen zu lassen. »Zwecklos. An dieser Maschine ist die nächsten fünfzig Spiele nichts zu holen. Die Lady da drüben mit dem blauen Halstuch gewinnt diesmal.«

Ich sah zu der fraglichen Lady rüber. Sie sah nicht wie der typische Glückspilz aus.

»Für einen solchen Tip würde sie wahrscheinlich eine Menge zahlen.«

»Hat sie schon, oder was glauben Sie, warum sie dort sitzt?«

»Und wie hast du das herausgefunden?«

»Ich hab ein System.«

»Oh.«

»Wollen Sie sich beteiligen?«

»Nein, danke. Ich glaube nicht an Systeme.«

Sie zuckte mit den Schultern. »Wie Sie wollen.«

»Wie alt bis du?«

»Alt genug!«

Die Lady mit dem blauen Halstuch schrie: »Bingo!«

Zwanzig Kiefer klappten nach unten, und das Klappern von Pfefferminz-Bonbons, die auf die unteren dritten Zähne aufschlugen, klang wie ein mexikanisches Erschießungskommando beim Anlegen. Der Conferencier ging rüber, um die Zahlen zu kontrollieren, der übrige Saal hielt den Atem an und beobachtete das Ganze mit Augen voller Hass und Rheumatränen. Alle beteten, es möge sich um einen Irrtum handeln, oder die Lady möge sich als einer dieser Perversen entpuppen, die einfach von der Straße reinrannten und zum Spaß Falschmeldungen brüllten. Der Conferencier gab sein Okay, und die Traumblase platzte. Die Lady mit dem blauen Halstuch stieß einen Freudenschrei aus, und zwanzig Handtaschen klappten im Gleichklang auf, um nach neuen Münzen durchstöbert zu werden.

Ich betrachtete die Kleine mit wachsendem Respekt.

»Echt nicht übel. Wie heißt du?«

»Calamity Jane. Und Sie?«

»Louie Knight.«

»Was kann ich für Sie tun, Louie?«

»Evans the Boot.«

Sie spitzte die Lippen und schüttelte den Kopf.

»Tut mir leid, nie von ihm gehört.«

Ich nahm eine 50-Penny-Münze und legte sie auf die Bingo-Konsole.

Sie überlegte. »Ich hab einen Freund, der könnte was gehört haben.«

Ich nickte.

Kelly's Eye, die Nummer Eins. Das nächste Spiel hatte begonnen.

»Ich würde ihn gern sprechen.«

»Tststs«, sagte Calamity Jane kopfschüttelnd angesichts dieser gewaltigen Aufgabe. »Das wird nicht leicht werden, Boss.«

»Versteht sich von selbst.«

»Harte Arbeit.«

Two fat Ladies. 88.

»Vielleicht kann ich was arrangieren. Ich brauche aber einen kleinen Zuschuß für die Busfahrkarte.«

Ich legte eine 20-Penny-Münze auf die 50-Penny-Münze.

»Ich wohne in Machynlleth.«

Ich legte noch eine 20-Penny-Münze drauf.

»Und Spesen.«

»Also, jetzt bleiben wir erst mal bei den Fahrtkosten.«

Calamity Jane schaute geringschätzig auf die Münzen.

»Unter zwei Pfund kommt mein Freund normalerweise gar nicht erst aus den Federn.«

»Muß ja ein Riesenbett sein.«

»Paßt gerade so ins Zimmer.«

Ich legte noch mal 50 Pennys drauf.

»Ich freu mich immer, wenn ich einem Mann aus dem Bett helfen kann.«

»Für mich sieht es eher so aus, als wollten Sie ihn den ganzen Tag drin lassen.«

Ich seufzte und zog eine Karte heraus. »Ich sag dir was. Warum steckst du ihm die nicht an seinen Teddybär? Wenn er irgendwas über Evans the Boot weiß, können wir die Bedingungen immer noch aushandeln.«

Sie nahm die Karte und schaute sie prüfend an.

»Sie sind ja ein Privatschnüffler!« sagte sie, und schaute gleich etwas freundlicher. »Das werde ich auch mal, wenn ich groß bin.«

»Schön für dich.«

Sie steckte sich die Karte in die Brusttasche und rutschte vom Stuhl.

»Ich melde mich.«

Zwei Dinge sprangen mir sofort ins Auge, als ich in mein Büro an der Canticle Street zurückkam: Das Lämpchen am Anrufbeantworter blinkte, und das Büro war durchwühlt worden.

Kapitel 2

Nichts deutete auf die Existenz des berüchtigtsten Nachtklubs von ganz Wales hin. Nur eine einfache schwarze Tür stand einsam inmitten all der Dickens'schen Bogenfenster entlang der Patriarch Street. Auf der einen Seite verkauften Läden walisische Karamelbonbons, Schieferbarometer und Briefbeschwerer aus polierten Strandfossilien. Auf der anderen Seite befand sich ›Army Surplice‹, die Second-Hand-Boutique der Heilsarmee. Die Tür zum Klub fiel nur durch einen kleinen Spion und die scharlachrote Zahl 6 auf. Wenn man ganz nah an die Türklingel rechts heranging, konnte man das winzige Schild lesen: Moulin Goch, Boîte de Nuit. Als ich kurz nach 22 Uhr dort eintraf, hatten Mrs. Llantrisant und Mrs. Abergynolwen von der *Herz-Jesu-Liga gegen schändliche Umtriebe* gerade begonnen, ihren Stand aufzubauen.

»'n Abend, Mr. Knight.«

»'n Abend, Mrs. Llantrisant. Sie sehen ja sehr glamourös aus heute abend. Neue Frisur, was?«

»Knapp daneben, Mr. Knight, was anderes ist neu.« Sie hob ihren linken Absatz und drehte eine Pirouette, um sich besser zur Geltung zu bringen. Ich musterte sie aufmerksam. Was war anders?

»Na los! Fällt Ihnen nichts auf? Also ehrlich, diese Männer.«

»Ah! Es sind die orthopädischen Schuhe!«

Sie strahlte und beugte sich vor, um sie zu bewundern. »Hab sie erst heute morgen bekommen. Aus Mailand importiert: Kalbsleder mit einem Futter aus Schafwolle – und außerdem noch hypoallergen, damit die Katze keinen Husten kriegt.«

Mrs. Abergynolwen gesellte sich zu uns. »Sie wollen wohl in den Klub?«

»Eigentlich schon.«

»Möchten Sie ein hübsches kleines Beruhigungsmittel für Ihren Drink, Mr. Knight? Sie werden es brauchen.«

»Bei meinem Pech nicht, Ladys.«

»Nur für den Fall. Hält Ihre tobenden Hormone in Zaum. Vorsicht ist besser als Nachsicht.«

»Nein ehrlich, das wär ja so, als würde man die Stalltür schließen, obwohl man gar kein Pferd hat.«

Der Klub befand sich in einem schwach beleuchteten Untergeschoß, das durch das Zusammenlegen mehrerer nebeneinander liegender Kellerräume entstanden war. Die gesamte Ausstattung hatte etwas mit Seefahrt zu tun: Von der Decke hingen Fischernetze, und alles war mit maritimem Nippes dekoriert. An einer Seite stand ein kleines Podium, das als Bühne diente. Verziert war es mit Pailletten, die im Licht der Scheinwerfer glitzerten, und in der Mitte stand verloren ein Mikrophon. Unmittelbar vor der Bühne standen dicht gedrängt Holztische, jeder mit einer Öllampe, während weiter entfernt die etwas ausgefeilteren Sitzgelegenheiten zu finden waren, in der Mitte durchgesägte Korb- oder Ruderboote, die zu gemütlichen Sofas aufgepolstert worden waren. Am anderen Ende des Raums war hinter einer karmesinroten Kordel ein komplettes Fischerboot gestrandet, zu dem nur die Druiden und hochrangige Parteifunktionäre Zutritt hatten. Zwischen den Tischen wogte ein Meer von Trockeneisnebel, blau und türkis gefärbt von den leuchtenden Plastikfischen, die in den Deckennetzen zappelten. Die Wirkung war großartig und wurde nur noch von den famosesten Errungenschaften des Klubs überhaupt übertroffen: den Unterhaltungs-Offizieren oder, wie wir alle sie liebevoll nannten, den ›Moulin Girls‹. Ihre Aufgabe bestand darin, jeden Gast glücklich zu machen. Ihre Uniformen hatten sie aus allem zusammengebastelt, was im Kostümfundus von Dai the Custard Pies irgendwie mit Seefahrt zu tun hatte. Es gab Kabinenstewards und Piraten, Kapitäne, Schmuggler und Meerjungfrauen, unerklärlicherweise auch ein Mädchen in walisischer Nationaltracht und zwei Marie Antoinettes.

Ein Empfangschef im Smoking führte mich an einen der vorderen Tische. Myfanwys Auftritt war für acht Uhr angekündigt, sie erschien allerdings nie vor elf, also bestellte ich einen Rum und grübelte darüber nach, was die Durchsuchung meines Büros wohl zu bedeuten hatte. Der Mann vom Laden mit den orthopädischen Schuhen hatte mir erzählt, er habe eine Gruppe Männer eilig aus dem Gebäude laufen und mit einem malvenfarbenen Montego mit abgedunkelten Scheiben davonfahren sehen. Solch einen Wagen fuhren nur die Druiden. Mir ging durch den Kopf, wie vollständig die Tentakel ihrer Organisation mittlerweile unsere Stadt im Griff hatten, wie sie in jede Ecke und jede Ritze reichten und alle Aspekte des täglichen Lebens kontrollierten – die öffentlichen Angelegenheiten ebenso wie die Geschäfte, die das Tageslicht scheuten. Wie sie das Verbrechen organisierten und auch die Leute in den Ämtern, die es eigentlich aufhalten sollten. Und wie sie von beiden Seiten ihren Anteil bekamen. Das alles war inzwischen so vertraut, daß man leicht vergessen konnte, daß es nicht immer so gewesen war. Es hatte eine Zeit gegeben, da organisierten sie nur den Eisteddfod, genehmigten die Anwendung von Zaubersprüchen und vergaben Lyrikpreise. Als ich zur Schule ging, drängelten wir uns immer eifrig vor der Aula in der Hoffnung, der Großzauberer würde uns freundlich das Haar zausen, wenn er vom Tempel kam, um eine Ansprache zu halten. Wann hatte sich das geändert? Wann hatten die Mütter begonnen, ihre Kinder in die Geschäftseingänge zu ziehen, wenn die Männer im Chorrock vorbeikamen? Ab wann waren sie zu Gangstern im Zeichen des Mistelzweigs geworden? War das damals, als sie begannen, speziell geschneiderte Chorröcke zu tragen? Damals, als die normalen Laken, Kissenbezüge und die mit Dispersionsfarbe weiß angemalten Gummistiefel nicht mehr gut genug waren? Oder war es, als Lovespoon, der messianische Walisischlehrer, Großzauberer wurde? Und die hochrangigen Offiziere begannen, ihre Umhänge rot und schwarz zu färben, um die hierarchischen Unterschiede deutlich zu machen, wie die Daleks? Inzwischen hatten sie die alten Klamotten längst gegen schicke Swansea-Anzüge und Seidentaschentücher eingetauscht.

Ich bestellte noch einen Drink und grübelte über mein verwüstetes Büro nach. Wonach hatten sie gesucht? Hatte es was mit Myfanwys Besuch zu tun? Gestohlen hatten sie nichts. Zugegeben, da war nicht viel zu stehlen, aber im Dachgeschoß waren doch ein paar Dinge, die ich lieber nicht in Unordnung gebracht sehen wollte. Im Dachgeschoß gab es immer noch eine Verbindung zum Hauptgebäude der Leihbücherei, und ich hatte da oben einen Geldvorrat und Ersatzkleidung versteckt – es war quasi mein Fluchtweg für den Notfall.

Und dann war da noch die knappe Nachricht auf dem Anrufbeantworter. Kurz und bündig: Ein Junge mit italienischem Akzent behauptete, er könne Informationen über Evans the Boot verkaufen, und ich solle heute Nacht um eins zum rund um die Uhr geöffneten Wellhornschneckenimbiß kommen.

Das Mädchen in der walisischen Nationaltracht tauchte vor mir auf und versperrte mir die Sicht.

»Hi, Hübscher!«

Argwöhnisch blickte ich auf. »Hi.« Aus der Nähe betrachtet war ihre Kleidung nur ein schwacher Abklatsch der walisischen Nationaltracht: eng anliegende Schößchenjacke, Fischernetztrikot, ein Schal und ein Zylinder, der keck auf einem Schopf schwarzer Locken saß.

Sie streckte die Hand aus. »Ich heiße Bianca.«

Es wäre unhöflich gewesen, ihr nicht die Hand zu geben, aber ich wußte, wenn ich sie einmal geschüttelt hatte, würde ihr Arm zur Zugbrücke – sie käme herübergaloppiert und würde die Zitadelle meiner Brieftasche leeren, wann immer sie wollte. Ich zögerte, so daß sie mit ihrer Hand ungeduldig vor meinem Gesicht rumfuchtelte. Widerstrebend nahm ich ihre Hand und schüttelte sie. Diesen Mädchen konnte man einfach nicht widerstehen, und wenn man es versuchte – so der unausgesprochene Vorwurf in ihrem spöttischen Lächeln –, warum war man dann überhaupt hergekommen? Sie lächelte, wirbelte aufgeregt herum und setzte sich auf den leeren Stuhl mir gegenüber.

»Myfanwy hat gemeint, ich soll mich um sie kümmern.«

Unerklärlicherweise begann mein Herz zu flattern. »Echt?«

»Mmm«, kicherte sie, »sie kann erst später kommen, also hat sie mich zum Hilfssheriff ernannt; einen Stern habe ich aber nicht bekommen – buhuh.«

»Sind Sie sicher, daß sie mich gemeint hat?«

»Natürlich. Sie sind doch Louie, oder?«

Ich wollte was sagen, brachte aber nur ein Krächzen zustande. Sie langte über den Tisch und verwuschelte meine Haare. Dabei verrutschte ihr Mieder, und ich gaffte in den schattigen Abgrund ihres Dekolletés. Mir entfuhr ein Stöhnen, ehe ich meinen Blick wieder in die Sicherheitszone ihres Gesichts retten konnte. Nicht rechtzeitig genug. Ihr frecher Ausdruck, irgendwo zwischen verschmitztem Lächeln und dämlichem Grinsen angesiedelt, verriet, daß sie sich ihrer Wirkung voll bewußt war.

»Böser Junge«, sagte sie und stupste meine Nase, »schau lieber auf mein schickes Ofenrohr.« Sie deutete auf ihren Zylinder.

Dann zog sie den Stuhl näher heran, bis wir direkt Seite an Seite saßen, unsere Arme sich berührten, ihr Haar sich über meine Schulter ergoß und mich im Gesicht kitzelte. Ich konnte ihre heiße Haut fühlen, und der feuchte animalische Geruch ihres Haares füllte meine Nasenlöcher wie Weihrauch.

»Mmmm. Ich kann schon verstehen, warum sie Sie mag.«

»Aber woher wußte sie denn, daß ich kommen würde?« fragte ich lahm.

»Ich weiß nicht, wahrscheinlich haben Sie es ihr gesagt.«

»Nein, hab ich nicht.«

Ein Kellner tauchte auf.

»Haben Sie ihr gesagt, daß Sie nicht kommen?«

»Nein.«

»Na also, das kommt aufs gleiche raus.« Sie sah zum Kellner hoch. »Eine Brandy-Cola und noch mal dasselbe für ihn.« Der Kellner nickte und ging.

Von Panik gepackt rief ich ihm nach: »He! Moment mal!« Er blieb stehen und wandte sich andeutungsweise um.

»Was ist?« fragte Bianca, deren Brauen sich schon zusammenzogen.

Ich wollte eigentlich fragen, was denn eine Brandy-Cola kostete, besann mich dann aber eines Besseren. Bianca winkte den Kellner fort.

»Möchten Sie sich nicht ein paar nette Stunden machen?« gurrte sie.

»Ja, schon, aber ...« Ich verstummte, als mir die tiefere Bedeutung von Biancas Worten klar wurde. Myfanwy hatte gewußt, daß ich kommen würde. Ich hatte nichts davon gesagt, und sie hatte mich nicht eingeladen oder so. Wir hatten nicht mal darüber gesprochen. Bis zum Nachmittag hatte ich es selbst noch nicht gewußt! Sie dagegen schon. Nicht bloß vermutet, was schon schlimm genug gewesen wäre, sie hatte so fest darauf vertraut, daß sie sogar eine Freundin angespitzt hatte, sich um mich zu kümmern. Und verdammt noch mal, hier war ich.

Als es auf viertel nach elf zuging, füllte sich der Klub rasch. Kurz vor Myfanwys Auftritt stand einer der Druiden aus dem Sperrbereich auf und ging auf die Toilette. Ich folgte ihm, stellte mich neben ihn und sah ihn an, machte jedoch keine Anstalten zu pinkeln. Nach ein paar Sekunden schaute er rüber. Ich lächelte.

»Ist das Ihr Montego da draußen?«

»Was zum Teufel geht Sie das an?«

»Ein paar Typen in einem Montego haben heute nachmittag mein Büro auf den Kopf gestellt. Könnte es vielleicht sein, daß Sie was darüber wissen?«

Er zuckte mit den Schultern. »Damit hab ich nichts zu tun.«

»Es sah aus, als hätten sie was gesucht.«

»Was Sie nicht sagen.«

»Gut. Sagen Sie Ihren Freunden, wenn sie was von mir wollen, sollen sie kommen und mich fragen. Das ist höflicher.«

»Keine Ahnung, von was Sie reden.« Er schüttelte seinen Schwanz ab und verzog sich.

Ich ging an meinen Tisch zurück.

Kaum hatte ich mich wieder gesetzt, veränderte sich die Atmosphäre im Klub. Wie auf ein unsichtbares Signal hin begannen die Privatgespräche nach und nach zu verebben, bis innerhalb weniger Sekunden nur noch drei oder vier Leute redeten. Dann zwei, dann keiner mehr. Alle schauten wir zur Bühne wie Kinder, die auf den Weihnachtsmann warten. Eine Woge der Unruhe brandete über das Publikum hinweg wie eine Brise übers Getreidefeld. Ein Mann betrat die Bühne, schnappte sich das Mikrofon und ermahnte mit besänftigenden Gesten die vor Erwartung fiebernde Menge, sich zu beruhigen.

»Ist ja gut. Immer mit der Ruhe, Leute, immer mit der Ruhe.«

Diese Worte hatten einen regelrechten Ausbruch knarzender Stühle zur Folge, als alle sich der Bühne zuwandten.

»Beruhigt euch! Wir haben eine lange Nacht vor uns, und wir können erst beginnen, wenn auch ihr soweit seid.«

Der Conferencier machte eine bedeutungsschwangere Pause, sozusagen als Reverenz an die neue Rolle, in die er gleich schlüpfen würde. Er rückte seine Fliege zurecht und wechselte in einen Tonfall, den er den Tagen der Old Time Music Hall entliehen hatte.

»Lords, Ladys und Gentlemen!« begann er, begleitet vom entzückten Gebrüll der Menge.

»Barden und Hohe Priester, es ist wieder an der Zeit, unsere süße, kleine Sängerin von St. Asaph willkommen zu heißen ...«

Das Publikum raunte *Oooooh*.

»Unser kleines Lammkotelett aus Lampeter ... den Liebling der Landarbeiter und die Wonne der Druiden ...«

Das Publikum steigerte sich zu *Aaaaah*!

»Die Puppe, die die Barden vor Brunst und Begierde zum Brodeln bringt ...«

Das Publikum donnerte ein entzücktes *Woaaagh*.

»Ladies und Gentlemen, ich präsentiere Ihnen den zucker-süßen, Kandis-umhüllten, Korbboot-großen Pfundskerl aus Cwmtydu! Den legendären, lauch-getränkten Liebeslöffel aus Llanfihangel-y-Creuddyn, die einzigartige, legendäre Sängerin aus Wales – Myfanwy M-o-n-t-e-z!«

Es dauerte volle drei Minuten, bis der Applaus verebbte. Währenddessen wurde das ohnehin schon dämmerige Licht weiter heruntergedreht, bis nichts mehr zu erkennen war außer den glühenden Zigarettenspitzen im Publikum und schattenhaften Bewegungen auf der Bühne. Dann, urplötzlich, brach die Morgendämmerung an in Gestalt eines einzelnen Scheinwerfers, der Myfanwy in einem Abendkleid aus hellblauer Seide erstrahlen ließ.

Sie sang all die alten Lieblingslieder: »David of White Rock«, die alte walisische Hymne »Calon Lan«, »Una Paloma blanca« und, natürlich, »Myfanwy«. Alle hatten die Lieder schon tausendmal gehört, aber das störte niemanden. Es war ein klasse Auftritt, der gut über eine Stunde dauerte. Gegen Ende kam sie von der Bühne herunter, wandelte wie eine Minnesängerin durch die Tischreihen und neckte die Männer, die gutmütig nach ihr grapschten. Ich versuchte, ihrem Blick auszuweichen, aber es war unmöglich. Zum Schlußrefrain von »Myfanwy« kam sie an meinen Tisch. Ich sah langsam von meinem Glas auf, unsere Blicke trafen sich, und zum immerwährenden Kummer des schmachtenden Publikums zupfte Myfanwy die Rosenknospe aus ihrem Haar und warf sie mir in den Schoß. Dann gingen die Lichter aus.

Viel später, draußen, war die Nacht kühl geworden, und in der Luft hing diese Feuchtigkeit, die sich nicht zwischen Niesel- und richtigem Regen entscheiden konnte. Es war etwa fünf vor eins. Die Straßen waren leer, abgesehen von der einen oder anderen Gestalt, die betrunken nach Hause torkelte. Ich stellte den Kragen hoch und ging die Prom entlang, vorbei am alten Universitätsgelände in Richtung Constitution Hill. Über mir erhellte das elektrische Lächeln der Zeichentrickfiguren die Nacht, und auf der anderen Straßenseite, hoch oben an der alten College-Mauer, saß Father Time, der Gott der Zeit, wohlerhalten in seinem Mosaik. Sein langer weißer Bart und das Stundenglas warnten jeden, der hochsah - und in einer Sprache, die alle verstanden -, daß für die Lebenden die Stunden bis Geschäftsschluß nur kurz bemessen waren.

Als ich die Wellhornschneckenbude erreichte, hatte sich das Nieseln endlich entschieden, in Regen überzugehen, der mir vom Meer her mit ganzer Kraft ins Gesicht getrieben wurde. Am Stand war es ruhig, keiner war da, außer dem Jungen von der Nachtschicht - ein pickeliger Jugendlicher in schmuddeligem weißem Jackett mit einem dämlichen Papphut auf dem Kopf. Ich bestellte das »Spezial« und wartete, während der Junge mich vorsichtig im Auge behielt. Ärger war um diese Zeit nie weit entfernt. Mein Instinkt hatte mir längst geflüstert, daß der Kerl vom Anrufbeantworter nicht auftauchen würde, aber ich mußte warten - nur für den Fall. Also wartete ich und zermalmte grimmig die eingelegten sandigen Köstlichkeiten. Nach einer halben Stunde und naß bis auf die Haut gab ich auf und ging.

Als ich ins Büro zurückkam, stand jemand mit dem Rücken zu mir am Fenster. Es war Detective Inspector Llunos. Klein und beleibt strahlte er unentwegt eine Art müder Traurigkeit aus.

»Sie arbeiten lang«, sagte er, ohne sich umzudrehen.

»Geht das die Polizei was an?«

»Hängt davon ab, was Sie in der Zeit machen.«

Ich schlenderte zur Kochnische, nahm zwei Gläser vom Abtropfbrett und schenkte uns Rum ein. Als ich zurückkam, saß er auf dem Besucherstuhl, so wie Myfanwy einige Stunden zuvor. Mir kam es vor wie letztes Jahr.

»Wofür haben Sie sich so fein gemacht?«

Ich wartete ein paar Sekunden, bis das Feuer des Rums die Feuchtigkeit der Nacht vertrieben hatte.

»Ich war im Moulin.«

»Ich weiß. Und was haben Sie danach gemacht?«

»Ich war spazieren.«

»Spazieren?« Er tat so, als würde er über meine Antwort nachdenken. »Nett. Und wo, wenn ich fragen darf?«

»Bloß so durch die Gegend.«

Ich fragte mich, worauf er eigentlich hinaus wollte. Nur zum Plaudern war er sicher nicht gekommen.

»Waren Sie mit 'nem Mädchen zusammen?«

Ich schüttelte den Kopf.

»Oder waren es kleine Jungs?«

Ich schenkte nach und sah ihn schläfrig an.

Er seufzte. In all den Jahren bei der Polizei in Aberystwyth hatte er alles gesehen, was es zu sehen gab, und längst die Kraft verloren, an irgend etwas Anstoß zu nehmen. So wie der Mann, der hinter den Eseln auf der Prom saubermacht, gar nicht mehr bemerkt, was er da zusammenfegt. Ich war Llunos schon ein paar Mal über den Weg gelaufen. Zwischen uns herrschte, sagen wir, ein prekärer Waffenstillstand. Wie alle Bullen konnte auch er Privatdetektive, die in seinem Revier rumschnüffelten, nicht ausstehen. Ich machte ihm deswegen keinen Vorwurf. Als ich noch in Swansea auf Streife gegangen war, hatte ich sie auch nicht leiden können. Aber ich hatte das Recht, als Detektiv zu arbeiten, solange ich innerhalb bestimmter Grenzen blieb, und solange ich das tat, duldete er mich. Der springende Punkt war meine Offenheit ihm gegenüber. Solange ich diese Regel befolgte, lief alles soweit ganz glatt. Aber wenn ich einen auf, wie er es nannte, »dummes Arschloch« machte, konnte er sehr, sehr unangenehm werden. Leider sagte mir mein Instinkt, daß ich bei diesem Fall einen auf dummes Arschloch machen würde.

Er trank langsam seinen Rum und begann von neuem.

»Hatten Sie heute Nacht irgendeine Verabredung?«

Ich schüttelte den Kopf.

»Zum Beispiel mit Giuseppe Bronzini?«

Ich stutzte kurz und sagte dann: »Mit wem?«

Er lachte. Mein Zögern hatte nur den winzigen Bruchteil einer Sekunde gedauert, aber dem gerissenen Bullen war es nicht entgangen. Mir gefiel die ganze Richtung nicht, die unser Gespräch nahm.

»Wir haben mit seiner Mutter gesprochen. Sie hat uns erzählt, daß er sich heute abend mit Ihnen treffen wollte. Wissen Sie was davon?«

»Llunos, was zum Teufel wollen Sie?«

Er griff in seine Tasche und zog meine Visitenkarte heraus, die ich am Nachmittag Calamity Jane gegeben hatte.

»Kommt Ihnen die bekannt vor?«

»Sieht aus wie eine meiner Karten.«

Llunos begutachtete sie, als sähe er sie zum ersten Mal. »Stimmt genau.« Er schnippte mit dem Daumen gegen die Karte. »Wir haben sie heute abend bei Bronzini gefunden. Ich nehme nicht an, daß Sie dafür eine Erklärung haben?«

»Bronzini?«

»Ja. Er war übrigens tot.«

Ich starrte ihn über den Schreibtisch hinweg an. Vor Angst schnürte sich mein Magen zusammen. Er hob eine Augenbraue, als wolle er mich ermutigen, endlich eine vernünftige Erklärung abzuliefern.

»Ich war im Moulin, danach bin ich spazieren gegangen. Ich hatte kein Treffen ausgemacht. Und ich hab diesen Jungen nie gesehen.« Ich hatte mich eindeutig in ein dummes Arschloch verwandelt.

»Irgendeine Idee, wie er an Ihre Karte gekommen sein könnte?«

»Ich weiß es nicht. Vielleicht hat er sie irgendwo vom Boden aufgehoben.«

Der Polizist starrte müde zur Decke und grübelte mit einer Miene sarkastischer Nachdenklichkeit über meine Antwort nach.

»Ich verstehe. Sie haben den toten Jungen nie gesehen. Sie haben auch kein Treffen mit ihm für heute abend vereinbart, Sie waren bloß ein bißchen spazieren. Hmmm.« Er prüfte meine Geschichte wie jemand, der einen Hut anprobiert, obwohl klar ist, daß er nicht paßt, nur um dem Hut gegenüber fair zu sein. »Und Sie sagen, daß er die Karte wahrscheinlich irgendwo vom Boden aufgehoben hat. Hmmm. Irgendeine Idee, warum er sie sich in den Arsch geschoben hat?«

KAPITEL 3

Die Tür der Zelle knallte die ganze Nacht hindurch auf und zu, rhythmisch wie ein Rammbock. Ich saß in einer Ecke und betrachtete aus rot unterlaufenen, geschwollenen Augen den gespenstischen Umzug: Penner und Punks, Luden und Tunten, junge Bauern und alte Bauern, Spielklub-Stricher und Taschendiebe, Halb- und Viertelstarke, Kartenhaie und Brettspielhaie, Matrosen, Hummerfischer und Golfplatznutten, der Einarmige vom 24-Stunden-Bonbon-Laden, Spinner und Spüler und besoffene Lehrer, Feuerläufer und Schneckenesser, Hohe Priester und niedere Priester, Straßenräuber und Halsabschneider, Gammler, Streuner, Vanillediebe und Torfdiebe, der Angestellte aus der Bücherei, der Ingenieur vom Great Little Train of Wales ... so ging es schier endlos weiter. Ungefähr um zwei Uhr wurde Mr. Giles hereingebracht, der Hausmeister der Schule, der immer noch die gleichen baumfarbenen Tweedsachen trug wie zu meiner Schulzeit vor zwanzig Jahren. Er ließ sich auf eine der Bänke an der Wand plumpsen und stützte den Kopf in die Hände. An diesem Ort war jeder in schlechter Verfassung, aber er wirkte noch unglücklicher als die anderen. Ich ging zu ihm rüber.

»Mr. Giles?« sagte ich und legte ihm behutsam eine Hand auf den breiten Rücken. Ich fühlte, wie leise Schluchzer seine mächtige Gestalt durchzuckten. Er schaute auf. Er war ein Freund meines Vaters und kannte mich gut.

»Louie!«

»Alles in Ordnung mit Ihnen?«

»Nein, nein, nein, überhaupt nicht.«

»Hat man Sie geschlagen?«

Er schüttelte den Kopf.

»Weswegen hat man Sie denn eingebuchtet?«

»Haben sie nicht gesagt.«

Ich nickte. Das Übliche. Diese Vorgehensweise würde man in den amtlichen Vorschriften nirgendwo finden, aber Llunos hatte so seine eigenen Methoden. Meistens wurden die Leute einfach geschnappt, reingeworfen und am nächsten Morgen wieder rausgeworfen, ohne Angabe von Gründen oder irgendwelchen Aktenvermerken. So ließ sich die Verbrechensrate niedrig halten.

»Ich weiß trotzdem, worum's geht«, sagte Mr. Giles. »Es ist wegen dem Hund.«

»Welcher Hund?«

»An der Schule. Das will er mir anhängen. Das ist einfach nicht fair.«

Er stützte sein Gesicht wieder in die Hände. Es war ungewohnt, Mr. Giles derart aufgewühlt zu sehen. Der Mann, der sein ganzes Leben in einem Lehmschuppen am Rand des Rugby-Platzes von St. Luddite eingepfercht gewesen war, ließ sich normalerweise nicht so leicht unterkriegen, auch wenn mal die Hacke gegen einen Schlagstock ausgetauscht wurde. Wahrscheinlich hatte ihn der Alkohol rührselig gemacht.

»Was war denn mit dem Hund?«

Er antwortete, ohne die Hände vom Gesicht zu nehmen. »Einer der Bronzini-Jungs hat Mrs. Morgans Hund umgebracht, und mir geben sie die Schuld.«

Wieder begann er, leise zu schluchzen. Ich tätschelte ihn sanft und überließ ihn seinem Schmerz.

Kurz vor dem Frühstück ließ Llunos mich raus. Ich stand auf der Treppe vor dem Knast und blinzelte in die strahlende Morgensonne.

»Sie lassen mich gehen?«

Er nickte. »Sie haben einflußreiche Freunde.«

»Das ist mir neu.«

Er wandte sich zum Gehen. »Es ist auch nicht die Art Freunde, die ich gern hätte.«

Ich schlenderte zur Straße runter.

»Eine Sache noch, Schnüffler«, rief er mir nach.

Ich wandte mich um.

»Dieser Bronzini-Junge ... das war Mord. Ernste Sache. Nichts für Privatermittler, verstanden?«

»Klar doch.«

»Wenn ich Sie erwische, wie Sie Ihre Nase da reinstecken, könnte es ganz schnell passieren, daß Sie die Stufen hier runterfallen.«

Wortlos machte ich mich auf die Socken. Diese Stufen waren schon verdammt viele Leute runtergefallen.

»Kierkegaard oder Heidegger, Mr. Knight?«

»Tut mir leid, aber da bin ich überfragt, Sospan.«

»Es ist Existentialisten-Woche. Meine neue Werbe-Aktion.«

»Ein Schoko-Minz-Eis und 'ne Waffel Absurdes.«

»Schon unterwegs.«

Ein Sospan-Spezial: die einzige rezeptfreie Medizin gegen den Sarkasmus eines Aberystwyth-Bullen.

Sospan schob mein Geld wieder zurück.

»Ist schon bezahlt. Der Herr da drüben.« Er fuchtelte mit seinem Eisportionierer in Richtung einer der Bänke beim Geländer. Dort saß ein Mann, dessen weißer Trevira-Safari-Anzug mich in der hellen Morgensonne regelrecht blendete. Es war Valentine von der Boutique, der »Vollstrecker« der Druiden. Ich ging hinüber.

»Hübscher Anzug.«

Er begutachtete den Stoff seines Ärmels, als wäre er überrascht, ihn dort zu sehen.

»Qualitätfware«, lispelte er, »kommen Fie doch mal in meinen Laden, ich mache Ihnen einen guten Preif.«

»Mach ich – wenn ich mal auf Safari will.«

»Fetfen Fie fich.«

»Ich steh ganz gut, danke. Was wollen Sie?«

Er machte eine kurze Pause, als müßte er jedes Wort sorgfältig abwägen.

»Fie haben ein ... ein ... fagen wir ›Objekt‹ in Ihrem Befitf, für daf fich meine Organifation intereffiert.«

Ich schleckte an meinem Eis. »So, hab ich?«

»Fie wiffen, wovon ich spreche?«

»Vielleicht.« Ich hatte keine Ahnung.

»Myfanwy hat ef Ihnen gegeben.«

»Ach das!« Ich hatte immer noch keine Ahnung.

»Wir würden ef gern kaufen.«

»Nett von Ihnen.«

»Wir find nette Leute, Mr. Knight.«

»Und deshalb haben Sie mein Büro verwüstet?«

Entschuldigend hob er die Hand.

»Ein Fehler. Fehr bedauerlich. Den Schaden werden wir Ihnen natürlich mehr alf nur erfetfen, im Auftausch gegen daf fragliche Objekt.«

Nachdenklich spitzte ich die Lippen.

»Wieviel?«

Valentine lächelte und enthüllte eine Lücke zwischen den beiden Vorderzähnen.

»Wir find vernünftige Menschen, die fich wegen ein paar Pfund nicht in die Haare kriegen werden. Fagen wir fwei Riefen.«

Ich überlegte. »Das reicht ja nicht mal für die kaputten Möbel.«

Lachend klopfte er sich auf die Schenkel und stand auf.

»Nach dem, waf ich fo gehört habe, wären 50 Pennyf für die Möbel in Ihrem Büro mehr als genug. Fwei ist ein groffzüigef Angebot.«

»Sagen wir fünf.«

»Ich fürchte nein. Man muf auch die versteckten Koften berükkfichtigen. Koften, die Fie zu tragen hätten, wenn wir fu der Meinung gelangten, wir könnten ef unf nicht mehr leiften, groffügig fu fein.«

Ich sah ihm nach, wie er rasch die Prom in Richtung Musikpavillon runterging. Dann drehte ich mich um und entdeckte zu meinen Füßen einen Labrador. Er starrte rauf und leckte sich die Schnauze. Ich warf einen Blick auf mein Eis.

»Bist du sicher? Das haben die Druiden bezahlt, mußt du wissen.«

Er war offenbar nicht wählerisch. Ich warf das Eis in die Luft, er sprang hoch und schnappte es noch im Flug.

Als ich ins Büro zurückkam, saß Calamity Jane auf dem Besucherstuhl.

»Ziemliches Pech, das mit dem Bronzini-Jungen«, sagte sie lässig.

»Du weißt davon?«

»Waren Sie's?«

»War ich was?«

»Haben Sie ihn umgebracht? Ich hab gehört, die Polizei hätte Sie einkassiert. Damit sind Sie verdächtig, ist doch logisch, oder?«

Mir blieb die Spucke weg. »Was! Du kleines ... Lausemädel!«

»Nichts Persönliches, mir geht's nur um die Tatsachen.«

»Ach ja? Dann kannst du mir vielleicht erklären, warum man bei der Leiche die Karte gefunden hat, die ich dir gegeben habe?«

Sie schaute verwirrt drein, griff in ihre Tasche und zog meine Karte heraus.

»Ich hab sie noch. Haben Sie bei der Polizei meinen Namen erwähnt?«

»Nein.«

Sie musterte mich eingehend.

»Bestimmt nicht?«

»Pfadfinderehrenwort.«

»Hm. Okay. Also: Was glauben Sie, wer es war?«

»Keine Ahnung.«

»Na, das haben wir bald herausgefunden.«

»He, Moment mal, was redest du denn die ganze Zeit von *wir*?«

»Ich dachte, ich helfe Ihnen bei diesem Fall.«

»So, dachtest du.«

»Als Partner.«

»Seh ich aus, als bräuchte ich einen Partner?«

»Aus meiner Sicht schon.«

»Ach, wirklich.«

»Ja.«

»Solltest du nicht eigentlich in der Schule sein?«

Sie ignorierte die Frage, rutschte vom Stuhl und begann, im Zimmer auf- und abzugehen.

»Ich bin ja nicht unverschämt. Fünfzig Pennys am Tag.«

Ich lachte. »Das sind fünfzig Pennys mehr, als ich an den meisten Tagen verdiene.«

Sie ging rüber zum Stadtplan.

»Wir brauchen rote Nadeln.«

»Wozu denn?«

»Um die ganzen Morde zu markieren. Wir brauchen Busfahrpläne, Zeugenaussagen, eine Datenbank und frischen Kaffee. Ach ja«, sagte sie und drehte sich um, »und wenn es Ihnen nichts ausmacht, schlaf ich auf dem Sofa. Es wird sicher öfter ziemlich spät werden.«

»Und was machen wir, wenn es keine weiteren Morde mehr gibt?«

Sie starrte mich an. »Wovon reden Sie eigentlich?«

»Bronzini ist tot, das ist eine rote Nadel. In der Schublade liegt wahrscheinlich noch eine. Wozu Geld für eine ganze Schachtel rauswerfen. Muß es unbedingt eine rote sein?«

Sie holte eine Packung Zigaretten raus und sagte nüchtern: »Junge, Junge, Sie sind echt gut. Beinahe hätten Sie mich reingelegt.«

»Hat dir irgendwer erlaubt, hier drinnen zu rauchen?«

»Keine Angst, ich mach das Fenster auf.«

»Ich meine, du bist zu jung zum Rauchen.«

»Wie sind Sie bloß Privatschnüffler geworden, wenn Sie nicht mal rauchen?«

Sie rollte die Augen und führte ein Riesentamtam auf, während sie widerwillig die Zigaretten wieder einsteckte.

Dann setzte sie sich, und wir schwiegen uns eine Zeit lang an. In der Stille machte sich ein milder Hauch von Feindseligkeit breit. Uns war beiden klar: Wer zuerst sprach, hatte verloren. Sie begann, mit den Fingern auf die Tischplatte zu trommeln. Ich lehnte mich zurück und verschränkte die Hände hinter dem Kopf. Das kleine Biest äffte mich nach.

»Ich meine, also echt, Mädel ...«, sagte ich schließlich.

Sie begann, wie ein kleines Kind an den Fingern Namen abzuzählen.

»Bronzini, Brainbocs, Llewellyn und Evans the Boot.«

Mißtrauisch sah ich sie an. »Was?«

»Das sind vier Nadeln, meinen Sie nicht?«

»W ... was erzählst du denn da?«

»Okay, ich geb zu, Evans ist noch nicht offiziell tot. Vielleicht eine halbe Nadel, aber das sage ich bloß, weil ich nett zu Ihnen sein will. Lange wird es nicht mehr dauern, dann ist er eine ganze Nadel.«

»Evans the Boot?«

»Versucht wahrscheinlich gerade, die himmlischen Pforten aufzustemmen.«

»Calamity!« sagte ich scharf.

»Petrus sollte sich besser einen Schäferhund zulegen.«

Ich schlug mit der Faust auf den Tisch. »Calamity, hör sofort damit auf! Wovon redest du da überhaupt? Was sind denn das alles für Leute?«

»Das müssen Sie doch alles in Ihren Unterlagen haben. Die Polizei hält ja alles unter Verschluß. Aber Sie als Privater haben doch bestimmt Ihre eigenen Quellen.« Triumphierend sah sie mich an.

Wer Ironie zu schätzen wußte, war in Aberystwyth am richtigen Ort. Der am wenigsten ausgelastete Mann der Stadt war Meirion, der Polizeireporter der *Gazette*. Sogar der Weihnachtsmann kam auf mehr Arbeitsstunden pro Jahr. Der Grund dafür war allerdings nicht der Mangel an Stoff. Es war genug los, um einem ganzen Ressort Überstunden zu verschaffen, aber den Geldsäkken, denen die *Gazette* gehörte, gehörten auch die Küstenhotels und die Geisterbahn und der Golfplatz und verschiedene andere Winzigkeiten der touristischen Infrastruktur. Wenn man die *Gazette* las, hätte man meinen können, in Aberystwyth lebten nur tibetanische Mönche. Wir saßen auf der Terrasse des Seaside Rock Cafés mit Blick auf die Minigolf-Anlage.

»Bis jetzt haben wir drei tote Schulkinder«, sagte Meirion und lutschte nachdenklich an seiner Blackpool-Zuckerstange. »Alle aus derselben Klasse. Bronzini, Llewellyn und Brainbocs; und Evans wird immer noch vermißt.

Die Kellnerin kam an den Tisch, und ich bestellte eine *assiette*.

»Bis jetzt wird alles unter Verschluß gehalten. Und von mir haben Sie das nicht.«

»Und wie sind sie gestorben?«

Er nahm den Lutscher aus dem Mund. »Brainbocs ist in einen Säurebottich der Käsereien gefallen. Bronzini und Llewellyn hat man mit Spritzblumen erledigt.«

»Kobragift?«

»Irgendein Neurotoxin.«

Ich stieß einen Pfiff aus. Ein alter Trick. Schick einem Kind eine dieser Plastikblumen aus dem Scherzartikelladen, die einem Wasser ins Auge spritzen, und füll sie mit Kobragift.

»Irgendeine Idee, wer dahinter steckt?«

»Schwer zu sagen. Drei der Kinder waren vom gleichen Schlag. Llewellyn, Bronzini und Evans waren Rowdies. Die drei und einige dieser Gangs oder Posses im Süden der Stadt, oder wie sie sich momentan nennen, waren nicht gerade ein Herz und eine Seele. Aber Brainbocs paßt da nicht ins Bild. Der Junge war ein Wunderkind. Man nannte ihn auch den ›Cambrischen Mozart‹.

Brillant in Geschichte und allem anderen, was er anpackte. Den letzten Sommer hat er damit zugebracht, Prousts *A la recherche du temps perdu* in Runen zu übertragen.«

Ich schluckte. »Wow! Ich wäre schon bei Ene, Mene, Muh überfordert.«

»Freiwillig wäre Brainbocs nicht mal in die Nähe der anderen Jungs gegangen, außer er wäre scharf auf einen eingeschlagenen Schädel gewesen.«

»Dann hatten Bronzini und Llewellyn wohl jede Menge Feinde, und Brainbocs war scheu wie ein Reh.«

»So ungefähr. Er hatte trotzdem ein paar Feinde.«

»Tatsache?«

»Brainbocs hatte einen Samstagsjob in der Bonbonfabrik – er half nach Feierabend in der Forschungs- und Entwicklungsabteilung aus. Besonders interessierte er sich für eines der uralten Rätsel der Kandiszucker-Herstellung, bekannt als ›De Quinceys Theorem‹. Es ist sehr kompliziert, aber im Grunde genommen geht es darum, wie man es schafft, daß sich die Aufschrift auf den Zuckerstangen ändert, wenn man halb durch ist. Sie wissen schon – am Anfang steht Blackpool drauf, und nach ein paar Bissen heißt es Sansibar oder sonst was. Es war eine der letzten großen Herausforderungen der Süßigkeitenherstellung. Und er hat's geschafft. Einfach so. Setzt sich hin mit Stift und Papier und einem Satz Logarithmentafeln und findet die Lösung. Das Management macht ihn zum Abteilungsleiter und innerhalb einer Woche – und der Junge geht noch zur Schule, vergessen Sie das nicht, hat noch nicht mal die Mittlere Reife – innerhalb einer Woche hat er einen Weg gefunden, wie man die Beschriftung per Computer machen kann. Spart ein Vermögen: Noch am selben Nachmittag sitzen zwanzig alte Hasen auf der Straße. Die ganze Fabrik wird bestreikt. Die Gewerkschaften sagen: ›Schickt den Jungen zum Teufel, sonst wird in dieser Stadt nie wieder eine Zuckerstange produziert.‹ Also feuern sie den Jungen. Sein Abschiedsknaller waren vierzig Schachteln Stangen mit dem Aufdruck Aberystwyth, und nach zwei Bissen konnte man lesen: Ich hab reingepißt.«

Wenn man am Pier und am Musikpavillon vorbei Richtung Süden ging, kam man zum Castle Point, wo die Prom eine scharfe Biegung machte, als hinge sie an einem Scharnier. Ab da änderte die Stadt ihren Charakter: Eine ungeschützt dem Wind ausgesetzte, schäbig wirkende Straße, wo das Leben ein ständiger Kampf gegen alte, durch die Luft wirbelnde Zeitungen zu sein schien, führte hinunter bis zum Hafen. Hier standen vor allem billige Pensionen und die trostlosen Ausweichquartiere der Hotels an der Hauptpromenade, in die die überzähligen Gäste während der Hauptsaison abgeschoben wurden. Die einzigen Menschen, denen man hier begegnete, waren Strandgutsammler und Leute, die in flatternden Regenmänteln ihre Hunde ausführten.

Am Ende dieser Straße traf ich Mr. Giles in der Hafenkneipe Strip's Biscuit.

»Morgen, Mr. Giles!«

Er schaute mich betreten an, als sei ihm die letzte Nacht peinlich.

»Oh, hallo. Alles in Ordnung?«

»Klar. Und selbst?«

»Kann nicht klagen«, sagte er stoisch – in einem Tonfall, der einem das Herz durchbohrte. Er war ein sanftmütiger Mann, der sein ganzes Leben der Pflege zarter Triebe und Setzlinge gewidmet hatte, und der jetzt durch einen grausamen Scherz des Schicksals gezwungen war, den Herbst seines Lebens als Hausmeister von St. Luddite zu verbringen. Wer in aller Welt hätte das Recht zu klagen, wenn nicht er? Ich lud ihn auf ein Bier ein und fragte ihn nach dem Bronzini-Zwischenfall.

»Vor ein paar Wochen spazierte Mrs. Morgan mit ihrem Hund Lucky übers Schulgelände. Wissen Sie, wir haben bei uns ein Schild, auf dem steht: *Achtung auf Ihren Hund*, aber kein Mensch liest es. Man sieht so ein Schild jeden Tag, und man liest es, aber man liest es nicht richtig, wenn Sie verstehen, was ich meine. Der kleine Bedeutungsunterschied entgeht den Leuten. Also, sie führt ihren Hund aus, und der Hund verschwindet. Sie kann ihn nirgendwo finden. Den ganzen Nachmittag läuft sie rum und schreit: ›Lucky! Lucky! Lucky!‹ Keine Spur von ihm. Bei Einbruch der Dunkelheit gibt sie auf. Egal, denkt sie, der taucht schon wieder auf. Tut er aber nicht. Eine Woche später kommt Mrs. Morgan an der Schule vorbei. Bronzini steht am Tor und will ihr ein paar Fellhandschuhe verkaufen. Sagt, er habe sie selbst gemacht. Na ja, sie ist nur allzu gern bereit, Fleiß und Eigenverantwortung bei

Jugendlichen zu unterstützen, vor allem nach all den schrecklichen Geschichten, die sie über die Schule gehört hat. Also kauft sie die Handschuhe. Sie sind hübsch gemacht, und irgendwas an dem Muster gefällt ihr, kommt ihr vertraut vor, aber sie kommt nicht drauf, was. Und wie sie dann nach Hause kommt, legt sie die Handschuhe auf das Lesepult neben dem Kamin, geht in die Küche und macht sich Tee. Als sie ins Zimmer zurückkommt, findet sie Sheba, Luckys Mutter, wie sie am Fuß des Pultes sitzt, zu den Handschuhen hochschaut und herzzerreißend winselt und mit den Pfoten scharrt. Eine schreckliche Sache.«

Ich schüttelte den Kopf, erschüttert angesichts eines solchen Verbrechens.

»Natürlich«, fügte der Hausmeister hinzu, »haben die Kinder ihre eigene Theorie über die Morde.«

»Ja?«

»Sie glauben, es war der Walisischlehrer.«

KAPITEL 4

Ich glaube, mein Urgroßonkel Noel muß in Hermione Wilberforce, die Frau im Dschungel, verliebt gewesen sein, auch wenn er sie nie kennengelernt hat. Oder falls doch, dann erst Jahre, nachdem er sich in sie verliebt hatte. Ist so etwas möglich? Ich lehnte mich im Sessel zurück und lauschte den verkratzten Weisen von *Myfanwy – Live at the Moulin*. Mrs. Llantrisant hatte mir die LP am Morgen mitgebracht. Sie sagte, sie hätte sie in ihrer Garage gefunden, aber das Cover sah nicht so aus, als hätte es nur als Staubfänger gedient. Die Flunkerei war typisch für Mrs. Llantrisant. Nachdem sie die gefeierte Nachtklubsängerin monatelang Nacht für Nacht an ihrem Info-Stand als Schwester Leichtfuß verunglimpft hatte, brachte sie es jetzt nicht übers Herz zuzugeben, daß sie ihre Musik genau so mochte wie alle anderen. Ich sah zu Noels Portrait, das nun ein Haarriß in der Glasplatte des Bilderrahmens verunstaltete – eine Folge des kürzlich verübten Vandalismus. Diese Druiden-Rowdys hätten ihn zu Lebzeiten nie und nimmer so grob behandelt, soviel stand fest. Noel war nach allem, was man so hörte, ein durchaus ernstzunehmender Gegner – ein Gegner, der nichts lieber tat, als auf den Jahrmärkten in den Ring zu steigen und sich die umherziehenden Faustkämpfer vorzuknöpfen. Als seine Freunde, die Familie und einige Mitglieder der Borneo-Gesellschaft seinen Versuch zur Rettung einer weißen Frau, die sich im Dschungel verirrt hatte, als zwar romantische, aber vergebliche Liebesmüh' eines verliebten Narren verdammten, machte ihn das nur um so entschlossener. Und so brach er am 14. Januar 1898 von Aberystwyth aus nach Shrewsbury mit Ziel Singapur auf. Fünf Jahre später tauschte die Frau des Bischofs zwei Messingkessel gegen Noels Tagebuch, das unter einem Kronleuchter aus Totenschädeln in der Ecke eines Langhauses Staub angesammelt hatte.

An diesem Punkt wurden meine Grübeleien durch die Ankunft eines Mannes unterbrochen, der aussah, als sei er geradewegs einem Al Capone-Film entsprungen: dunkelblauer Nadelstreifen-Zweireiher, Pumphosen mit Parallelnaht, Seidenkrawatte, Fedora. Es war Tutti-frutti, der älteste der Bronzini-Söhne, gefolgt von zwei muskelbepackten Handlangern.

»Der Boss möchte dich sprechen«, sagte er.

»Sollen wir einen Termin vereinbaren?«

Die beiden Handlanger kamen um den Schreibtisch herum, packten mich an den Armen und preßten mich gegen die Lehne.

»Bleib einfach sitzen und halt's Maul.«

Papa Bronzini kam hereinspaziert, schwer auf einen Stock gestützt. Tutti-frutti nahm ihm den Mantel von den Schultern und half ihm zum Besucherstuhl. Der Papa ließ sich Zeit, es sich bequem zu machen, und er ließ sich auch durch den Umstand nicht stören, daß ein Zimmer voller Leute auf ihn warten mußte. Für ihn schien das ganz selbstverständlich zu sein. Als er sich endlich in Ruhe niedergelassen hatte, blickte er langsam zu mir hoch.

»*Buon giorno*.«

»*Bore da*. Es tut mir sehr leid um Ihren Jungen.«

Er winkte dankend ab, als wolle er andeuten, daß sich meine Beileidsbezeugung wohl von selbst verstünde. »Für die Familie war das ein Riesenschock.«

»Sicherlich.«

»Natürlich würden wir gern herausfinden, wer es getan hat.«

»Natürlich.«

Eine Zeitlang herrschte Ruhe. Der Papa schien zu überlegen, wie er sein Anliegen am besten zur Sprache bringen könnte.

»Sie werden mir meine Impertinenz verzeihen, aber wie ich höre, waren Sie kürzlich Gast auf dem Polizeirevier.«

»Das ist richtig.«

»Darf ich fragen, warum?«

Jetzt war es an mir, ein wenig zu grübeln. Was sollte ich ihm sagen? Das Vertrauen meiner Klienten zu wahren, war eine der Grundregeln meines Berufs. Es war zwar richtig, daß Myfanwy streng genommen keine Klientin war, weil sie mir nichts zahlte, aber das war nur eine Spitzfindigkeit. Moralisch war ich verpflichtet, ihre Interessen zu schützen. Auf der anderen Seite wußte ich aber auch, daß Papa Bronzini kein Idiot war. Er hatte Beziehungen und wußte wahrscheinlich längst, warum mich Llunos eingebuchtet hatte.

»Haben Sie Probleme mit dem Gedächtnis?« Die Frage war höflich gestellt, aber eine gewisse Ungeduld war nicht zu überhören.

»Ich kann es Ihnen nicht sagen«, sagte ich.

Der Gangster zu meiner Linken zog einen kleinen Gummitotschläger aus der Tasche und wiegte ihn lässig in der Hand.

Papa Bronzini sah mich traurig an. »Ich bin bestürzt, das zu hören.«

»Es tut mir leid«, sagte ich, »vor allem das mit Ihrem Jungen. Aber Llunos wollte mich in einer ganz anderen Angelegenheit sprechen.«

»Tatsächlich?« fragte er. Wieder Stille, diesmal mit einem Anflug nervöser Spannung. »Sie sollten sich darüber im klaren sein, Mr. Knight, daß niemand irgendwen wegen irgendwas beschuldigt. Es geht mir einfach nur darum, Fakten zu sammeln. Sie sind selbst Vater, Sie müßten doch verstehen ...«

»Nein, bin ich nicht.«

Papa Bronzini schaute verwirrt drein.

»Ich bin kein Vater.«

Er nahm Martys Foto.

»Das ist nicht mein Sohn, sondern ein Schulfreund, der gestorben ist, als ich vierzehn war.«

Übertrieben vorsichtig stellte Bronzini den Bilderrahmen auf den Schreibtisch zurück. »Er stand Ihnen wohl sehr nahe, wenn Sie nach so langer Zeit immer noch ein Foto von ihm auf Ihrem Schreibtisch stehen haben.«

»Könnte man vermutlich so sagen. Obwohl es ein bißchen komplizierter ist.« Ich erzählte ihm nicht, daß Marty gestorben war, weil er im Sportunterricht eine Meuterei angezettelt hatte.

Bronzini hob die Hand. »Und wenn schon. Jemand mit so viel Einfühlungsvermögen wird gewiß auch meine Gefühle als Vater verstehen. Das ist ganz einfach eine Frage von Höflichkeit und Anstand ...«

»Ich verstehe Sie schon, Mr. Bronzini, aber ich kann Ihnen nicht sagen, weswegen mich Llunos sprechen wollte. Es ist eine Frage der Ehre. Und Sie als Sizilianer werden sicher –«

Papa Bronzini knallte die Faust auf den Tisch. »Sie reden von Ehre, und im selben Atemzug lügen Sie mich an!«

Ich fragte mich, wie lange es noch dauern mochte, bis der Totschläger zum Einsatz käme. Unvermittelt wurde ich wütend. Wer waren denn diese billigen Gangster, die gewaltsam in mein Büro eindrangen und mir einen Vortrag über Manieren halten wollten?

»Schauen Sie, Mr. Bronzini«, blaffte ich ihn an, »ich fühle durchaus mit Ihnen, aber jetzt bleiben Sie mal auf dem Teppich. Wir wissen doch beide ganz genau, was Sie und Ihre Jungs bei uns so alles treiben, also halten Sie mir gefälligst keinen Vortrag über Anstand ...«

Der Totschläger krachte gegen meinen Schädel, Funken sprühten durch mein Blickfeld, und das Zimmer kippte zur Seite weg. Ein paar Sekunden lag ich auf dem Boden, bevor mich die beiden Muskelmänner wieder in meinen Sessel hievten.

Tutti-frutti sprang um den Tisch herum und schrie mir ins Gesicht, während die beiden Tiere mich festhielten.

»Du erweist unserem Jungen nicht den nötigen Respekt, er war ein guter Junge!«

»Ach ja?« schrie ich, und der Ärger wehte den letzten Rest meines gesunden Menschenverstandes davon, »versuch das mal Mrs. Morgan zu erzählen, deren Handschuhe jedes Mal bellen, wenn sie beim Metzger vorbeigeht!«

Erneut traf mich der Totschläger.

Papa Bronzini seufzte und erhob sich schwerfällig. Für ihn war die Unterredung beendet.

»Sie sind ein Narr, Mr. Knight«, sagte er. »Sie werden es noch bedauern, unsere Familie beleidigt zu haben.«

Nachdem sie weg waren, blieb ich auf dem Boden liegen und betrachtete das Zimmer aus der Seitenlage. Ich war so wütend, daß es einige Zeit dauerte, bis ich die große, zarte Beule bemerkte, die auf meinem Kopf allmählich Form annahm. Das Telefon klingelte, und ich kletterte auf meinen Stuhl, um ranzugehen.

»Ja?«

»He, Schnüffler.«

»Calamity?«

»Ich dachte, ich frag mal nach, ob Sie Ihre Meinung schon geändert haben.«

»Worüber?«

»Unsere Partnerschaft.«

Ohne zu antworten, legte ich den Hörer an meine Wange.

»Sind Sie noch dran?«

»Hör zu, Calamity!«

»Ich weiß, Sie denken, ich sei bloß ein Kind und so, aber ich glaube, ich weiß jetzt, wer hinter der ganzen Sache steckt.«

»Hör zu, Calamity!«

»Die Polizei steht vor einem Rätsel, aber ...«

»Calamity«, sagte ich scharf. Eine Sekunde lang war es still in der Leitung. »Das ist kein Spiel. Wenn du irgendwas weißt, dann geh zur Polizei!«

Mein Vorschlag entlockte ihr nur einen höhnischen Lippenfurz. »Polizei! Wenn wir uns auf die verlassen, ist bald die ganze Schule tot.«

»Das ist kein Spiel, Kleine.«

»Fünfzig Pennys am Tag, mehr will ich ja gar nicht.«

Ich schüttelte den Kopf. »Vergiß es.«

»Falls Sie Ihre Meinung noch ändern ... ich bin drunten am Pier.« Dann war die Leitung tot.

Nach Sonnenuntergang wurde es sogar noch heißer, und so gegen zehn schwitzten die Leute, die auf der Prom spazieren gingen, stärker als am Nachmittag. Als die Hitze immer drückender wurde, entfalteten die Asphaltplatten wie Blumen, deren Blüten sich erst zur Dämmerung öffnen, ihren für eine Sommernacht so typischen Geruch. Die Mischung hätte einem Weintester, der die verschiedenen Duftnoten enträtseln wollte, viele glückliche Tage beschert. Die Betonung lag auf gebratenen Zwiebeln, verschüttetem Bier und dem salzigen Tanggeruch in der Sonne gerösteter Seegräser und, als Krönung des Ganzen, Kokosnußöl, Schweiß, heruntergetropftes Eis, billiges Rasierwasser und Hundepisse. Es war ein Geruch, der zur Straßenbeleuchtung gehörte wie Fichtenduft zu Christbaumkerzen – ein Geruch, der im Fotoalbum der Seele auf immer und ewig mit drei besonderen Klängen verknüpft sein würde: dem gedämpften Tosen des Meeres, dem elektronischen Geklingel aus den Spielhöllen und dem gespenstischen Heulen der Polizeisirenen.

Im Moulin wurde ich an einen Tisch in der zweiten Reihe geführt. Für mich hatte das in diesem Moment keine besondere Bedeutung, es war bloß ein Tisch. Genau wie Jugend einem nichts bedeutet, solange man jung ist. Die unglückliche Armee der Myfanwy-Verehrer, die in den letzten Reihen hinter den Säulen saßen und sich den Hals verrenken mußten, um mir neiderfüllt nachblicken zu können, nahm ich gar nicht wahr.

Bianca trat mit einer Kollegin an meinen Tisch.

»Hi, das ist Pandora.«

»Pandy!« ergänzte das Mädchen und streckte mir ihre Hand entgegen. Sie war sehr klein, wahrscheinlich kaum über eins sechzig, niedlich und als Kabinenstewardess gekleidet. Ich schüttelte ihr die Hand.

»Freut mich.«

Bianca wandte sich an Pandora. »Vielleicht bekommen wir jetzt endlich ein bißchen Ruhe.«

»Keine Sekunde zu früh.«

»Wieso? Was ist denn los?«

»Na, Sie natürlich«, sagte Pandora. »Myfanwy redet pausenlos von Ihnen.«

»Ach, hört doch auf.«

»Immer nur Louie dies und Louie das ...«

»Uns steht's schon bis da.«

»Sie sollten sie mal hören!« Pandora rollte mit den Augen beim Gedanken an den Überdruß, in jeder Minute des Tages meinen Namen hören zu müssen.

»Wir mußten ihr schließlich den Mund verbieten. ›Wen juckt denn das, wie toll der Kerl aussieht?‹ haben wir gesagt.«

Ich mußte lachen über soviel Unfug. »Ihr glaubt wohl, ich bin von gestern.«

»Aber es ist wahr!« riefen sie im Chor.

Myfanwy tauchte auf. »Okay, verduftet, Mädels, sucht euch gefälligst selbst einen Mann.«

»Also erlaube mal! Das ist ja die Höhe!« Pandora und Bianca zogen eine Riesenshow ab, als sie wie zwei beleidigte Leberwürste durch die Tischreihen davontänzelten. Myfanwy sah ihnen nach.

»Die eine heißt Pandy. Alle Männer stehen auf sie. Besonders auf ihre weißen Socken. Man würde nicht glauben, daß sie im rechten ein Schnappmesser stecken hat.«

Sie küßte mich auf die Wange, setzte sich und sagte: »Ich hätte nicht gedacht, daß du noch mal kommst.«

»Warum?«
»Ich weiß nicht, einfach so. Vermutlich, weil ich mir gewünscht habe, daß du kommst.«
»Wirklich?«
»Natürlich. Es tut mir leid, daß ich im Büro so gemein zu dir war.«
»Aber das warst du doch gar nicht.«
»Wirklich nicht?«
»Ich glaube nicht.«
Ein Kellner erschien.
»Ich muß bald auf die Bühne, aber ein schneller Drink geht noch. Bestell irgendwas.«
»Was willst du denn?«
»Egal, das gleiche wie du.«
Ich bestellte zwei Rum pur.
»Ich meine, ich verstehe dich schon. Warum du den Fall nicht übernehmen willst und so.«
»Hast du was Neues von deinem Cousin gehört?«
Traurig schüttelte sie den Kopf. »Nein, und seine Mama dreht allmählich durch.«
»Ich hab mal ein bißchen herumgefragt, nur um zu sehen, ob irgendwer irgendwas gehört hat.«
Sie sah mich mit großen Augen an. »Wirklich?«
»Hier und da, nichts Besonderes.«
»Wieviel bin ich dir schuldig?«
»Nichts natürlich.«
»Aber irgendwas muß ich dir geben.« Sie griff nach ihrer Handtasche. Ich legte ihr beschwichtigend die Hand auf den Unterarm.
»Da ist was, das ich dich fragen muß. An dem Nachmittag, als du bei mir gewesen bist, sind die Druiden in mein Büro eingebrochen – sie haben irgendwas gesucht. Was Wichtiges, von dem sie angenommen haben, daß du es mir gegeben hättest. Du weißt nicht zufällig, was das sein könnte?«
Sie schaute verwirrt auf. »Nein, keine Ahnung.« Sie versuchte, ihre Handtasche zu öffnen. »Irgendwas muß ich dir doch geben.«
»Nein«, sagte ich wieder.
Sie runzelte die Stirn. Plötzlich strahlte sie. »Ich weiß was! Ich sage ihnen, sie sollen dir die Zeit nicht berechnen.«
Jetzt schaute ich verwirrt. »Welche Zeit?«

»Die Zeit, die ich hier bei dir sitze.«

Ich riß die Augen auf. »Wie bitte? Du berechnest mir diese Zeit?«

»Aber klar. Das muß ich.«

»Aber ich dachte ... ich dachte ...« Ich verstummte. Was hatte ich denn gedacht? »Verdammt, Myfanwy, ich dachte, du sitzt hier bei mir, weil du das gern tust.«

»Tu ich doch.«

»Und trotzdem läßt du es mir auf die Rechnung setzen?«

»Natürlich ... Ach, Louie! ...« Sie legte ihren Arm auf meinen und rückte nahe an mich heran. »Sei doch nicht so. Es ist mein Job, verstehst du das nicht?«

»Aber ...«

»Das heißt nicht, daß ich nicht gern hier sitze. Du mußt es so sehen: Stell dir vor, ich bediene an einer Bar. Wenn du kommst, bin ich ehrlich erfreut, weil du mein Lieblingskunde bist. Aber ich muß dir trotzdem den Drink berechnen.«

»Das ist ganz was anderes.«

»Warum?«

»Ich weiß nicht. Es ist einfach so. Es ist nicht das gleiche.«

»Ach, Louie!«

»Ich glaub das einfach nicht. Ich dachte ...«

»Was?«

Ich suchte nach Worten. Was sollte ich sagen? Ich kannte sie erst seit kurzem, und aus irgendeinem Grund hatte ich angenommen, daß ich ihr wirklich etwas bedeutete. Weil ich die richtigen Worte nicht fand, sagte ich die falschen.

»Also, im Grunde genommen vermietest du dich an mich, oder? Ich bin auch nicht besser als all die anderen traurigen Versager, die hierher kommen.«

»Hmmm«, schnaubte sie.

»Wenn das so ist, will ich dich hier nicht mehr sehen.«

»Louie!«

»Hau ab!«

»Louie! Ach du!« Sie stand auf und stürmte davon.

Als die beiden Rum kamen, kippte ich sie auf einen Rutsch runter und bestellte noch zwei. Danach noch vier. Und dann noch einmal zwei. Das erklärt wahrscheinlich auch, was danach geschah. Gegen Ende des Abends kam ich auf dem Rückweg von der Toilette am abgetrennten Bereich vorbei, als Bianca gerade mit Pikkel, dem Zwerg, in Streit geriet. Ein Wort gab das andere, und sie rutschte verärgert von seinem Schoß und setzte sich auf den eines anderen Druiden. Der Streit wurde heftiger, bis der Zwerg schließlich zu einer Ohrfeige ausholte. Pickel, dessen Job es war, die Uhr am Rathaus aufzuziehen, hatte immer einen großen Schlüsselbund an seinem Gürtel hängen, wie die Gefängniswärter in den Comics, und seine Bewegung entfesselte ein schauriges Geklapper. Bianca tauchte zur Seite weg, und er holte erneut aus. Ich stieg über das Seil und packte seine Hand.

»Hat dir noch nie einer gesagt, daß man eine Dame nicht schlägt?«

In meinem Zorn hielt ich ihn fest wie in einem Schraubstock. Sein Schlüsselorchester verstummte. Haß stieg in seinen Augen hoch. Sogar hier, in diesem nikotingeschwängerten Kellermief, konnte ich den leichten Gingeruch wahrnehmen, den Pickel zeitlebens verströmt hatte, seit den Tagen seiner Kindheit, als er noch an seiner gindurchtränkten Mutter klebte.

»Ich würde ja sagen, du solltest dir jemand von deiner Größe suchen«, spottete ich, »aber den mußt du erst mal finden.« Eine billige Bemerkung, die zeigte, wie betrunken ich war.

Pickel sprang auf, wurde allerdings prompt von Valentines Stock gestoppt, dessen Elfenbeingriff plötzlich an Pickels Brust ruhte.

»Pickel!« blaffte Valentine. Wütend sah Pickel zu Valentine, dann zu mir und wieder zu Valentine.

»Für wen hält der sich eigentlich, daß er so mit mir redet!«

Valentine antwortete kühl, geschäftsmäßig. »Der Gentleman hat recht, Pickel. Eine Dame foll man nicht miffhandeln.«

Pickel kochte, aber sein Instinkt hielt ihn davon ab, es zu weit zu treiben.

»Was für Damen? Das sind doch lauter Schlampen!«

»Hah!« Bianca stand auf und stolzierte hochnäsig durch die Menge zu den anderen Girls hinüber. In diesem Moment erschien der Geschäftsführer und baute sich zwischen mir und dem Wortwechsel auf.

»Tut mir leid, Sir«, sagte er höflich, »aber zu diesem Bereich haben nur Druiden Zutritt.«

Es war eine Balanceakt. Jetzt eine einzige falsche Silbe, und ich würde nie wieder ins Moulin reingelassen. Ob ich auf dem

Heimweg noch bei der Notaufnahme vorbeischaute oder nicht, hing davon ab, wie falsch die Silbe war.

»Schon in Ordnung.« Ich lächelte freundlich. »Mein Fehler. Ich lege keinen Wert darauf, für einen Druiden gehalten zu werden.«

Ich beschloß zu gehen. Als ich meinen Mantel holte, kam mir der Geschäftsführer hinterher und hielt mir ein silbernes Tablett hin.

»Für Sie, Sir.«

Auf dem Tablett lag ein Handy. Ich nahm es.

»Ja?«

»Nachdem Fie jetft glaubwürdig dargelegt haben, waf für ein Gentleman Fie find, hätten Fie nun vielleicht auch die Güte, unferem kleinen Abkommen Folge zu leiften.« Es war Valentine.

»Ich überlege noch.«

»Nein, den Luxuf können Fie fich nicht mehr leiften. Meine Organifation verliert langfam die Geduld. Wir waren fehr fair zu Ihnen, aber leider steht Zeit in diefer Angelegenheit nur fehr begrenft zur Verfügung.«

»Wen vertreten Sie denn überhaupt?«

»Daf geht Fie nichtf an.«

»Sagen Sie Lovespoon, daß ich nur mit ihm persönlich verhandle.«

»Bitte Mr. Knight, Fie find wirklich nicht in der Pofition, Bedingungen zu stellen.«

»Kein Lovespoon, kein Geschäft.«

Er seufzte. »Fie find vielleicht einer. Fie kennen die Macht unferer Organifation. Warum find Fie blof fo halfstarrig?«

»Ich bin so erzogen worden.«

»Fie haben bif morgen Feit, bif Fonnenuntergang. Danach können wir allef von wegen ›Gentleman‹ vergeffen.«

Er legte auf.

Der nächste Tag war ein Sonntag, und wie üblich traf ich mich mit meinem Vater auf ein Bier im Ship's Biscuit, einer der Kneipen am Hafen. Als ich kurz nach elf hinkam, saß Eeyore schon draußen an einem der Tische. Trotz des warmen Wetters trug er wie immer Regenmantel und Kappe. Am Mantel hing noch Stroh von seinen Eseln. Auch das war typisch. Wir schauten einander an und nickten. Mehr war als Begrüßung nicht nötig. Ich ging zwei Bier holen und setzte mich damit zu meinem Vater in die Sonne.

»Du hast gerade Mr. Giles verpaßt.«

»Ich hab ihn erst kürzlich getroffen. Ihm ging's nicht so besonders.«

Ohne den Blick von seinem Glas zu heben, verzog Eeyore mitfühlend das Gesicht.

»Es ist die Sache mit dem Hund.«

»Ich weiß, aber wieso geht ihm das dermaßen an die Nieren? Er hat an dieser Schule doch genug Schlimmeres gesehen.«

Mein Blick schweifte über den Hafen und die Dächer. Aberystwyth wird von zwei Hügeln überschattet: Pen Dinos mit der Hügelfestung aus der Eisenzeit und Pen-y-Craig mit der Schule aus der Eisenzeit.

Eeyore seufzte. »Bei ihm kommt zur Zeit eben eines zum anderen. Wozu brauchen die da oben überhaupt einen Gärtner, da gibt's ja nicht mal einen Garten.

»Bist wohl ziemlich durstig heute.«

Er zuckte mit den Schultern

»Liegt dir was im Magen?«

»Bloß, woher ich den nächsten Heuballen nehmen soll.«

Es war die beste Zeit des Tages für einen Drink. Die Türen der Kneipe waren nach außen verkeilt, um den Rauch des Vortages rausziehen zu lassen, der vom scharfen, beruhigenden Geruch der Desinfektionsmittel verdrängt wurde. Die Jukebox und die Glücksspielautomaten gaben Ruhe. Das einzige Geräusch war helles Geklimper von der anderen Straßenseite her, wo jemand auf dem Klavier Tonleitern übte. Und hin und wieder der Schrei einer Möwe.

»Wie geht's dir so? Hast du Arbeit?«

Ich überlegte, was ich antworten sollte. »Am Freitag war jemand im Büro. Ich soll einen Vermißten suchen. Evans the Boot.«

Eeyore stieß ein Zischen aus, als hätte er sich die Finger verbrannt. »Hast du den Auftrag angenommen?«

»Ich bin nicht sicher. Ich glaube, ich hab ihn abgelehnt.«

Er nickte. »War wahrscheinlich das Klügste.«

Ich schüttelte den Kopf. »Ich weiß nicht. Zur Klientin habe ich Nein gesagt, aber irgendwie bin ich trotzdem darin verwickelt. Dabei werde ich nicht mal bezahlt. Als besonders klug würde ich so was nicht bezeichnen.«

»Das ist gut.«

Ich sah ihn an. Er starrte weiter geradeaus, redete aber mit mir. Was von alledem hielt er denn jetzt für ›gut‹?

»Was ist gut?«

»Wenn du jemandem hilfst, und es ist nicht wegen Geld, dann ist ja wohl klar, daß es einen Grund geben muß, der besser ist als Geld. Als ich bei der Armee war, haben wir Dinge getan, weil sie richtig waren, nicht wegen des Geldes. Wie wären dumm gewesen, wenn wir uns wegen des Geldes all den Gefahren ausgesetzt hätten, vor allem, weil wir keins bekommen haben. Nicht viel jedenfalls.«

Ich trank einen großen Schluck. Das Bier schmeckte gut.

»Das Blöde ist, ich bin mir nicht sicher, ob ich es aus edlen Motiven heraus mache oder aus purem Starrsinn.«

»Oft gibt's da keinen Unterschied«, sagte Eeyore.

Als ich auf dem Rückweg quer durch die Stadt am Rathaus vorbeikam, hörte ich vor mir wieder Pickels klappernde Schlüssel, auch wenn ich auf die Entfernung den Gingeruch nicht wahrnehmen konnte. Er bewegte sich seltsam ruckartig, vornübergebeugt, was mich an die Gorillas in den »Planet der Affen«-Filmen erinnerte. Als ich die Mitte des Vorplatzes erreicht hatte, blieb ich instinktiv stehen und versteckte mich hinter dem Schiefersockel von Lovespoons Reiterstatue. Ich wartete, bis Pickel durch den Seiteneingang den Glockenturm betrat. Es war ein merkwürdiges Leben, das er da oben im Glockenstuhl führte. Er wusch sich in einer alten Zinnwanne, in der sich Regenwasser sammelte, und kochte in einem Kessel, den die Shawl & Sorcery Society gestiftet hatte. Pickel war zur selben Zeit wie ich zur Schule gegangen, aber gesehen hatten wir ihn nur selten. Meistens schwänzte er, lungerte auf dem Platz rum und sah auf eine seltsam liebevolle Art, die nur schwer zu beschreiben ist, zur Turmuhr hoch. Außer man bediente sich der Küchenpsychologie und sah darin einen Ersatz für Mutterliebe, deren Original längst an die Matrosen unten im Hafen verscherbelt worden war. Pickel bekam den Job als Uhrwächter, nachdem der vorherige Amtsinhaber, Mr. Domley, nach einem Sturz ins Uhrwerk verstorben war. Es war die Aberystwyth-Variante des Kennedy-Attentats, und da es eine geschlagene Woche dauerte, bis man das ganze Fleisch von den Zahnrädern abgekratzt hatte, stand eine Woche lang die Zeit tatsächlich still. Daß Mr. Domley ohne fremdes Zutun gestürzt sein sollte, kam vielen in der Stadt genauso wahrscheinlich vor, wie wenn ein Feuerwehrmann vom eigenen Löschfahrzeug überrollt würde. Aber der Polizei genügte es, daß der Unfall von verdächtigen Umständen nicht gerade umzingelt war. Dennoch konnte niemand leugnen, daß an jenem Tag ein merkwürdiger Gingeruch im Glockenturm hing, und das, obwohl Domley niemals trank. Aber irgendwer mußte schließlich die Uhr wieder aufziehen.

Eine Stimme platzte in meine Überlegungen.

»Hi!« Es war Calamity.

»Hi!«

»Wo kommen Sie denn her?«

»Aus dem Pub.«

»Sind Sie betrunken?«

Ich lachte. »Nein.«

Sie stand direkt neben mir und mußte sich ziemlich verrenken, um mir ins Gesicht sehen zu können.

»Haben Sie Ihre Meinung schon geändert?«

»Nein.«

»Sind Sie nicht neugierig, wer es ist?«

»Wer was ist?«

»Der Mörder.«

»In Ordnung. Wer ist es?«

Als Antwort sah sie nach oben, reckte den Hals und blinzelte in den strahlend blauen Himmel.

»Er.«

Ich folgte ihrem Blick zu Lovespoons blattgrüner Bronzestatue, die rittlings auf einem kleinen, stämmigen Pferd saß. Am Sockel war um die Hufe herum eine lateinische Inschrift zu lesen, die die allseits bekannte Geschichte erzählte, wie er als Säugling während der Fastenzeit die Mutterbrust zurückgewiesen hatte.

»Der Walisischlehrer?«

»Ja.«

»Er bringt seine eigenen Schüler um?«

»Sie kennen ihn doch.«

»Ja«, seufzte ich, und meine Gedanken schweiften durch den Nebel der Jahre in die Vergangenheit zurück. »Ja, er hat mir vor vielen Jahren Walisisch beigebracht.«

»Dann wissen Sie ja, wie er ist.«

»Ich weiß noch, daß er immer gern Ohrfeigen verteilt hat. Ich kann mich aber nicht erinnern, daß er jemals jemanden ermordet hätte. Aber vielleicht hab ich an dem Tag gefehlt.«

Ich konnte spüren, wie Enttäuschung ihre Hochstimmung langsam zermalmte.

»Warum können Sie mich nicht einmal ernstnehmen?«

Doch bevor ich antworten konnte, rannte sie schon über die Straße.

Von einer unerklärlichen Müdigkeit übermannt, lehnte ich mich an die Statue. Wie sollte ich so eine Geschichte ernstnehmen! Es war bloß Schulhof-Blödsinn von der Art, wie Kinder ihn andauernd erfinden. In der Schule hatten wir natürlich alle furchtbare Angst vor Lovespoon. Wenn er im Korridor auftauchte, warfen wir uns zur Seite wie chinesische Bauern, die von der plötzlichen Ankunft des Kaisers überrascht werden. Dicht an die Wand gepreßt warteten wir abgewandten Blickes, bis er durchgerauscht war, sein weißes Haar aufgebläht wie die Segel eines Klippers. Aber von seinen Backpfeifen abgesehen, hatte er nie irgend etwas getan, das eine solche Angst gerechtfertigt hätte. Jetzt war er der Großmagier und herrschte hinter einer Tünche solider bürgerlicher Ehrbarkeit über die Stadt. Aber wie dünn diese Tünche war, wissen wir ja alle. Fragt die Männer, die in dieser Stadt Beton mischen – diese gepeinigten Männer mit ihren tief in den Höhlen liegenden Augen, die es nicht wagen, von den Dingen zu sprechen, die nächtens heimlich ihrem Beton beigemischt werden. Fragt sie nach den Leichen in den Fundamenten. Wie Sospan zu sagen pflegte: Diese Stadt wurde auf Ehrenmännern erbaut. Oder fragt Meirion, den Polizeireporter, warum auch die Fischerei in sein Ressort fällt. Warum er so fleißig über fremdartige Objekte berichtet, an denen sich die Netze verhaken. Oder fragt die Fischverkäufer nach den menschlichen Zähnen, die man in den Bäuchen ihrer Ware findet. Oder fragt Lovespoons Cousin nach seiner Second-Hand-Boutique »Dead Men's Shoes«. Fragt ihn, woher er seinen Nachschub bekommt. Ja, Lovespoon war kein Mann, in dessen Angelegenheiten man sich einmischen sollte. Und der einzige Grund, warum Llunos und ich noch nicht in einem Hummertopf gelandet waren, war, daß ihm unsere Ermittlungsarbeit in den Kram paßte. Diese verlieh, vergleichbar den stalinistischen

Schauprozessen, seinem Regime einen Anflug von Rechtmäßigkeit. Dennoch. Würde er seine eigenen Schüler umlegen? Waren die nicht sakrosankt? Ich preßte meine Wange an den warmen Schiefersockel. Wer wußte das schon? Was sollte man von einem Mann halten, der nach einem Ponyritt nach Tregaron eine Reiterstatue von sich in Auftrag gegeben hatte?

Calamity schrie von der anderen Straßenseite herüber: »Wollen Sie wissen, wer das nächste Opfer ist?«

Sie grinste und hüpfte den Gehsteig entlang. Kurz bevor sie endgültig außer Hörweite war, rief sie noch: »Der Sohn des Beizers.«

KAPITEL 5

Als ich am nächsten Tag von meinem Morgenbummel zurückkam, saß Myfanwy in meinem Büro auf einem Weiden-Picknickkorb. Er quietschte ziemlich, als sie sich erhob.

»Hi! Die Tür war offen und ...«

Ich winkte ab. Wir sahen beide den Korb an.

»Heute ist so ein schöner Tag, und da dachte ich, wir könnten nach Ynyslas fahren. Ich hoffe, das ist okay. Außerdem wollte ich mich entschuldigen.«

»Wofür?«

Sie zog das Band aus ihrem Haar und schüttelte es aus. »Letzte Nacht – unser kleines Mißverständnis. Ich möchte nicht, daß du glaubst, ich sei bloß hinter deinem Geld her.«

»Mach dir deswegen keine Gedanken. Ich war betrunken.«

Sie hob den Deckel des Picknickkorbs. »Also, ich hab mir gedacht, ich verwöhne uns ein bißchen ...«

Ich bekam große Augen. »Wow! Champagner, Erdbeeren, Hühnchen ... Du solltest wegen mir nicht soviel Geld zum Fenster rauswerfen.«

»Ach, das ist schon in Ordnung, es war nicht so teuer.«

»Logisch, Champagner ist bei uns ja echt spottbillig.«

»Nein, wirklich, das ist doch nichts.«

Ich sah sie an, streng wie ein Schulmeister. »Jetzt erzähl mir doch nichts.«

Myfanwy schaute etwas betreten drein. »Ehrlich, es hat nichts gekostet.«

Ein oder zwei Sekunden dauerte es, bis ich begriff, was sie gesagt hatte.

»Du hast es doch nicht etwa gestohlen?«

»Nein, ich hab's ... äh ... äh ... anschreiben lassen.«

»Anschreiben?«

Sie rang die Hände.

»Anschreiben?« wiederholte ich.

»Ja ... genauer gesagt auf deinen Namen«, sagte sie strahlend.

»Wo?«

»Im Deli.«

»Aber da laß ich gar nicht anschreiben.«

Sie verschränkte die Hände, streckte die Arme und lächelte verlegen.

»Na ja, jetzt wohl schon.«

Wir zwängten den Korb auf den Rücksitz meines Wolsely Hornet und fuhren quer durch die Stadt rauf zum Penglais Hill. Ich hätte wahrscheinlich sauer sein sollen, doch in Wirklichkeit fühlte ich mich wie ein Schulkind auf Klassenfahrt. Ich brauchte gar nicht erst zu fragen, wie sie den Mann vom Deli rumgekriegt hatte, Essen für dreißig Pfund auf jemanden anzuschreiben, der nicht einmal Kunde war. Ich konnte mir die Szene bildhaft vorstellen: Wie Mr. Griffiths da stand und, von Ehrfurcht ergriffen, leicht schwachsinnig glotzte, als sei soeben ein Engel vor seiner Theke erschienen; wie sich seine dick gerahmte Brille beschlug und sein rosa Wurstgesicht, links und rechts eingefaßt von zwei borstigen, schwarzen Haarbüscheln, die aussahen wie Besen, puterrot anlief. Ich konnte sehen, wie er seine Angestellten wegscheuchte und die Krawatte zurechtrückte, während er das Kommando übernahm. Er wagte vermutlich gar nicht, sie direkt anzuschauen – aus Angst, sich versehentlich auf die falschen Stellen zu konzentrieren. Sie erzählte ihm wahrscheinlich, was für ein gutaussehender Mann er doch sei, und er verlor gar für eine Sekunde die Kontrolle über seine Blase. Ich konnte sehen, wie seine Hände zitterten, als er die Waren in den Korb legte, wie sie kurz zur Ruhe kamen, als sie nach Champagner fragte, und wie dann das Zittern zurückkehrte, stärker als zuvor. Er konnte von Glück reden, daß sie keine Schenkungsurkunde für seinen Laden verlangt hatte.

Auf dem Kamm des Penglais Hill bogen wir nach links und nahmen die alte Strecke nach Borth. Die Sonne brannte herab, wir hatten die Fenster heruntergekurbelt, und Myfanwy sang. Die Straße führte rauf und runter über die Hügel und durch die Täler – es war, als segelten wir auf einem Boot über ein Meer von Gras. Auf den Hängen standen so viele Kühe, daß die Hügel an Schachbretter erinnerten. Das ständige Auf und Ab hatte eine hypnotisierende Gleichmäßigkeit. Man konnte meinen, es würde ewig so weitergehen. Aber dann fuhren wir den letzten Hügel hoch, und mit jener Plötzlichkeit, die einen immer wieder überrascht, waren wir auf dem Dach der Welt und sahen nichts als Blau: das ausgewaschene Blau des wolkenlosen Himmels und das dunklere Indigo des kalten Meeres, das von der Bay heranrollte. Der Hang fiel steil nach Borth hin ab, und es blies ein so kräftiger Wind, daß er unser Auto durchrüttelte und mein locker aus der Hose hängendes Hemd lautstark flattern ließ. Unter uns erstreckte sich fast zehn Meilen weit die Mündung des Dovey, und dazwischen verstreut war auf einer dünnen geraden Linie eine Ansammlung von Häusern zu erkennen. Das war die Stadt Borth: im Sommer aufgemotzt mit aufblasbaren Schwimmreifen, Eimern und Schaufeln, im Winter nichts als Staub und quietschende Fensterläden. Am jenseitigen nördlichen Ende, verloren im Dunst und inmitten einer Wüste von Sanddünen, lag Ynyslas, das Ziel unseres Picknickausflugs. Und dahinter, auf der anderen Seite der Mündung, konnte man gerade noch die Häuser von Aberdovey ausmachen. Von hier aus schienen sie erschreckend nah, doch die Mündungsgezeiten bildeten eine so ausgezeichnete Barriere, daß Aberdovey oft wie ein fremdes Land wirkte.

Myfanwy schmiegte sich eng an mich, um sich vor dem Wind zu schützen, und zeigte auf die Dünen von Ynyslas.

»Da drüben wohnt Evans the Boots Mutter. Ich dachte, wir könnten bei der Gelegenheit mal reinschauen und Hallo sagen.«

Mich beschlich das leise Gefühl, auf raffinierte Weise manipuliert worden zu sein.

»Das heißt, nur falls du nichts dagegen hast.«

Wir parkten auf halber Strecke an der Hauptstraße und kletterten auf den hohen Betondamm, der Stadt und Strand sauber voneinander trennte und den Pensionen an der Straße jede Aussicht aufs Meer versperrte. Am Strand machten sich Urlauber aus den Midlands breit, die sich aus Liegestuhlresten dreiseitige Zelte zusammengebastelt hatten, doch der goldene Sand erstreckte sich so weit, daß man sich mühelos der Illusion hingeben konnte, allein zu sein. Der Strand war wie geschaffen für Eimer und Schaufeln und Söhne, die ihre Väter eingruben.

Das Land zwischen Borth und Ynyslas wurde zur Gänze von einem Golfplatz eingenommen. Wir bummelten gemütlich zwischen den unebenen Dünen und der glatten Meeresoberfläche dahin. Fünfzig Yards vor uns konnten wir eine einsame Gestalt durchs kniehohe Gras stiefeln sehen. Ein Veteran des Patagonien-Kriegs von 1961, wie am zerlumpten Armeemantel und am trostlosen Gesamteindruck zu erkennen war. Wir blieben stehen und beobachteten, wie er langsam, fast verträumt vor sich hinschlurfte. Patagonien: das walisische Vietnam. Auch nach einem Vierteljahrhundert waren die Narben am kollektiven Herzen noch nicht völlig verheilt. Patagonien, ein rauher Landstrich am unteren Zipfel Südamerikas, eine Welt von überwältigender Schönheit und gnadenloser Kälte. In einem Atlas schwierig zu finden, und nur deshalb bekannt, weil im 19. Jahrhundert Siedler aus Wales dorthin ausgewandert waren. Eine Geschichte, die mit Feindschaft begann und siebzig Jahre später, als sich die Indianer gegen die Siedler erhoben, in einer Tragödie endete. Es war ein Unabhängigkeitskrieg, der eine ganze Generation verbittert und die Veteranen als Erbschaft zurückgelassen hatte: Soldaten einer Geisterarmee, die in den Gassen von West-Wales umherstreiften. Und jeder trug in seinem Herzen die Geschichte eines militärischen Abenteuers, die kein Mensch hören wollte.

Er suchte verschlagene Golfbälle, die er für ein Abendessen verkaufen konnte. Plötzlich hörten wir einen Schrei, einen scharfen Knall, und der alte Soldat trudelte, von einem Golfball getroffen, zu Boden. Wir liefen zu ihm hinüber. In sehr viel gemächlicherem Tempo näherte sich vom Fairway die Gruppe, die für das Mißgeschick verantwortlich war.

Als wir bei ihm waren, setzte er sich gerade wieder auf und rieb sich den Kopf.

»Alles in Ordnung?« fragte Myfanwy und legte ihm eine Hand auf die Schulter.

»Sicher, sicher«, sagte der Soldat abwesend, »nicht das erste Mal, daß ich von einem Golfball getroffen werde.«

Allmählich trudelten nun auch die Golfer ein. Sie waren zu fünft, auch wenn wir nur vier sehen konnten, weil der Fünfte in einer Sänfte saß. Das Druidenwappen vorne dran verriet uns, daß sie Lovespoon gehörte. Der erste, der uns erreichte, war Pikkel, der radschlagend wie ein Zirkusakrobat auf uns zukam. Ihm folgte Valentine in Freizeithosen mit Schottenmuster, dreifarbigen Golfschuhen und einem ärmellosen Sweater mit Rautenmotiv über einem geblümten Hemd. Er zog einen quietschenden Trolley hinter sich her. Dahinter, neben der Sänfte, stand Herod Jenkins, der Sportlehrer.

»Vielleicht hat er eine Gehirnerschütterung«, sagte ich und schaute hoch.

»Verdammter Idiot!« blubberte Valentine, »ich geb ihm gleich waf zum Erschüttern. Fagen Fie ihm, er foll feinen Arsch da wegheben, damit wir endlich weiterspielen können.«

»Er braucht etwas Ruhe.«

»Nicht hier.«

Myfanwy sagte: »Sie sollten sich lieber bei ihm entschuldigen, sie hätten ihn umbringen können.«

»Halt du die Klappe, du kleine Nutte!« sagte Pickel.

»Du willst mir den Mund verbieten, du kleiner stinkender Piss-Pott?«

»Okay, okay«, rief ich im Bemühen, die Lage wieder unter Kontrolle zu bekommen, »dieser Mann ist verletzt ...«

»Er follte eben nicht vor Golfbällen herumspringen.«

»Er ist also rumgesprungen?«

»Logisch, haben Fie keine Augen im Kopf? Er hat fich abfichtlich davor geschmiffen, damit er irgendeine Verficherung abfocken kann.«

»Sieht der Typ vielleicht aus, als hätte er eine Versicherung?«

»Laffen Fie fich von dem nicht an der Nafe herumführen, die Forte kenne ich ...«

Wir hörten ein scharfes Klicken und drehten uns alle zur Sänfte hin um. Aus den Vorhängen ragte nach Art der Bourbonen-Herrscher eine Hand heraus. Die Hand winkte ungeduldig. Valentine eilte hinüber und steckte den Kopf zwischen die Vorhänge. Eine unbehagliche Stille folgte, nur hin und wieder unterbrochen von Herod Jenkins, der seine Knöchel knacksen ließ. Ich konnte die Augen nicht von ihm wenden. Selbst zwanzig Jahre, nachdem er Marty auf einen Querfeldeinlauf in den Tod geschickt hatte, jagte der Anblick dieses Mannes immer noch Schauer der Angst durch meine Seele.

Valentine kam zurück und sagte zu mir: »Mr. Lovefpoon entbietet feinen Gruf. Er bat mich, Fie an die vereinbarte Frift zu erinnern, heute abend Fonnenuntergang. Er fagt, die Fonne geht um 21.17 Uhr unter.« Dann wandte er sich an die übrigen: »Okay, wir laffen einen Schlag auf und gehen zum nächften.« Sie schlenderten davon.

»Uaaah, bei denen läuft es mir jedesmal kalt den Rücken runter«, sagte Myfanwy erschauernd.

Der Soldat setzte sich auf und verschränkte die Arme vor den Knien. Sein Mantel war zerrissen und fleckig, unter dem berühmten Green Beret quollen lange, verfilzte Haare hervor. »Danke für Ihre Hilfe. Ich heiße Cadwaladr.«

»Louie und Myfanwy.«

Er nickte. »Ich weiß, die Sängerin. Ich hab die Plakate gesehen.«

Myfanwy lächelte. »Sind Sie soweit wieder auf dem Damm?«

»Aber ja. Es war nur ein kleiner Schlag.«

»Für mich hat er sich ziemlich laut angehört«, sagte ich grinsend.

»Nein, nein. Das war nichts. Das war der Hunger, verstehen Sie. Ich bin vor Schwäche gestürzt, nicht wegen des Golfballs.«

Einen Moment waren wir verwirrt, bis wir merkten, wie sehnsüchtig der alte Soldat unseren Freßkorb anstarrte.

»Natürlich!« Ich griff in den Korb, brach ein Hühnerbein ab und reichte es ihm.

»Nein, nein!« protestierte er, »so hab ich das nicht gemeint. Ich würde nicht mal im Traum daran denken, Ihnen das Picknick wegzuessen.«

»Ist schon in Ordnung«, sagte Myfanwy, »ehrlich.«

»Ja, kommen Sie, wir laden Sie ein.«

»Kommt gar nicht in Frage«, blieb er stur, »ich will nichts davon hören ... obwohl, wenn es Ihnen nichts ausmacht, hätte ich nichts dagegen, das Hühnchen zu probieren, nur um mal wieder den Geschmack auf der Zunge zu spüren. Es ist schon so lange her, müssen Sie wissen.«

Myfanwy und ich tauschten Blicke.

»Gut, ich denke, hier ist es genauso gut wie irgendwo anders.« Wir schleppten den Korb vom Fairway auf eine Düne. Dort fanden wir ein sandiges Plätzchen mit überwältigender Aussicht aufs Meer und machten uns über den Picknickkorb her. Cadwaladr aß mit dem Heißhunger eines Mannes, der sich keine Sorgen mehr zu machen braucht, wie er sich über Wasser halten soll, weil es ihm nur noch bis zu den Knöcheln reicht. Huhn und Brot, Champagner, Erdbeeren, Eiscreme und Kuchen, alles verschwand.

»Dieser Walisischlehrer«, sagte Myfanwy, »der hält sich echt für was Besonderes.«

Ich lachte. »Weil er was Besonderes ist. Großzauberer im Druidenrat, Schuldirektor, mit Preisen überhäufter Dichter ... sogar Kriegsheld, wie ich gehört habe.«

Cadwaladr spuckte ein Stück Hühnerknorpel aus. »Der und Kriegsheld, meine Fresse.«

Wir schauten ihn an.

»Ich hab '61 mit ihm zusammen gekämpft. Kann mich nicht erinnern, daß er damals schon in einer Sänfte rumgetragen worden wäre. Er war wie alle anderen auch ein verängstigtes, mageres Kind, das bloß nach Hause zu seiner Mutter wollte.«

»Es muß schrecklich gewesen sein«, sagte Myfanwy.

Der alte Soldat nickte. »Ich war damals siebzehn und zuvor nie weiter weg als bis Swansea, und das auch nur, um den Weihnachtsmann zu sehen. Was mir am stärksten im Gedächtnis geblieben ist, das ist die Kälte. Und das Essen – all diese Schulkartoffeln.« Er lachte bitter. »Als Zeichen der Solidarität haben die Schulkinder daheim auf ihr Mittagessen verzichtet und uns den Fraß geschickt. Bis wir einen Brief geschrieben und sie gebeten haben, damit aufzuhören.«

Er kicherte, zog einen Fetzen Zeitungspapier und Tabak raus und drehte sich eine Zigarette.

»Lovespoon hat doch das Cross of Asaph bekommen«, wandte Myfanwy vorsichtig ein.

Der Soldat nickte. »Dafür, daß er den ganzen Krieg auf seinem Hintern in einem Flieger abgesessen hat.«

»Er hat es für den Angriff am Rio Caeriog bekommen.« Bei ihren Worten verzog sich sein Gesicht vor Schmerz, und sie fügte schnell hinzu: »Wir ... wir ... haben's in der Schule durchgenommen.«

Cadwaladr lachte bitter. »Wetten, daß sie Ihnen von meiner Version nichts erzählt haben?« Er hielt inne, als müßte er sich die lang zurückliegenden schmerzlichen Ereignisse wieder ins Gedächtnis zurückrufen. Dann schüttelte er den Kopf und sagte mit einem Anflug von Traurigkeit: »Nein, die haben sie Ihnen garantiert nicht erzählt.«

Mehr sagte er nicht, statt dessen konzentrierte er sich ganz auf seine Zigarette. Das schwache Rascheln seines Zigarettenpapiers ging in das Seufzen des Windes im Dünengras über. Wir starrten den alten Soldaten an, und Myfanwy warf mir einen hilflosen Blick zu, wütend auf sich selbst, weil sie die eine Schlacht erwähnt hatte, über die niemand sprechen wollte. Rio Caeriog, ein langsam sich dahinschlängelnder Fluß in den Hügeln am Fuß der Sierra Machynlleth. Die berühmteste oder berüchtigtste Schlacht des ganzen Kriegs. Offiziell ein großartiger Sieg, die Orden wurden wie Bonbons verteilt. Aber kein Mensch, der lebend davon zurückgekehrt war, wollte je darüber sprechen.

Ich packte allmählich die Reste unseres Picknicks zusammen. Cadwaladr stand auf.

»Danke für das Essen. Es war großartig.«

»Wohin wollen Sie denn? Vielleicht können wir Sie ein Stück mitnehmen.«

»Wüßte nicht wie. Außer Sie fahren nach nirgendwo.«

»Sagen Sie einfach, wohin Sie wollen, wir lassen Sie dann raus.«

»Nein, wirklich. Ich gehe nirgendwo hin. Und solange ich dort nicht allzu schnell ankomme, bin ich zufrieden.«

Myfanwy sah mich an und zuckte mit den Schultern. »Na dann. Bis bald mal.«

Er nickte und trottete davon. Wir sahen ihm noch nach, wie er den Steinwall runter zum Strand und am Ufer entlangging. Dann drehte er in Richtung Borth ab. Er blickte nicht zurück.

Eine halbe Stunde später saßen wir auf der Veranda von Evans the Boots heruntergekommenem Holzbungalow und tranken Tee. Der Garten lag zur Flußmündung hin und war voller Gerümpel: eine verrostete Kinderschaukel, ein Kiel oben liegendes Boot mit verrotteten Planken, ein versumpfter Teich, aus dem ein Kinderwagen herausragte, und eine Menge Autoreifen, die im dornigen Gestrüpp verstreut lagen. Ein Kanal mit schiefergrauem Wasser und ein einfaches Stück Draht zwischen zwei Betonpfosten bildeten den Zaun. In der Ferne, jenseits der Mündung mit ihren unaufhörlich heranwogenden Wellen, lag Aberdovey, das Shangri-La aller ruhelosen Außenseiter von Aberystwyth.

Ma Evans war eine unerwartet freundliche und zuvorkommende Dame, vor allem im Vergleich zum Naturell ihres Sohnes: zwei sanfte, graue Augen, ein Dutt aus feinem, weißem Haar und ein von zahllosen Sorgen gezeichnetes Gesicht, die einem nicht erspart bleiben, wenn man allein einen Rebellen großziehen muß. Traurig schüttelte sie den Kopf.

»Nein, diesmal ist es was anderes. Er ist schon öfter von zuhause weggelaufen, aber diesmal ist es was anderes, das spüre ich.«

»Du darfst die Hoffnung nicht aufgeben, meine Liebe«, sagte Myfanwy.

»Mir kannst du nichts vormachen. Eine Mutter weiß so was. Ich hab es sofort gewußt, als die Polizei bei mir aufgetaucht ist. Und wißt ihr auch warum? Sie waren höflich. Zum ersten Mal seit fünfzig Jahren waren sie höflich zu mir. Sie sagten sogar *Madam*. Da hab ich gewußt, daß meinem Jungen irgendwas passiert sein mußte.«

Myfanwy nahm die Teekanne und schenkte nach. »Aber das beweist doch gar nichts.«

»Sie hatten so einen speziellen Hund dabei, mit dem sie in Evans Zimmer wollten. *Wozu?* habe ich gesagt, *Ihr erschreckt bloß meine Katze*. Sie haben gesagt, es sei ein ›Schnupperhund‹ oder so ähnlich. Hat einen sehr feinen Geruchssinn. *Na, dann solltet ihr ihn erst recht nicht in das Zimmer meines Jungen lassen, so wie's da drin stinkt*. Natürlich wollten sie nicht auf mich hören. Ich hätte sie ja nicht reingelassen, aber sie hatten einen Durchsuchungsbefehl. Was hätte ich da schon tun sollen? Auch so eine Neuerung, daß sie sich die Mühe mit so einem Schrieb gemacht haben. Also schicken sie den Hund rein, und dem wird prompt schlecht. Er weigert sich, noch mal reinzugehen, sitzt bloß im Garten und jault. Also sind sie selbst rein. Ihr hättet sie sehen sollen, als sie wieder rauskamen. Grün wie die Marsmännchen.«

Sie kicherte leise und nippte an ihrem Tee. Dann öffnete sie ihre Handtasche und zog einen purpurnen Wollfetzen heraus.

»Das haben sie unter seinem Bett gefunden. Sie haben es in eine Plastiktüte gesteckt und mir eine Quittung gegeben. ›Mutmaßlicher Teewärmer‹, stand drauf. Und ich sage, *in so was ist er noch nie verwickelt gewesen. Das muß der Richter entscheiden*, sagen sie. Dann sind sie gegangen.«

Ich nahm den Fetzen und betrachtete ihn. Es war bloß ein kleines Stück Wolle, ungefähr so groß wie eine Briefmarke.

»Sie wissen wahrscheinlich, daß Ihr Sohn einige Feinde hatte.«

Sie schnaubte. »Massenhaft. Wenn Myfanwy nicht ab und zu vorbeigekommen wäre, hätten wir wahrscheinlich nie ein menschliches Wesen zu Gesicht bekommen. Wir sind keine besonders beliebte Familie ...«

»So was darfst du nicht sagen«, warf Myfanwy ein.

»Ha! Du brauchst dir gar keine Mühe zu geben. Ich weiß, was die Leute über mich sagen.«

»Was sagen sie denn?« fragte ich.

»Das wissen Sie ganz genau. Machen Sie sich nicht über mich lustig. Sie behaupten, ich sei eine Hexe.«

Myfanwy versuchte, Empörung zu heucheln. Aber sie konnte niemanden täuschen. Jeder wußte, daß Evans the Boots Mutter eine Hexe war.

»Und, stimmt das?« scherzte ich.

Sie zog eine Miene wie ein Unschuldslamm, als wolle sie jede Schlußfolgerung, die ihre Worte nahelegen könnten, von vorneherein entkräften. »Also, ein junges Mädchen, das Ärger hat und nicht will, daß die Eltern was davon erfahren, kann zu mir kommen und sich Rat holen und manchmal auch ein paar Kräuter, wenn Sie wissen, was ich meine. Aber deshalb bin ich doch noch lange keine Hexe.«

Myfanwy nickte verständnisvoll. »Aber natürlich nicht.«

»Es ist ja nicht so, daß ich Stricknadeln verwende, bloß ein paar gekochte Blätter, das hat noch keinem geschadet.«

»Quasi wie eine Aromatherapie«, sagte Myfanwy.

»Und dann sind da noch die Runen. Ab und zu übersetze ich ein bißchen. Natürlich nichts allzu Kompliziertes.«

Myfanwy wandte sich an mich. »Mrs. Evans ist die beste Runen-Übersetzerin weit und breit.«

Sie nickte in Richtung Kaminvorsprung. Über dem Sims hing, hübsch eingerahmt, eine Seite mit Runenschrift. Sie erinnerte mich an diese trostlosen Freitagnachmittage im dritten Schuljahr, als uns die Doppelstunde Runenaufsatz immer wie lebenslänglich vorkam.

»Früher hat sie für das County übersetzt«, fügte Myfanwy hinzu.

Ich lächelte Mrs. Evans zu, aber sie wischte das Kompliment beiseite.

»Oder, wenn jemand nicht schlafen kann«, fuhr sie fort, als wolle sie nur ja keinen einzigen Beweis gegen sich auslassen, »da kenne ich auch ein paar ganz nützliche Kräuter.«

»Und deshalb sollst du eine Hexe sein!« sagte Myfanwy lachend.

»Und dann gibt's da natürlich noch den Liebestrank, und Samstag Morgen bin ich im Hexen-Co-op. Aber nur an der Kasse.«

Myfanwy lachte erneut. »Das ist auch nichts anderes als im Süßwarenladen. Mrs. Abergynolwen arbeitet dort mittwochs auch an der Kasse.«

Ma Evans spuckte voller Verachtung aus. »Mrs. Abergynolwen! Die kann doch Alraune nicht von Bilsenkraut unterscheiden!«

»Wie auch immer«, sagte Myfanwy, »du solltest nicht zulassen, daß sie dich eine Hexe schimpfen. An deiner Stelle hätte ich sie schon längst verhext.«

»Hab ich schon. Du solltest mal den Ausschlag sehen, den ich ihnen verpaßt habe. Am ganzen Körper, wie ein Streuselkuchen. Alles, was man dazu braucht, ist ein Stückchen Kleidung oder etwas, das sie angefaßt haben. Menstruationsflüssigkeit oder abgeschnittene Fingernägel funktionieren am besten. Manchmal bringt mir Julian auch eine Wühlmaus vorbei, und dann kann ich ...«

Die Katze sprang aufs Fensterbrett und miaute.

»Nein, nicht du. Ich rede mit Myfanwy.«

Julian miaute noch einmal.

»Hab ich nicht. Ich hab deinen Namen nur erwähnt. Ich hab ihr von den Wühlmäusen erzählt.«

Die Katze gab noch ein kurzes, mißlauniges Miau von sich und sprang dann ins Haus zurück.

Als wir uns durch die Dünen auf den Rückweg machten, schien der Himmel im Westen zu schmelzen, und die weit entfernten Fenster von Borth glühten im goldenen Feuer. Die Hitze des Tages hatte sich gelegt, und der aufkommende Wind kühlte die Luft so schlagartig ab, daß sich auf Myfanwys Rücken eine Gänsehaut bildete. Wir beschleunigten unsere Schritte, und ich dachte noch einmal darüber nach, welche besondere Bedeutung der heutige Sonnenuntergang bekommen hatte. Warum hatte ich ihnen nicht einfach gesagt, daß ich keine Ahnung hatte, wonach sie suchten? Ich bedauerte allmählich, daß ich ihnen gegenüber so großspurig getan hatte.

»Gehen wir noch etwas trinken«, schlug Myfanwy vor.

»Mußt du heute abend nicht arbeiten?«

»Ich hab mich heute morgen krank gemeldet.«

»So was solltest du nicht tun.«

»Du bist vielleicht ein Miesepeter. Amüsierst du dich denn nicht?«

»Doch. Schon.«

Wir gingen über die Straße ins Schooner Inn. Wir setzten uns in der Lounge auf ein Sofa und tranken Bier, während die untergehende Sonne die Fensterscheiben in Buntglas verwandelte.

»Für mich war es ein wunder-, wunder-, wunderschöner Tag«, sagte Myfanwy.

Ich nickte.

»Nachher können wir noch *Fish and Chips* essen.«

Ich sagte nichts, und Myfanwy legte ihre Hand auf meinen Arm. »Was ist los? Du bist so still.«

Ich seufzte und trank einen Schluck. »Weißt du, was mit Evans the Boot passiert ist?«

Sie schüttelte den Kopf. »Nein, natürlich nicht.«

»Hast du überhaupt keine Ahnung?«

»Glaubst du mir nicht?«

»Nach deinem Besuch in meinem Büro sind ein paar Druiden gekommen und haben es auseinandergenommen. Ich weiß nicht, was sie gesucht haben, aber sie haben mir eine Frist bis Sonnenuntergang gesetzt.«

»Werden sie dir was antun?«

Ich zuckte mit den Schultern. »Du kennst ihre Methoden.«

Sie drehte einen Bierdeckel zwischen den Fingern. »Und ich hab dich da reingezogen. Ich bin so eine dumme Kuh, ich hätte dich da raushalten sollen.«

»Hinter was könnten sie denn her sein?«

»Louie, ich hab echt keine Ahnung.«

Ein funkelnder Regentropfen spritzte ans Fenster.

Es muß kurz nach Mitternacht gewesen sein. Es goß wie aus Kübeln. Wir zogen einen Mantel vom Rücksitz, hielten ihn schützend über uns und rannten quer über die Straße zum Büro. Ich ging in die Küche und holte eine Flasche Rum und zwei Gläser. Als ich zurückkam, stand Myfanwy in der Tür zum Schlafzimmer.

»Mmmm ... wie viele arme Mädels hast du denn da drinnen schon ins Verderben gestürzt?«

»Nicht so viele.«

»Lüg mich nicht an, du verruchter Kerl.«

»Nein, ehrlich.«

»Du bist doch Privatdetektiv, die Frauen schmeißen sich dir doch reihenweise an den Hals.«

Ich lachte. »In Aberystwyth?«

»Du wirst ja wohl kaum erwarten, daß ich dir glaube.«

»Liegt bei dir.«

Sie verschwand im Schlafzimmer, und ich folgte ihr. Sie setzte sich aufs Bett und strich mit der Hand über die Decke. Plötzlich hielt sie verwundert inne. Wir schauten beide zu ihrer Hand, die auf einem merkwürdigen Buckel im Federbett ruhte. Behutsam zog sie die Decke zurück. Ihr Gesichtsausdruck wechselte von Verblüffung zu Angst und schließlich, einhergehend mit einem schrillen, ohrenbetäubenden Schrei, zu blankem Entsetzen. Auf dem Kissen lag in einer dunklen, klebrigen Lache ein Eselskopf.

KAPITEL 6

Hier, bitte, Mr. Knight, mein Multi-Vitamin-Spezial. Das wird Sie wieder auf die Beine bringen.«

Ich nahm das Eis und schlenderte über die Prom zu Eeyores Stall. Den Eselskopf hatte ich mir in einer Pappschachtel unter den Arm geklemmt. Sospan war der Meinung, ich sähe müde aus, was mich nicht allzu sehr überraschte. Freitagnacht hatte ich in einer Zelle auf dem Polizeirevier verbracht. Und nachdem ich gestern Myfanwy beruhigt und nach Hause gefahren hatte, war mein Versuch, ein paar Stunden zu schlafen, nur von geringem Erfolg gekrönt gewesen. Und als ich schließlich kurz vor Sonnenaufgang doch noch einschlief, erwartete mich schon der Alptraum, der mir – mal häufiger, mal seltener – die letzten zwanzig Jahre aufgelauert hatte. Ein Freitag im Januar, später Nachmittag, es war kalt und Regen peitschte herab, das Tageslicht verkümmerte hinter der tief hängenden Wolkendecke so rasant, daß es schon fast finster war, und es dauerte immer noch eine Stunde, bis die Schule endlich aus war. Die Welt – eine Symphonie in Grau: der schiefergraue Himmel, das Gras grau wie das Meer im Winter, die mobilen Klassenzimmer und Metallklötze, die nur als dunkle Schemen mit briefmarkengroßen Flecken warmen, gelben Lichts auszumachen waren – das Licht, aus dem wir verbannt worden waren. Die weißen Totempfähle der Rugbypfosten reichten bis zum Himmel. Und Herod Jenkins kam durch eine Horde schlammverschmierter Jungs im Rugbydress auf mich zu. Ich weiß nicht, warum von allen Episoden des Elends ausgerechnet diese mich immer wieder heimsuchte. Warum zum Beispiel nicht jener schreckliche Tag, an dem Marty zu seinem Querfeldeinlauf aufbrach, von dem er nie zurückkehrte. Oder der sommerliche Regenguß, als Herod den Jungs befahl, mit Cricketbällen auf meine Nase zu zielen. Es war immer diese eine Szene:

der kalte, verregnete Januarnachmittag, als er zwischen den johlenden Jungs auf mich zu marschierte und sagte: »Na los, mein Sohn, hol ihn dir.« Mir blieb nur die Wahl zwischen Pest und Cholera. Ich konnte versuchen, ihm den Ball abzunehmen, und die Prügel einstecken, die ein solches Manöver mir einbrächte, oder ich konnte den Gehorsam verweigern, was noch schlimmer gewesen wäre. »Na los, mein Sohn, hol ihn dir.« Die Jungs feixten, und Herods Gesicht weitete sich zu jener horizontalen Falte, die er für ein Lächeln hielt.

Eeyore saß auf einem Heuballen, den Kopf auf die Hände gestützt, und starrte finster auf den abgetrennten Schädel.

»In deinem Bett?«

Ich nickte.

Ringsum tanzte und funkelte der Staub in der frühen Morgensonne. Traurig schüttelte er den Kopf. »Es ist Esmeralda.«

»Ja, ich weiß. Ich hab sie am weißen Ohr erkannt. Es tut mir leid.«

Er winkte ab. »Zuerst dachte ich, es wäre eine von diesen Banden gewesen, du weißt schon, die Tiere nach Holland schmuggeln, wegen der Filme, die sie dort drehen.«

Ich schnappte mir einen Sack und legte ihn über den Eselskopf, um den vorwurfsvollen, geradezu vernichtenden Blick in Esmeraldas Augen nicht mehr sehen zu müssen.

»Ich glaube nicht, daß sie viel gelitten hat«, sagte ich überflüssigerweise.

»Nein, das Schicksal hat uns, die wir zurückbleiben, dazu verurteilt zu leiden.«

»Dad, sei doch nicht so.«

Er erhob sich mit der abgrundtiefen Müdigkeit eines Preiskämpfers, der viel lieber auf der Matte liegenbliebe.

»Komm, ich muß dir was geben.«

Er führte mich durch den Stall an den leise scharrenden Eseln vorbei zu einem Nebengebäude. Dort zog er einen Ziegel aus der Wand, griff in das Loch und holte einen Schlüssel heraus.

»Viel kann ich nicht für dich tun. Für so was bin ich jetzt zu alt. Aber das kann ich dir geben.«

Er legte den Schlüssel in meine Hand.

»Der gehört zu einem Wohnwagen in Ynyslas. Ein Geisterwagen, den man aus Teilen von zwei Karren mit Totalschaden zusammengeschweißt hat. Es gibt nirgends Unterlagen darüber. Nicht bei der Polizei, nicht beim Rat und nicht bei der Chirpy Caravaners of Britain Association. Von der Straße aus kann man ihn nicht sehen, er ist hinter dem Schild zum Ferienlager in den Lagunen von Borth versteckt. Nicht mal der Verwalter weiß was davon. Wenn deine Lage mal zu brenzlig wird, kannst du dich da 'ne Zeit lang verstecken. Da wird dich keiner finden.«

Ich schloß meine Finger um den Schlüssel.

»Essen und Wasser ist da, außerdem ein nagelneues Mensch-ärgere-dich-nicht-Spiel. Viel ist es nicht, aber vielleicht hilft es dir.«

»Danke.«

Ungeduldig fegte er meine Dankbarkeit beiseite. »Und jetzt mach dich auf die Socken und sieh zu, daß du die Kerle findest. Ich muß einen Esel begraben.«

Vom Hafen ging ich am Schloß vorbei in den oberen Teil der Stadt. Kurz vor dem Markt bog ich rechts ab, zu KnitsWits, dem Wolladen. Die Glocke bimmelte, und ich schlenderte den Gang zwischen den Regalen entlang, die bis zur Decke mit Wolle jeder Farbe und jeder Qualität, welche die Schäfer liefern konnten, vollgestopft waren. Ich legte das Stückchen Stoff, das ich von Evans the Boots Mutter bekommen hatte, auf den Tresen und wartete, während Mildred Crickhowell es mit Hilfe einer Juwelierlupe untersuchte. Sie sah damit aus wie ein Zyklop: ein wäßriges quallengroßes Auge, dessen rote Äderchen an ein Spinnennetz erinnerten.

»Es stammt von einem Teewärmer. Eindeutig.« Sie lachte. »Lustig, Sie sind gar nicht der Typ für so was.«

»Es ... es ist nicht meins«, sagte ich lahm.

Sie lachte erneut. »Das sagen alle. Erzählen Sie mir bloß nicht, es gehört einem Freund.«

Ich wand mich. Fremde waren oft überrascht, wie viele Geschäfte in der Stadt Teewärmer verkauften, vor allem weil die meisten unten am Hafen lagen. Und wann genau diese harmlose Teekannen-Ausstattung zum Deckmantel für eine ganz andere Art Schnabelwärmer wurde, bleibt ein Geheimnis aus dunkler Vergangenheit.

Ich begutachtete das Wollstückchen. »Sind Sie sicher, daß es von einem Teewärmer stammt? Ich meine, es ist doch bloß Wolle, es könnte doch genausogut von einer Strickjacke oder sonst was sein.«

Mrs. Crickhowell lehnte sich zurück und neigte den Kopf, als wollte sie sagen: Was soll das heißen: sicher? Sie sind hier schließlich bei KnitsWits.

Sie gab mir das Okular. »Sehen Sie selbst!«

Während ich den Stoff gegen das Licht hielt und das Gewebe prüfte, erklärte sie mir die verschiedenen Merkmale.

»Sehen Sie die feinen Staubpartikel im Garn? Das ist Teestaub. Jetzt schauen Sie mal, wie die einzelnen Fäden miteinander verwoben sind. Sehen Sie? Wie eine Kreuzung aus Achten und Zickzack-Linien. Das nenne ich wirklich kunstvolles Häkeln. So was sieht man nicht oft. Bekannt ist es unter dem Namen Hildegaard-Masche, benannt nach den Hildegaard-Schwestern von Deiniol. Sie haben es erfunden. Und das verrät uns jetzt etwas sehr Interessantes.«

Sie machte eine Pause, und ich bemühte mich verzweifelt, die Dinge zu sehen, von denen sie sprach.

»Sehr interessant«, wiederholte sie.

»Ja? Warum?«

»Man kann es datieren. Zuverlässiger als mit der Kohlenstoffmethode. Es stammt aus dem Jahr 1958.«

»Und woher wissen Sie das?«

»Damals wurde die Hildegaard-Masche erfunden, und kurz danach schworen die Schwestern diesem lästerlichen Vergnügen ab und hörten auf zu stricken. Niemand hat je wieder dieses Niveau erreicht. Und noch was. Schauen Sie mal auf diesen gebogenen Rand, der so kunstvoll genäht ist. Sehen Sie ihn?«

»Ja«, sagte ich, völlig verwundert, was diese Frau alles durch das Vergrößerungsglas bemerkt hatte.

»Sehen Sie, wie verschrumpelt und verfärbt die Fasern sind?«

»Ja.«

»Klassische Versengungsspuren. An der Stelle ging der Schnabel der Teekanne durch. Und jetzt achten Sie mal auf diese Symbole am Rand.«

»Ja. Wie Hieroglyphen.«

»Ha!« Sie lachte und schlug mir mit einer Kraft auf den Rükken, die man von einer Dame ihres Alters nicht unbedingt erwartet hätte. »Nicht schlecht für jemanden, der behauptet, von Teewärmern keine Ahnung zu haben. Das sind keine Hieroglyphen, aber Sie liegen nicht weit daneben. Frühes Maya-Alphabet. Das bedeutet, wir haben hier einen *Mhexuataacahuatcxl.* Er stammt aus einem limitierten Teewärmer-Satz, den die Schwestern von Deiniol 1958 für Ma Prytherchs Teewärmermarkt gestrickt haben. Eine Kreation aus der Serie ›Legenden der Welt‹. Das ist *Mhexuataacahuatcxl,* der Fruchtbarkeitsgott der Mayas.«

Ich setzte das Okular ab und sah sie verwundert an.

Sie strahlte vor Freude. Sie hatte nicht oft Gelegenheit, derart von der Wolle zu ziehen.

Sie nahm das Okular und warf selbst noch mal einen Blick hindurch.

»Und wenn mich nicht alles täuscht, dann ist dieses kleine sichelförmige Etwas da am Rand das, was noch von seinem Lendenschurz übrig ist. Das Design basiert im wesentlichen auf Quellenmaterial, das 1935 von der Expedition der Universität von Oxford in den östlichen Kordilleren entdeckt wurde. *Mhexuataacahuatcxl* war zuständig für das Wachstum der Pflanzen. Außerdem war er der Schutzpatron der Goldschmiede-Innung. Zweimal im Jahr wurden ihm zu Ehren Menschen geopfert und gehäutet. Der Lendenschurz ist Ausdruck künstlerischer Freiheit. Die Gottheit konnte als Mann oder Frau dargestellt werden. Offenbar war das Thema für die Schwestern etwas heikel, deshalb überließen sie die Einzelheiten unserer Phantasie.«

Sie legte die Lupe hin und strahlte mich an. »Bemerkenswertes Volk: brillante Mathematiker, haben die Vorstellung von der Null entwickelt; bloß seltsam, daß sie nie das Rad erfunden haben.«

»Das ist wirklich sehr erstaunlich«, sagte ich.

»Ach was«, meinte sie bloß verächtlich. »Wenn sich diese Kerle ein bißchen beeilen und mir endlich das Ersatzteil für mein elektronisches Scanner-Mikroskop schicken würden, dann könnte ich Ihnen wirklich was erzählen.«

Sie begann, mit einem Finger auf den Ladentisch zu klopfen.

»Selbstverständlich müßte ich, wenn es tatsächlich *Mhexuataacahuatcxl* ist, von Rechts wegen eigentlich die Polizei verständigen.«

Sie machte eine Pause. Ich merkte, daß mich die Frau ganz genau beobachtete, obwohl sie so tat, als täte sie das nicht.

»Die Polizei?«

»Es gab nur vier *Mhexuataacahuatcxl.*«

»Und?«

»Drei davon sind in Privatbesitz, und der vierte war bis vor ganz kurzer Zeit noch im Museum.«

»Und da ist er jetzt nicht mehr?«

»Er wurde vor ein paar Wochen gestohlen.«

Den Rest der Woche regnete es. Ich saß in meinem Büro, Füße auf dem Tisch, und starrte auf das Bild von Noel Bartholomew. Ich fragte mich, wie es möglich war, daß das Gen, das jemanden aus hirnrissigen Gründen sein Leben riskieren ließ, in der Erbmasse überhaupt überleben konnte. Auf der Suche nach einem vermißten Jungen war ich kopfüber in eine Auseinandersetzung mit den Druiden geraten. Und Evans the Boot war die ganze Mühe nicht einmal wert. Seine Mutter mochte das anders sehen, aber da war sie die einzige in der ganzen Stadt. Ich fragte mich, warum er den Teewärmer aus dem Museum gestohlen hatte. Ich hatte nicht mal den Hauch einer Ahnung, klar war nur, daß er es nicht deshalb getan hatte, weil er so gerne Tee trank. Auch Calamitys »Abschiedsworte« über den Sohn des Beizers ließen mir keine Ruhe. Es war bescheuert, sicher, aber ich wurde den Gedanken an die Frau mit dem blauen Halstuch im Bingo-Salon nicht los. Das war eine verdammt genaue Vorhersage gewesen. Was, wenn Calamity tatsächlich wußte, was als nächstes passieren würde? Ich schnappte mir den Regenschirm.

Die Terrace Road glänzte vor Nässe. Auf dem Pflaster drängelten sich die Urlauber, die das Bedürfnis nach Abwechslung aus ihren Wohnwagen getrieben hatte. In ihren durchsichtigen Plastik-Regenmänteln rempelten sie sich gegenseitig an, um mit ihren untröstlichen, vom Regen triefenden Gesichtern in die Schaufenster der Geschäfte zu glotzen. Traurig schüttelte ich den Kopf. Was für ein Leben mußten diese Leute führen, wenn sie so was als Urlaub ansahen. Auf dem Penglais Hill stauten sich die Autos stadteinwärts. Am späten Nachmittag würden sie alle wieder unterwegs sein, dann in die entgegengesetzte Richtung, zu ihren Camping-Gaskochern und langen Mensch-ärgere-dich-nicht-Abenden.

An der Schule fuhr ich in eine Parkbucht hinter dem Rugbyfeld. Im Dunkel auf der anderen Seite des Hangs konnte ich Herod Jenkins' gedrungene Neanderthaler-Gestalt erkennen, wie er eine Reihe kleiner Jungs im Rugby-Outfit durch den strömenden Regen führte. Der Mann, der Marty auf einen Lauf geschickt hatte, von dem er nie zurückgekehrt war. Die Szenerie hatte sich in den vergangenen zwanzig Jahren kaum verändert, abgesehen von dem großen Holzgebilde, das erst kürzlich in der Süd-West-Ecke aufgetaucht war. Es war ein seltsames Skelett aus Holz, das vage an einen auf dem Rücken liegenden Käfer erinnerte. Als ich Herod gesehen hatte, war mir jede Lust vergangen, das Schulgelände zu betreten. Hinzu kam, daß ich auf dem Weg zur Schulsekretärin sicher auch noch Lovespoon begegnen würde. Ich blieb eine Weile im Wagen sitzen und lauschte dem Trommeln des Regens auf dem Autodach. Dann fuhr ich heim und rief die Sekretärin an.

»Der Sohn eines Beizers?« fragte eine verdutzte Stimme am anderen Ende der Leitung.

»Ja, es ist für ein großes Pfadfindertreffen in Oslo. Er soll Ehrengast von Kronprinz Gustav sein.«

»Wir haben einen in der ersten Klasse.«

»Nein, zu jung. Er müßte so fünfzehn, sechzehn sein.«

»Wie wär's mit dem Sohn eines Sanka-Fahrers?«

Ich legte auf. Am nächsten Morgen landete die Cambrian Gazette auf meiner Türschwelle. Der Aufmacher war die Meldung, daß die Geisterbahn eine Woche lang außer Betrieb sei. Der Heizer, der die Kohlen in den Kessel schaufelte, hatte wegen eines Trauerfalls in der Familie freigenommen: Sein Sohn war vorige Nacht bei einem Unfall mit Fahrerflucht ums Leben gekommen.

Der Sohn des Heizers. Ich hatte mich verhört.

»›Soll ich, nach Tee und Kuchen und Eis die Kraft haben, den Augenblick in eine Krise zu treiben?‹ Das ist von T.S. Eliot, Mr. Knight«, sagte Sospan lächelnd, als er zwei Cornettos vor uns hinlegte. »Aus Prufrock!«

Calamity und ich nahmen unser Eis und lehnten uns ans Geländer. Sie war jetzt meine Assistentin, mit einem Festgehalt von fünfzig Pennys pro Tag und Spesen fürs Eis.

»Also«, sagte ich, nachdem wir alles per Handschlag besiegelt hatten, »jetzt erzähl mal.«

Mit einem nur schwer erträglichen dreckigen Grinsen sagte sie: »Kartographen-Schmäh.«
»Kartographen-was?«
»Schmäh.«
Nachdenklich schleckte ich am Eis.
»Paß auf«, fuhr Calamity fort, »alle Welt wußte, daß es zwischen diesen Morden eine Verbindung geben mußte, aber niemand fand heraus welche. Die Jungs waren so unterschiedlich wie Tag und Nacht: Evans und Bronzini und Llewellyn auf der einen Seite, Brainbocs auf der anderen.«
»Genau. Und was war jetzt die Verbindung?«
Um die Dramatik zu steigern, schlürfte sie lange, langsam und bedächtig ihr Eis. »Die Polizei hat überhaupt nichts herausgefunden.«
»Ich weiß. Aber du. Und, was genau?«
»Junge, die haben wirklich alles auf den Kopf gestellt. Nicht der geringste Hinweis.«
»Also, was ist jetzt?«
Sie hörte auf, am Eis rumzulutschen, und sah mich an. »Der Schulbus.«
»Der Schulbus?«
»Eine Zeitlang war ich echt auf dem Holzweg. Die Polizei hat jede Menge Unfug erzählt, von wegen ›wohnen alle in der gleichen Gegend‹. Aber man braucht sich bloß mal den Stadtplan anzuschauen, um zu sehen, daß das nicht stimmt. Ich kenn mich aus, ich hab nämlich auf den Stadtplan geschaut. Stundenlang sogar. Und das Komische ist: Obwohl ja klar war, daß die Polizei den falschen Baum anbellt, hatte ich immer das Gefühl, daß irgendwas dran sein könnte. Und dann sah ich es. Sie wohnten alle an derselben Buslinie. Also hab ich mir gedacht, vielleicht ist der Schulbus die Verbindung. Aber wenn es so einfach gewesen wäre, warum haben sie dann keinen Busunfall arrangiert. Auf die Art hätten sie alle mit einem Schlag erwischt. Und plötzlich ging mir ein Licht auf.«
Sie war mit dem Eis fertig und warf die leere Waffel in den Abfalleimer.
»Glaubst du, du wirst noch fertig, bevor die Sonne untergeht?«
»Du mußt dem Gedankengang folgen, der meiner Geschichte zugrunde liegt. Oder meinst du, ich erzähl dir das alles bloß aus Spaß?«

»Genau das meine ich. Aber laß dich von mir nicht hetzen.«

»Ich muß einräumen, ich hatte mich geirrt.«

Ich warf den Kopf zurück und stöhnte.

»Ich also wieder zurück zum Stadtplan, ich suchte und suchte und suchte. Und dann hatte ich es. ›Heureka‹, rief ich.«

Sie sah mich unverschämt triumphierend an, wohl wissend, daß ich immer noch keine Ahnung hatte, wovon sie eigentlich redete.

»Du bist gefeuert!«

»Ach, jetzt sei doch nicht so.«

»Du hast noch eine Minute.«

Genervt rollte sie mit den Augen. »Weißt du, wie Stadtplanzeichner ihre Arbeit vor Raubkopien schützen?«

»Nein.«

»Also, dann paß mal auf. Bei Stadtplänen ist eine Urheberrechtsverletzung nur schwer zu beweisen. Wenn jemand einen Stadtplan herausbringen will, aber zu faul ist, seine Gummistiefel anzuziehen und mit dem Meterstab loszuziehen, dann kauft er sich den von jemand anderem und kopiert ihn. Das erspart einen Haufen Gerenne durch den Matsch. Die ganze Gegend ist ja praktisch schon da, und du zeichnest sie bloß auf. Folglich müßten alle Stadtpläne ja eigentlich gleich sein, oder?«

Ich nickte. Allmählich mußte mir meine Verblüffung deutlich anzusehen sein.

»Also, wenn du ein ehrlicher Stadtplanzeichner bist, wie kannst du dich dann schützen?«

»Ich geb auf.«

»Ich sag's dir. Du zeichnest Dinge rein, die es gar nicht gibt. Zum Beispiel denkst du dir einen Hügel aus und nennst ihn Louies' Knoll. Im richtigen Leben existiert er nicht, und wenn er jetzt auf einem anderen Stadtplan auftaucht, bedeutet das, der andere hat deinen kopiert.« Sie sah mich an, die Augen voller Entdeckerstolz. »Und das nennt man Kartographen-Schmäh.«

»Ich kapier's immer noch nicht. Hat Brainbocs Stadtpläne gezeichnet, oder was?«

Verschwörerisch legte mir Calamity die Hand auf den Arm, blickte sich um und sagte mit gedämpfter Stimme: »Brainbocs hatte mehr auf dem Kasten als Einstein. Normalerweise hätte er jede Hausaufgabe hundert Pro fehlerfrei geschafft. Das Blöde war, daß er zwar die Intelligenz Einsteins, aber das Kampfvermögen eines Eichhörnchens hatte. Praktisch jeder konnte von ihm abschreiben, und er war wehrlos. Und deshalb machte er absichtlich ganz merkwürdige Fehler rein, auf die jemand, der seine Hausaufgaben selbst gemacht hat, unmöglich gekommen wäre. So, und wenn jetzt derselbe Fehler auch bei jemand anderem auftauchte, würde der Lehrer sofort den Braten riechen. Es war so was wie sein persönliches Wasserzeichen.«

»Und Evans, Llewellyn und Bronzini haben jeden Morgen im Schulbus von ihm abgeschrieben?«

»Ganz genau. Jeder weiß, daß Lovespoon Brainbocs gewarnt hatte, er solle seine Finger von dem Thema lassen, welches auch immer das war. Aber Brainbocs wollte nicht hören. Er muß über irgendwas gestolpert sein. Etwas so Schreckliches, daß ihn der Walisischlehrer töten mußte. Und als er dann noch drei Aufsätze mit Brainbocs Wasserzeichen bekam, mußte er eben die anderen drei auch noch töten.«

»Und über welches Thema hat Brainbocs denn nun geschrieben?«

Calamity beugte sich näher heran und sagte mit Verschwörermiene: »Keine Ahnung.«

KAPITEL 7

Kein Mensch wußte, was Dai Brainbocs in diesem Aufsatz geschrieben hatte. Oder wenn, dann sagte es zumindest niemand. Konnte ein Fünftklässler etwas so Schreckliches schreiben, daß sein Lehrer sich gezwungen sah, ihn zu töten? Ich wußte es nicht, aber einen anderen Ansatzpunkt hatte ich nicht. Die folgende Woche verbrachte ich also damit, Fragen zu stellen. Calamity ebenso. Meirion schickte mir ein paar Ausschnitte aus der *Gazette*, die ich immer und immer wieder las. Brainbocs war das erste Opfer. Wie es hieß, hatte er den Aufsatz kurz vor 9 Uhr abgegeben, und um Mittag herum war er verschwunden. Zwei Wochen später fand man seine Beinschiene und ein paar Zähne auf dem Grund eines Bottichs bei den Käsereien von Cardiganshire Green. Alles andere war von der Milchsäure zersetzt worden. Das war eine weit verbreitete Methode, Leichen verschwinden zu lassen. Zwei der Artikel handelten von Brainbocs: Der eine war ein eher sachlicher Bericht über die Entdeckung der Leiche, der andere ein ziemlich ausgeschmückter Essay über die kurze, bemerkenswerte Karriere des jungen Genies. Unterzeichnet war er mit Iolo Davies, dem Namen des Museumskonservators, aber Meirion hatte fast hundertprozentig als Ghostwriter ausgeholfen. »Sein Haar hatte die Farbe von Museumsstaub, und mit einem Bein, dessen Knie sich nicht beugen wollte, verbrachte er soviel Zeit seines Lebens im Zwielicht von Aberystwyths Leihbücherei, daß er schon, vergleichbar den Abbildungen grotesker Tiefseegeschöpfe im *National Geographic*, ganz lichtdurchlässig geworden war ...« Man konnte sich nur schwer vorstellen, daß Iolo Davies in diesem Stil schrieb. Auch Lovespoon hatte ein paar Worte beigesteuert, die Brainbocs als besten Schüler beschrieben, den die Schule je hervorgebracht hatte. Das Ganze las sich, als sei er Teil einer stolzen Tradition und nicht bloß ein Freak, der irgendwie durchs Netz geschlüpft war. Lovespoon war durch den Zwischenfall derart aufgewühlt worden, daß er gleich eine ganze Woche Urlaub gebraucht und den Aufsatz verloren hatte.

Eine Woche, nachdem man Brainbocs' Leiche im Käse gefunden hatte, verschwand Evans the Boot von der Bildfläche. Der genaue Zeitpunkt war schwer festzustellen. Evans war für gewöhnlich solch ein Rumtreiber, daß es eine ganze Weile dauerte, bis jemandem sein Verschwinden auffiel. Und dann verging abermals einige Zeit, ehe die Leute wirklich daran zu glauben wagten. Kurz darauf bekam Llewellyn Morgan, ein weiteres Mitglied der Gang, anonym und per Post eine Spritzblume zugeschickt. Er testete sie auf dem Balkon seiner Sozialwohnung und wurde von dem Kobragift derart zur Raserei getrieben, daß er über das Geländer stürzte. Er hatte sich die Augen so heftig gerieben, daß man später unter den Fingernägeln Augapfelgelee fand. Er fiel neunzehn Stockwerke tief, aber dem Pathologen zufolge war er schon tot, als er am achten oder neunten Stock vorbeiflog. Bronzini und der Sohn des Heizers – beide Mitglieder derselben Gang – waren die letzten Opfer. Wer auch immer Bronzini umgebracht hatte, hatte ihm mit ziemlicher Sicherheit auch meine Visitenkarte in den Hintern gesteckt. Das legte die Schlußfolgerung nahe, daß der Mörder bereits wußte, daß ich den Fall übernehmen würde, und zwar noch vor mir. Der gestohlene Teewärmer wurde in keinem Artikel erwähnt.

Ich legte die Zeitungsausschnitte flach auf das Fenstersims der Tropicana Milchbar und trank meinen Erdbeer-Milkshake. Es war nur noch ein kleiner Rest im Glas, und als ich am Strohhalm saugte, entstand dieses Gurgeln wie bei einem Abfluß und erfüllte das ganze Lokal mit groteskem Geblubber. Wenn Brainbocs noch gelebt hätte, hätte sein genialer Geist eines Tages vielleicht auch dieses Problem gelöst.

Das Tropicana war ein toller Ort, um einfach dazusitzen und die Welt vorbeiziehen zu sehen. Es hatte, wie viele Cafés in der Stadt, den Sprung ins letzte Viertel des 20. Jahrhunderts noch nicht geschafft und ignorierte erfolgreich die Existenz von Cappuccinos und Espressos. Aber die Milkshakes in grellen Primärfarben waren gut, und es gab auch Burgers und Hot Dogs, und die

Jukebox spielte nicht allzu laut. In der Mitte standen ein paar Plastiktische, die Stühle waren am Boden fest verschraubt, und am Fenster entlang, da wo ich saß, befand sich in Brusthöhe eine Metallschiene mit roten Plastiksitzen. Pandora und Bianca gingen am Fenster vorbei und winkten mir zu, blieben aber nicht stehen. Sie tänzelten die Prom entlang, Bianca derart schamlos, als hätte sie Sprungfedern in den Beinen. Und neben ihr Pandy, das Kabinengirl mit dem Sprungmesser im Strumpf.

Während ich ihnen nachschaute, wie sie mit ihren Hintern die Straße entlang wackelten, schob sich plötzlich eine Hand vor meine Augen und wedelte hin und her, als wolle sie prüfen, ob ich schon erblindet sei.

»Entschuldigung«, sagte Calamity, »ich hab schon geglaubt, du hättest dich in Stein verwandelt.«

»Ich hab nachgedacht.«

»Und ich weiß auch worüber.«

Sie kletterte auf einen Hocker, und ich lud sie auf einen Shake ein.

»Nein danke, ich kann nicht bleiben. Ich hab nach der Pause eine Doppelstunde Mathe.«

»Und du gehst tatsächlich hin?«

»Mir bleibt nichts anderes übrig. Anwesenheitskontrolle.«

»Also, was gibt's?«

»Eigentlich hätte ich doch ganz gern einen Shake. Erdbeere.«

Ich stöhnte, holte ihn aber trotzdem. Während sie ihn genüßlich schlürfte, breitete Calamity die Früchte ihrer Nachforschungen vor mir aus.

»Es steht so ziemlich fest, daß man die anderen Jungs umgelegt hat, weil sie Brainbocs Hausaufgabe abgeschrieben haben«, begann sie mit dem, was ich eh schon wußte.

»Das weiß ich.«

»Ich weiß, daß du das weißt, aber ich bin eben gründlich. Die entscheidende Frage ist«, fuhr sie fort, »was war das Thema. Im Schulhof geht das Gerücht um, daß noch eine Kopie rumgeistert.«

»Eine Kopie von was?«

»Vom Aufsatz. Als die Druiden dein Büro auf den Kopf gestellt haben, haben sie wahrscheinlich genau danach gesucht.«

»Er hat eine Kopie davon gemacht?«

»Er hat alles kopiert. Das war sein *modus operandi*.«

Ich sah sie skeptisch an, aber sie schaute so hochnäsig zurück, als benutze sie diesen Ausdruck praktisch jeden Tag.

»Okay. Er hat also eine Kopie gemacht. Und um was ging es jetzt in dem Aufsatz?«

Um die Spannung zu steigern, schlürfte Calamity lange vor sich hin, bis sie schließlich lässig sagte: »Cantref-y-Gwaelod.«

Ich sagte nichts.

»Cantref-y-Gwaelod«, wiederholte sie.

»Cantref-y-Gwaelod?«

»Das sagenhafte Königreich aus dunkler Vorzeit. Es heißt, Lovespoon habe ihn ausdrücklich davor gewarnt und gesagt, er solle sich ein anderes Thema suchen. Aber Brainbocs wollte nicht hören.«

Ich war so perplex, daß ich eine Zeit lang gar nichts sagte. Calamity schaute so unbeeindruckt aus dem Fenster, als sei ein Walisischlehrer, der einen Schüler tötet, nur weil der einen Aufsatz über ein mythisches Königreich geschrieben hat, die natürlichste Sache der Welt.

»Das ist doch dieses legendäre Königreich, das irgendwann mal zwischen hier und Irland lag? Und das vor zehntausend Jahren in den Fluten versank?«

»Genau. Angeblich kann man in mondhellen Nächten die Geisterglocken über das Meer läuten hören.«

»Ich weiß.«

»Glaubst du das?«

»Nein.«

»Ich auch nicht.«

»Das sind doch bloß Ammenmärchen.«

»Ich sag ja nur, was ich gehört habe.«

»Aber ich verstehe nicht, was daran so schlimm sein soll.«

»Ich auch nicht. Aber ich hab im Zeichenunterricht mal ein Bild von Cantref-y-Gwaelod gemalt. Beängstigend.«

Sie rutschte vom Hocker und legte einen Fetzen Papier auf die Theke.

»Hier, bevor ich's vergesse: Die Adresse von Dai Brainbocs' Mutter.«

Ich steckte den Zettel ein und spazierte die Terrace Road runter Richtung Bahnhof. Wie die meisten Kinder, die in Aberystwyth zur Schule gegangen waren, war ich mit dem Mythos von Cantref-y-Gwaelod vertraut. Die volkstümliche Version besagte, daß das Königreich im westlich gelegenen Tiefland durch Dämme vor dem Meer geschützt worden war, aber während eines Festmahls hatte jemand die Schleusentore offengelassen. Ähnliche Geschichten erzählte man sich die ganze britische Küste entlang. Anscheinend waren sie Teil einer kollektiven Erinnerung an ein Land, das nach der letzten Eiszeit im steigenden Meer versunken war. Ein Vorgang, der Tausende von Jahren gedauert haben mußte, wurde so auf die Dauer einer Partynacht reduziert. Die Geisterglocken, die bei Vollmond über das Wasser klangen, waren ebenso fester Bestandteil dieser Geschichten. Allerdings hatten sie einen gewissen wahren Kern – bei Ebbe konnte man am Strand von Borth die Überbleibsel eines alten Waldes sehen. Und Mrs. Pugh aus Ynyslas hatte wegen der Glocken, die sie die ganze Nacht nicht schlafen ließen, vor langer Zeit ihre berühmte Mietminderung durchgesetzt. Aber es hatte nie einen Hinweis darauf gegeben, daß ein Aufsatz über dieses Thema schlecht für die Gesundheit sein könnte. Aus Neugier ging ich zum Dragon's Lair am Bahnhofsplatz. Eine Glocke bimmelte, als ich eintrat. Es war eines dieser Geschäfte, in denen man sich bücken mußte, wenn man sich umschauen wollte, weil alles mit Waren vollgestopft war. Die Hälfte davon baumelte von der Decke: eine Mischung aus gemeißelten Schieferbarometern, Karamelbonbons und Geschirrtüchern mit Rezepten und, tief im Inneren, eine Auswahl eher anspruchsvoller Bücher. Ich ging zur Geschirrtuchabteilung, wo ich sicher eine Kurzfassung der Geschichte des Königreiches finden würde, die meine Aufmerksamkeit nicht allzu übermäßig in Anspruch nähme. Geraint, der Ladenbesitzer, kam aus dem Hinterzimmer. Wir tauschten *Bore da*'s aus.

»Lange nicht gesehen, Louie! Suchst du irgendwas Bestimmtes?«

Ich wählte ein Geschirrtuch aus, auf dem die Geschichte des untergegangenen Königreichs von Cantref-y-Gwaelod erzählt wurde.

»Aber holla«, sagte Geraint, »das ist ja eine ECHTE Überraschung.«

»Tatsächlich?«

»Du bist der letzte, von dem ich so was erwartet hätte. Wie

viele soll ich dir denn zurücklegen? Zwei, drei? Oder bloß für dich?«

»Wie bitte?«

»Tickets.«

»Wovon redest du eigentlich?«

»Tickets nach Cantref-y-Gwaelod – die willst du doch, oder?«

»Du verkaufst Tickets?«

»Ich kann nichts versprechen, aber ich setze dich auf die Liste, wie alle anderen auch.«

»Ich dachte, der Ort ist vor zehntausend Jahren versunken.«

»Genau.«

»Ist wohl ein Tagesausflug im U-Boot?«

»Nicht ganz. Exodus.«

»Exodus?«

»Lovespoon führt sein Volk heim.«

»Was heißt heim?«

»Nach Cantref-y-Gwaelod natürlich. Schau, wenn du kein Interesse hast, kein Problem. Es gibt genug andere.«

»Aber was heißt denn da heim? Die Leute kommen doch gar nicht von da.«

»Ursprünglich schon. Jeder von uns. Kennst du die Geschichte nicht? Als der Ort überflutet wurde, ging jeder, der entkommen konnte, ostwärts. Von denen stammen wir alle ab. Sogar du.«

Geraint grinste über beide Ohren, aber das machte er praktisch dauernd.

»Und Lovespoon plant also einen Exodus?«

»Führt das Volk aus der Sklaverei, so was in der Art. Laßt mein Volk ziehen.«

»Wer ist denn hier in der Gegend versklavt?«

»Man braucht keine Ketten, um in Knechtschaft zu leben, Louie. Du solltest das eigentlich wissen.«

»Na ja, stimmt schon. Aber wird das nicht eine ziemlich feuchte Angelegenheit?«

»Sie wollen das Land zurückgewinnen. Keine Sorge. Alles prima ausgetüftelt. Sie wollen die Staumauern wieder aufbauen und das Land trocken legen, so wie in Holland.«

»Und wie wollen sie hinkommen?«

»Arche.« Geraint verschränkte die Arme voll selbstgefälliger Zufriedenheit. »Sie ist natürlich noch nicht fertig, aber das wird mal eine echte Schönheit – vier Stabilisierungsflossen, 200 Kabinen mit Bad/Dusche und WC, GPS und vier Cappuccino-Maschinen.«

»Und wahrscheinlich alles aus Gopher-Holz.«

»Gopher-Holz und südamerikanische Harthölzer aus nachhaltiger Bewirtschaftung. Und moderne Hochleistungskunststoffe für den Teil, der im Wasser liegt.«

»Und wo ist das Schiff jetzt?«

»Oben bei der Schule. Es ist dieses spezielle Holz-Projekt.«

»Und du verkaufst für so was Tickets?«

»Ich und die anderen Reisebüros.«

»Fährst du etwa auch mit?«

Geraint fing an zu stammeln. »Äh ... nicht sofort. Jemand muß sich schließlich um das Geschäft kümmern.« Er brach in Gelächter aus. »He, auf mich brauchst du nicht loszugehen. Ich krieg zehn Prozent für jedes Ticket. Also, wo liegt das Problem? Schlimmstenfalls verbringen sie draußen auf Lovespoons neuem Schiff einen netten Tag. Komm schon. Ich hab frischen Tee aufgesetzt.«

Als ich wieder draußen stand, holte ich Calamitys Zettel raus und sah mir die Adresse an. Clarach. Vier Meilen außerhalb der Stadt, und auf der Fahrt dorthin konnte ich einen Abstecher zur Schule machen. Als ich dort ankam, war gerade große Pause, aber obwohl der Schulhof voller Kinder war, lag das Spielfeld völlig verlassen da. Das war einer der zahlreichen Widersprüche, die das Leben an der Schule beherrschten. Ausgedehnte Grünanlagen, die die Stadt zum Spielen angelegt hatte, waren während der Zeit, wo man hätte spielen können, tabu. Dank Geraints Auskünften konnte ich jetzt erkennen, daß das neue Bauwerk, das mich an einen auf dem Rücken liegenden Käfer erinnert hatte, tatsächlich wie die Anfänge eines Schiffes aussah. Eine Arche. Brainbocs, der beste Schüler des Jahrhunderts, hatte einen Aufsatz über das untergegangene Königreich von Cantref-y-Gwaelod verfaßt. Und Lovespoon tüftelte an einem Plan zur Landrückgewinnung und wollte mit einer Arche hinsegeln. Was hatte das zu bedeuten? Und, was noch entscheidender war, wie um alles in der Welt sollte das Boot ins Wasser kommen? Es war fünf Meilen weit entfernt.

Ich fand Dai Brainbocs' Mutter in ihrem Cottage oberhalb von Clarach. Es lag auf der Nordseite, von der Sonne durchgehend abgeschirmt, im feuchten Dauerdunkel wie die Heimat der Schneekönigin. Ich parkte meinen Wolsely Hornet in einer Parkbucht, die für Ausflügler gedacht war, und ging den Hügelpfad zu Fuß weiter. Die Blätter unter meinen Füßen knirschten, und in der Luft lag die abstoßende Feuchtigkeit tropischer Regenwälder. Die Steine des vermodernden Cottage hatten die Konsistenz von Käse, und aus der Dachrinne tropfte Wasser. Da, wo die Tropfen landeten, waren weiße Blumen zu finden, die ziemlich bösartig aussahen und wahrscheinlich nirgendwo sonst in ganz England wuchsen außer im Königlich-Botanischen Garten von Kew. Ich klopfte und rief, und als keine Antwort kam, stieß ich die Tür auf und trat ein.

Ma Brainbocs saß in der Küche in einem Schaukelstuhl und bewegte sich rhythmisch vor und zurück. Sie sah mich nicht, ihr Kopf war auf die Brust gesunken, und während sie so schaukelte, sagte sie mit sanfter Stimme immer wieder dieselben Worte: »Für immer fort, für immer fort«. Ich stand in der Küchentür, und während ich sie so beobachtete, fühlte ich eine dunkle Eiseskälte vom Boden in meine Beine emporsteigen.

»Für immer fort«, stöhnte sie, »für immer fort, mein guter Junge.«

»Mrs. Brainbocs?«

»Für immer fort, für immer fort.«

Sanft legte ich ihr die Hand auf die Schulter. Sie schaute auf, die Augen ziellos in die Ferne gerichtet.

»Für immer fort, mein Junge, für immer fort.«

»Ja«, sagte ich, »er ist fort. Ich würde mit Ihnen gerne über David reden.«

Ein Schimmer von Verstehen tauchte in ihren wässerigen Augen auf, und die malvenfarbene Iris ihres Mundes öffnete sich wie die Vagina einer Seeanemone.

»Dai?«

Ich nickte.

»Er ist fort.«

»Ja.«

»Sie haben ihn geholt.«

Ich kniete mich hin und sah ihr in die Augen.

»Wer hat ihn geholt, Mrs. Brainbocs?«

»Dieser Lehrer.«

»Lovespoon?«

»Ja.«

»Wissen Sie, warum?«

Jetzt sah sie mich an, ihre Augen zogen sich leicht zusammen, und sie flüsterte: »Wegen dem Aufsatz, den er geschrieben hat.«

»Über Cantref-y-Gwaelod?«

Sie gab keine Antwort, und eine Weile herrschte Stille im Zimmer. Nur ihr heiseres, raspelndes Atmen war zu hören. Ich sah mich um. Viel gab es nicht zu sehen: ein Spinnrad, in einer Ecke eine vergammelte Matratze, leere Sherry-Flaschen. Ich ging zum Ofen, um ihr eine Tasse Tee zu kochen. Essen war keines im Haus. Ich hob eine leere Blechdose vom Boden auf, in der sich mal Bohnen mit Tomatensauce befunden hatten, spülte sie unter dem Wasserhahn aus und füllte sie mit Rum aus meinem Flachmann.

»Das wird Ihnen gut tun«, sagte ich und hielt sie ihr unter die Nase.

Zwei kalte, zitternde Hände ergriffen meine und zogen die Dose zu ihrem Mund. Als sich die Wärme des feurigen Schnaps in ihr ausbreitete, begann sie mit neu erwachter Kraft zu sprechen.

»Es waren die Druiden.«

»Sie haben Ihren Jungen geholt?«

»Ihn getötet.«

»Sind Sie sicher?«

Sie nickte. »Natürlich bin ich sicher.«

»Um was ging es denn in dem Aufsatz, Mrs. Brainbocs? Können Sie sich daran erinnern?«

Ich goß noch mal nach und reichte ihr die Dose. Sie grapschte danach und trank ausgesprochen gierig. Ein regelrechter Hustenanfall war die Folge, und der warme, farblose Rum vermischte sich mit ihrem Speichel und tropfte auf ihr bärtiges Kinn. Ich klopfte ihr auf den Rücken, als wäre sie ein kleines Kind.

»Bitte versuchen Sie, sich zu erinnern.«

»Ich weiß es nicht«, sagte sie, als der Husten nachließ, »alles, was ich weiß, hab ich schon der Polizei gesagt.«

»Hat er denn eine Kopie gemacht?«

Diesmal sah sie mich direkt an, das Feuer der Gewißheit loderte in ihren Augen. »Selbstverständlich gibt's eine. Mein Junge hat immer eine gemacht. Immer eine Kopie. Für'n Fall, daß was passiert.«

»Wissen Sie, wo er diese Kopie hat?«

»Ja.«

Mein Herz machte einen Sprung. »Ja? Wo?«

Sie packte mich am Unterarm und drückte ihn leicht, als wollte sie mir ihr letztes Geheimnis anvertrauen. »Er hat sie bei einer berühmten Sehenswürdigkeit versteckt.«

»Bei einer berühmten Sehenswürdigkeit?«

»Ja.«

»Bei welcher?«

Sie wackelte mit dem Kopf, vor und zurück wie ein verspieltes Pferd.

»Ich weiß es nicht, ich weiß es nicht ...«

Ich schüttete etwas Rum auf den Boden. Entsetzt begann sie zu keuchen.

»Nein ... nein ... bitte nicht!«

»Bei welcher, Mrs. Brainbocs?«

Ihre Augen weiteten sich vor Angst. »Bitte geben Sie mir was zu trinken. Bitte!«

Ich drehte den Flachmann, bis der Inhalt herauszugluckern begann. Sie beugte sich vor, und die Worte purzelten nur so aus ihr heraus, um mich davon abzuhalten, den wertvollen Rum zu verschütten.

»Ich weiß es nicht. Er wollte es mir nicht sagen. Er konnte nicht. Der Junge war so aufgeregt, daß er kaum noch sprechen konnte. Wollte kaum noch essen. Dann war er 'ne ganze Woche weg. Da hat er sie kennengelernt, verstehen Sie? Da hat er es ganz sicher gewußt. Und als er zurück war, wollte er überhaupt nichts mehr essen.«

»Was hat er gewußt?«

»Alles. Nachdem er sie gesehen hatte, hat er alles gewußt. Von A bis Z. Sie hat's ihm erzählt. Warum auch nicht. Ihr war es egal. Miststück. Als er zurückkam, war er bleich wie ein Gespenst. Wollte nicht schlafen und nicht essen und nichts. Ging die ganze Nacht bloß auf und ab. Ich hab noch gesagt, er würde die Scharniere seiner Beinschiene ausleiern, aber der Junge wollte nicht hören. Hat gesagt: Mama, wenn mir morgen in der Schule was passiert, denk dran – ich will neben meinem Vater begraben werden.«

Ich gab ihr den restlichen Rum und schaute voll Mitgefühl zu, wie sie das Zeug runterkippte und dabei Geräusche von sich gab wie Wasser, das aus der Badewanne ausgelassen wird. Sie hielt eine Sekunde inne.

»Wen hat er denn kennen gelernt?«

»Gwenno.«

»Gwenno und weiter?«

»Bloß Gwenno.«

Wieder eine Pause. Ma Brainbocs keuchte wie ein Langstrekkenläufer.

Ich klopfte ihr sanft auf die Schulter. »Mrs. Brainbocs, wollen Sie damit sagen, daß Gwenno ihm irgendwas erzählt hat? Irgendwas, das Lovespoon nicht gefallen hat?«

Sie sah mich an. Das Feuer in ihren Augen erlosch wie eine Öllampe, die man zur Nacht ausdreht. »Ja.« Einen Moment lang hielt ihr verzweifelter Blick noch meinem stand, dann sank ihr der Kopf wieder auf die Brust.

Das schwache Licht des Verstehens war erloschen. »Für immer fort«, fing sie mit ihrer Litanei wieder an, »für immer fort.«

Als ich sie verließ, begann sie wieder zu schaukeln, die rhythmische Begleitung zum untröstlichen Mantra des Schmerzes einer Mutter: »Für immer fort, mein Junge, für immer fort.«

Kapitel 8

Hatte Noel sie gefunden? Nach dem Taifun hatten Fischer die Familie von Hermione Wilberforce tot aus dem Meer geborgen, Hermione selbst aber war nicht unter den Toten. Eine Suche wurde organisiert, doch ohne Erfolg. Und das hätte auch das Ende der Geschichte sein sollen. Wenn sie nicht tot war, hätten die Piraten, die die Küste Borneos unsicher machten, schon bald dafür gesorgt, daß sie gewünscht hätte, sie wäre tot. Aber dann begannen merkwürdige Geschichten aus dem Urwald durchzusickern. Absurde Märchen über eine weiße Frau, die angeblich im Dschungel lebte. Niemand, der auch nur ein wenig Ahnung hatte, glaubte sie. Nicht die Behörden in Singapur, auch nicht die Radschas in Sarawak. Bloß Bartholomew – dieser bescheuerte Sir Galahad, der gegen jede Vernunft unbeirrt weitermachen mußte, auch dann noch, als ihn schon alle Führer und Träger verlassen hatten. Das Tagebuch, das die Frau des Bischofs gegen die Messingkessel eingetauscht hatte, endete nach sechs Wochen Einsamkeit in fiebrigem Malaria-Gekrakel. »Ich habe sie gesehen«, schrieb er in seiner letzten Woche, von Krankheit zerfressen und kaum mehr in der Lage, sich zu bewegen. »Ich habe sie gesehen«, und danach seine letzten Worte: »Vertrauen heißt glauben, was man nicht sieht.« War das reine Halluzination, hervorgerufen durch Fieberwahn? Natürlich. Es gibt keine andere Erklärung. Die Chance, daß die Frau überhaupt im Dschungel lebte, war schon überaus gering. Die Wahrscheinlichkeit, sie zu finden, war gleich Null. Sein Ende kam nicht überraschend und hatte nichts Geheimnisvolles an sich. Bis auf eine Sache: Er hatte einen Fotoapparat dabei.

Langsam umrundete ich die große Rasenfläche vor dem Museum, und als sich die Sonne auf der Plexiglasnase der Lancaster spiegelte, mußte ich blinzeln. 1961 dem 617. Fluggeschwader, den berühmten »Dammbrechern«, abgekauft, stand sie seit dem Ende der Feindseligkeiten auf dem Victory Square. Ihrer majestätischen Erscheinung hatte die verflossene Zeit nichts anhaben können. Irgendwo in den Fluten des Rio Caeriog lag ihr Schwesterflugzeug. Ich parkte, schaltete den Motor ab und beobachtete eine Gruppe Schulkinder, die paarweise die Leiter hochkletterten, rauf zum Eingang unter den Geschütztürmen und in den Rumpf. Die ganze Schulzeit über hatte man uns erzählt, wie die Leute im 19. Jahrhundert Wales verlassen und sich in Patagonien angesiedelt hatten, aber kein Mensch hatte uns je erzählt warum. Ein Schilling am Ende des Piers für den Start in ein neues Leben in einem Land, in dem Milch und Honig floß. Was sie fanden, war nicht einmal ein Land, in dem es Brot und Marmelade gab, sondern unfruchtbare, trostlose, eisbedeckte Wildnis. Ich war zu jung, um mich noch an den Unabhängigkeitskrieg zu erinnern, aber wie jedem anderem sind auch mir die Wochenschauen mit den Bildern von langen Schlangen auf den Straßen vor den Rekrutierungsbüros vertraut. Die anfängliche Euphorie. Und dann die Desillusionierung. Die Leichensäcke und politischen Kehrtwendungen. Die ernüchternde Entdeckung, daß unsere Jungs gar nicht die strahlenden Helden waren, wie alle geglaubt hatten. Daß sie alles andere als Befreier waren. Die öffentliche Meinung daheim kehrte sich gegen das unbesonnene militärische Abenteuer. Aber den Truppen – verschanzt in einem Krieg, aus dem man sie nun nicht wieder herausholen konnte – war solcher Luxus nicht vergönnt. Und dann kam der berühmte Rio-Caeriog-Feldzug, der Wendepunkt und glorreiche Sieg, so glorreich wie Dünkirchen.

Ich fand Rhiannon Jones, die Museumskonservatorin, in der Abteilung »Hemdhosen und Miederwaren«, die fast das gesamte oberste Stockwerk des Gebäudes einnahm, welches interessanter war als die Ausstellungsstücke, die es beherbergte. Die Devil's Bridge Tin & Lead Steam Railway Co. hatte es Mitte des vorigen Jahrhunderts errichten lassen, ein großartiger neogotischer Kasten voller Putten, wasserspeiender Dämonen, Türmchen, Torbögen und Zinnen. Die Dessous-Abteilung, die jetzt im prismatischen Licht bunter Fensterscheiben schimmerte, war angeblich die größte Sammlung ihrer Art in ganz Europa. Als ich klein war, hatte man einen Mann speziell dafür eingestellt, die Schulbuben, die sich heimlich reinschleichen wollten, zu verscheuchen. Ein Job, den dasselbe Schicksal ereilt hatte wie Arbeitshäuser und Büttel. Hier wirkte zwar alles wie ausgestorben, mir war es für einen gemütlichen Bummel an einem Sommertag dennoch schön genug. Ich wandelte durch die Strahlen des spätnachmittäglichen Sonnenlichts, das die Exponate zärtlich streichelte und den Staub tanzen ließ. Die Teewärmer-Abteilung lag ganz hinten beim großen Fenster, das nach Süden auf den Vorplatz zeigte. Es war keine besonders tolle Sammlung – in alten Vitrinen lagen ein paar schäbige Stücke, die nicht den kleinsten Hinweis auf die schändlichen Vorgänge in den Teewärmer-Läden unten am Hafen gaben. Es war leicht zu erkennen, von wo man das Maya-Stück gestohlen hatte: an einer neu eingesetzten Glasscheibe und einer teewärmerförmigen Verfärbung auf dem Hintergrundpapier der Ausstellungsvitrine. Daneben lag ein Kärtchen mit dem geflunkerten Vermerk: »Vorübergehende Leihgabe an die Leipziger Staatsgalerie.«

Rhiannon Jones gesellte sich zu mir und bewunderte die Teewärmer.

»*Prynhawn da,* Mr. Knight!«

Ich wandte mich um und lächelte sie an.« *Prynhawn da,* Mrs. Jones, schöner Tag heute.«

Sie strahlte, als hätte sie eine Erscheinung. »Ja, nicht wahr.«

Ich wollte Informationen aus ihr herausquetschen, also mußte ich mir zunächst höflich meinen Weg durch die Einleitungsfloskeln bahnen. Zu rasches Vorpreschen, und sie könnte später schweigen wie ein Grab.

»Herrliches Wetter«, sagte ich. »Hoffen wir, daß es den ganzen Juli so bleibt.«

Mrs. Jones Gesicht umwölkte sich, als sich ein lang vergessenes Kindheitstrauma den Weg in ihr Bewußtsein bahnte.

»So was würden Sie nicht sagen, wenn Sie '32 miterlebt hätten. Schöner Juni damals, und dann, am ersten Julitag, fing es an zu regnen und hörte bis zum Bank Holiday im August nicht mehr auf.« Sie erschauderte. »Ich bin immer noch nicht ganz darüber hinweg.«

»Trotzdem«, sagte ich tröstend, »über heute können wir uns nicht beklagen.«

»Oh nein«, lächelte sie, »es ist wirklich ein schöner Tag geworden. Aber ...«

Sie schwieg und legte den Zeigefinger auf ihren Nasenrücken, eine Geste, die den Frauen in Aberystwyth schon auf dem Schoß ihrer Großmütter in Fleisch und Blut übergeht. Es war eine Geste, die dem nun folgenden Einwand Gerichtssaalflair verlieh. Und der Einwand kam zwangsläufig und unabwendbar, so sicher wie das Amen in der Kirche. Ich war wie versteinert. Oh ja, es sei ein schöner Tag, gestand sie mir zu. Ihr Brustkorb füllte sich mit Luft. »Aber!« – und sie wackelte mit ihrem Finger vor meinem Gesicht hin und her – »aber gestern war auch schon ein schöner Tag, *chwarae teg*!«

In ihren Augen funkelte das Feuer des Sieges. Gestern war es auch schön gewesen. Selbstverständlich. Oder etwa nicht? Um ehrlich zu sein, ich konnte mich nicht mehr erinnern, aber das spielte auch keine Rolle. Hier ging es um die linguistische »Komme-aus-dem-Gefängnis-frei«-Karte *chwarae teg*. Übersetzt bedeutete das Fair play, und wenn man das in einen Satz einbaute, gab es nichts – keinen Grammatikfehler, keine Platitüde und keinen logischen Sprung von Canyonbreite –, mit dem man nicht durchkommen würde.

Nachdem sie mich also verbal schachmatt gesetzt hatte, wandte Mrs. Jones ihre Aufmerksamkeit wieder den Teewärmern zu, ein mustergültiges Beispiel von Großmut dem besiegten Gegner gegenüber.

»Ach ja, das sind schon Schönheiten«, schwärmte sie, »dieses Set wurde 1961 von den Schwestern von Deimiol im Hospiz gestrickt. Es war Teil der Kriegsanstrengungen, um die Lancaster kaufen zu können.« Sie nickte leicht Richtung Fenster zum Victory Square.

»Wir hatten keine Luftunterstützung, wissen Sie.«

»Da mußten sie aber eine Menge stricken.«

»Gewiß, aber wenn die Schwestern eines hatten, dann Disziplin. Äußerst streng. Kennen Sie Mrs. Beynon vom Leuchtturm? Sie durfte nicht mal im Souvenirladen arbeiten, wenn sie ihre Regel hatte.«

Die Buttercremetorte war aus Margarine und Zucker zusammengepanscht. Tische und Stühle stammten aus einer Schulaula. Und die hohe, kirchenähnliche Decke hallte wider vom Lärm, der seinerseits gedämpft wurde vom Mief aus Ausdünstungen und dem geballten Pfefferminzatem, der Orten wie diesem sogar während der heißesten Zeit des Sommers anhaftete. Wir saßen im Museumscafé. Rote Plastikketchupflaschen in Tomatenform auf den Tischen, polierte Teemaschinen am Tresen längs der Auslage und kanuförmige Donuts mit Spuren von Pseudomarmelade. In der Ecke stand ein einarmiger Bandit, für den man an der Kasse alte Pennys eintauschen mußte.

Mrs. Jones wischte mit dem Finger den Rand ihres zwetschgenförmigen Mundes ab. Sahnespuren hafteten hartnäckig am grauen, moosähnlichen Bewuchs ihrer Oberlippe.

»Wissen Sie«, sagte ich, »als Kind bin ich oft hier gewesen.«

»Ja, früher waren wir bei den Schulen sehr beliebt.«

»Mein Lieblingssaal«, fügte ich mit gespielter Lässigkeit hinzu, »war die Cantref-y-Gwaelod-Abteilung.«

Mrs. Jones hörte auf, an ihrem Donut herumzuknabbern, und legte ihn auf den Teller. Ihre Hand zitterte. »Ich fürchte«, sagte sie leise, »das ist nicht gerade mein Spezialgebiet.«

»Ist sie immer noch drüben neben der Abteilung mit den zweiköpfigen Kälbern?«

Das Zittern verstärkte sich. »J ... ja, anzunehmen.«

»Vielleicht könnten wir nachher mal rübergehen.«

»Ich ... ich ... ich glaube, da ist geschlossen.«

»Oh, das ist aber schade, ich wollte ein paar Nachforschungen anstellen, so eine Art Neubewertung aus Sicht des 20. Jahrhunderts ...«

Mrs. Jones schnitt mir scharf das Wort ab. »Es tut mir leid, ich kann Ihnen nicht helfen.«

»Ich würde Ihnen keine großen Umstände machen. Es geht hauptsächlich um theoretische Aspekte. Ich wollte mich dem Thema von einer modernen ozeanographischen Perspektive her annähern. Selbstverständlich bräuchte ich die Gezeitentafeln für das Dunkle Zeitalter ...«

Sie legte sich die Hände auf die Ohren und quengelte wie ein kleines Kind: »Nein, nein, bitte hören Sie auf. Ich weiß überhaupt nichts über Cantref-y-Gwaelod, ehrlich nicht.«

»Wovor haben Sie denn Angst?«

»Nichts, nichts ... ich ... bitte, ich muß zurück.«

Unvermittelt stand sie auf. Ihr Stuhl quietschte dermaßen, daß jedes Gespräch verstummte und sich aller Augen auf uns richteten. Ihre Stimme zu einem barschen Flüstern gesenkt, fauchte sie: »Verpissen Sie sich!«

Ich packte sie am Arm, ehe sie entwischen konnte, und fühlte die schmutzige, rauhe Wolle unter meiner Hand. »Nicht, ehe Sie mir sagen, was Sie zu verbergen haben.«

Ich verstärkte meinen Griff um ihren knochigen Arm, bis sie vor Schmerz zusammenzuckte.

»Nichts«, zischte sie, »ich habe gar nichts zu verbergen. Ich weiß nichts über Cantref-y-Gwaelod.« Wieder versuchte sie sich loszureißen, aber ich hielt sie eisern umklammert.

»Wer hat Brainbocs getötet?« Es war ein Schuß ins Blaue, einfach um zu sehen, ob er eine Wirkung auf sie hatte. Die hatte er allerdings.

Sie keuchte und blickte unwillkürlich zum Kamin neben der Tür. Ich folgte ihrem Blick. Über dem Kaminsims war ein helles, rechteckiges Stück Papier zu sehen, wo lange Zeit ein Foto gehangen hatte, das kürzlich entfernt worden war.

»Wollen Sie, daß ich so ende wie er? Wie Mr. Davies? Ist es das? Ist es das, was Sie wollen?«

»Der alte Konservator?«

»Ja.«

»Hat er Brainbocs bei seinem Aufsatz geholfen?«

Sie winselte und wand sich wie eine Katze, die in eine Falle geraten war.

»Wo ist Mr. Davies?«

»Verpissen Sie sich endlich!«

Ich ließ sie los. Mrs. Jones eilte Gläser umstoßend zwischen den Tischen davon. Ich vergaß die Leute um mich herum, die immer noch in meine Richtung starrten, völlig. Ich saß einfach nur da und schaute auf den Fleck, wo einst Mr. Davies' Porträt gehangen hatte.

Am nächsten Tag wurde die Geisterbahn wieder eröffnet. Myfanwy rief mich an, um mir zu sagen, daß sie zwei Tickets hatte. Wir trafen uns vor dem Geisterbahnhof direkt neben dem Schild, auf dem stand: ›Was ist der Zweck Ihrer Reise nach England?‹ Ich wollte sie eigentlich etwas fragen, aber die Frage war so dumm, daß ich es lieber bleiben ließ. ›Nach Myfanwys nächstem Schrei‹, sagte ich mir. Aber als sie dann schrie, verschob ich es wieder. An Schreien mangelte es ja nicht. Dies hier war die einzige Geisterbahn der Welt mit echten Geistern. Vor der Privatisierung hatte die Britische Eisenbahngesellschaft die Geisterbahn betrieben. Begonnen hatte es als pädagogisches Projekt der Cariganshire Heritage Foundation. Ein stillgelegter Stollen war in eine Art Lehrpfad zur Geschichte der Bleiminen in Cardiganshire umgewandelt worden. Schmalspurdampfzüge karrten Schulklassen am Wandertag und Urlauber zur Mine hoch und wurden dort von Grubenponys abgelöst, die die Waggons durch die Stollen zogen. Das Projekt hatte sogar einen Preis der UNESCO für verantwortungsvollen Tourismus gewonnen, doch dann ereignete sich der schreckliche Unfall. Ein Rad löste sich und traf einen Stützbalken, woraufhin das Dach einstürzte und eine Gruppe Tagesausflügler aus den Midlands erschlug. Als die Bahn zwei Monate später wieder eröffnet wurde, geschahen plötzlich sonderbare Dinge. Die Ponys wieherten jede Nacht gespenstisch in ihren Ställen, und am Morgen scheuten sie und weigerten sich, die Mine zu betreten. Seltsame Klänge waren zu hören und man sah körperlose Lichter in den Tunnels schweben. Bald sanken die Besucherzahlen, und es sah aus, als hätte die Geisterbahn ihre Endstation erreicht. Aber allmählich sprach sich das Ganze herum und ein neuer Schlag Passagiere traf ein: Statt Leuten, die sich für industrielle Archäologie interessierten, kamen nun Ufo-Jäger, Megalith-Liebhaber, morbide Anhänger menschlicher Selbstentzündung und Burschen auf Junggesellenabschied. Und so war der Welt einzige authentische Geisterbahn geboren. Zusätzlich zu den Vorhängen aus fluoreszierendem Seegras und Plastik-Skeletten, durch die nunmehr elektrisch betriebene Waggons rumpelten, konnten Leute auf der Suche nach Nervenkitzel nun auch nach einer Frau Ausschau halten, die ihren Kopf mit dem wasserstoffblonden Haar unter dem Arm hielt. Oder nach einem Mann, der mit dem *Daily Mirror* über dem Gesicht auf einer Bank schlief. Und in der Cafeteria nach einer Ektoplasma-Frau, die ihrem Baby die Brust gab.

Als wir um eine Ecke und durch einen Vorhang aus fluoreszierendem Seegras fegten, schrie Myfanwy auf und begrub ihr Gesicht an meiner Brust. Ich wollte wissen, ob sie irgendeine Ahnung hatte, was ihr Cousin Evans mit einem Stück Teewärmer mit Maya-Muster gewollt haben könnte. Die Geisterbahn krachte durch das letzte Tor in den warmen Sonnenschein.

»Myfanwy?«

»Mmmm?«

»Ich weiß, es hört sich dumm an, aber hatte dein Cousin Evans irgendein Interesse an den Inkas?«

»An wem?«

»Oder den Azteken, oder irgendwas in der Richtung?«

Sie lehnte ihren Kopf an meine Brust und sah lächelnd zu mir hoch.

»Ich bin so enttäuscht, daß wir die Frau nicht gesehen haben, die dem Baby die Brust gibt.«

»Du hast auch so schon genug geschrieen.«

»Ich weiß, aber das war alles wegen der unechten Geister.«

»Und wieso hast du dann so geschrieen, wenn sie unecht waren?«

Der Zug hielt an, und die übrigen Passagiere nahmen ihre Schutzhelme ab.

»Das waren unechte Schreie.« Sie setzte sich auf und löste den Sicherheitsgurt. »Nächstes Mal kannst du Pandy mitnehmen.«

Ich seufzte. »Könntest du vielleicht mal aufhören, mich mit deinen Freundinnen verkuppeln zu wollen?«

»Mach ich gar nicht. Sie würde halt auch gerne mal fahren, traut sich aber nicht.«

»Und was ist mit dem Messer in ihrem Strumpf?«

Sie legte einen Arm um meinen Nacken und lehnte sich an mich. Ihr Haar schmiegte sich warm an mein Gesicht, verdunkelte alles und erfüllte mich mit dem überwältigenden Bedürfnis zu schlafen. Ich schob sie sanft zurück und fragte noch einmal.

»War er ein Azteken-Fan?«

Sie schürzte die Lippen, als dächte sie nach, und sagte: »Ehrlich gesagt, glaube ich, er hatte mit diesen ganzen Bands nicht viel am Hut.«

Ich ließ Myfanwy vor ihrer Wohnung, die auf den Tan-y-Bwlch-Strand hinausging, aussteigen, fuhr dann weiter die Hügel hoch nach Southgate und bog schließlich nach links ins bergige Hinterland. In Aberystwyth schien noch die Sonne, aber weiter oben bewölkte es sich zusehends. So fuhr ich bald durch einen frostigen Nebel in eine Welt aus unbehauenen Steinwänden und Weidenrosten. Verschreckte Schafe klammerten sich beiderseits der Straße an die Böschung und schienen sich verzweifelt zu fragen, wie sie wohl wieder auf ihre Weiden zurückfinden könnten, von denen sie irgendwie entwischt waren. Während der Nebel immer undurchdringlicher wurde, fuhr ich durch traurige, ganz und gar nicht verwunschene Koniferenwälder, die von der Forstverwaltung in Reih und Glied angepflanzt worden waren. Hin und wieder sah ich im Vorbeifahren Stöcke mit Gummischaufeln, die am Zaun befestigt waren und zum Ausschlagen von Feuern dienten. Von Zeit zu Zeit erhaschte ich durch die Bäume stakkatoartig kurze Ausblicke auf den Nant-y-moch-Stausee. Dann endete der Wald, und ich fand mich vor dem verfallenen, mit Unkraut übersäten Kirchhof auf den Hügeln oberhalb des Stausees wieder. Hier lag Marty begraben. Ich parkte und bahnte mir einen Weg durch die schiefen Schieferzähne der Grabsteine.

Es war nie offiziell bestätigt worden, daß er Schwindsucht hatte. Und zahlreiche wohlmeinende Freunde wollten mich seither überzeugen, daß er sie nicht hatte. Aber woher sollten sie das wissen? Waren sie vielleicht damals in der Volksschule dabei, als wir gegen Tbc geimpft wurden? Als Marty solche Angst vor der Nadel hatte, daß ich im Tausch gegen eine Monatsration Marsriegel seinen Platz einnahm? Wenn er in der Stadt gewohnt hätte, wäre vielleicht alles ganz anders gelaufen. Aber er wohnte nun mal auf der sonnenlosen Nordseite der Hügel oberhalb des Stausees. Ich schaute auf den einfachen Grabstein und ließ meinen Blick zu den ruhigen, metallgrauen Wassermassen weiterwandern, die hinter dem Nant-y-moch-Damm aufgestaut waren. Marty hatte mir mal erzählt, daß auf dem Grunde des Sees ein Dorf liegt, das geflutet worden war, als man den Damm gebaut hatte. Der Mann, der die Flugblätter gedruckt hatte mit der Aufforderung an die Einwohner, ihre Häuser zu verlassen, hatte das Datum verwechselt, und alle waren ertrunken. Marty erzählte, daß der Typ danach keine Aufträge mehr für Hochzeitseinladungen bekam. Darüber muß ich heute noch lachen.

Der Schneesturm, der Marty das Leben kostete, hielt Aberystwyth drei Tage lang in seinem Griff. Einmal hatten wir der Kerze der Hoffnung erlaubt, in unseren Herzen zu flackern. Ein tragischer Fehler. Die Erfahrung hatte uns gelehrt, Jahre bevor wir als Erwachsene in der wirklichen Welt die Bestätigung hierfür fanden, daß der beste Grundsatz der war, immer mit dem Schlimmsten zu rechnen. Aber als wir diesmal im Fernsehen Beiträge über die Hubschrauber sahen, die Heuballen zu dem Vieh transportierten, das von der Außenwelt abgeschnittenen war, dachten wir, daß zumindest an diesem Freitag der Sportunterricht ausfallen würde. Aber Herod Jenkins war niemand, der sich so leicht um seinen Sport bringen ließ. Die meteorologischen Voraussetzungen, die seiner Auffassung nach die Absage eines Spiels gerechtfertigt hätten, konnte man nur auf dem Saturn vorfinden. Marty haßte Rugby. Für ihn war es ein heidnisches Spiel, eine moderne Verkörperung der Vergewaltigungsriten der keltischen Beltane-Feiern. Die Torpfosten repräsentierten die Vulva der Fruchtbarkeitsgöttin Wicca, und der Ball war symbolisches Sperma. Es war eine überzeugende These, die ihn aber nicht davor bewahrte, auf dem Altar von Herods Wahnsinn geopfert zu werden.

Nichts hätte uns auf den Schock jenes Tages vorbereiten können. Wir waren es gewohnt, daß die normalen Grundrechte auf dem Spielfeld nichts galten, doch diesmal schienen sogar die Naturgesetze außer Kraft zu sein. Es war, als wachten wir morgens an der Zimmerdecke auf, weil sich die Schwerkraft über Nacht umgekehrt hatte. Marty stand da, in der Hand den einzigen Talisman, der einem Schutz vor Verfolgung gewährte – den Entschuldigungszettel der Mutter – und Herod wies ihn zurück. Ein bißchen Bewegung sei gut bei Erkältung, sagte er – Worte, die in die Medizingeschichte eingegangen sind. Dann ging er in die Umkleidekabine, um seinen Winterparka anzuziehen. Marty war bleicher als ein Gespenst und zitterte am ganzen Körper. Bei der Untersuchung stellte sich später heraus, daß der Zettel gefälscht war, was bedeutete, daß Herod die moralische Absolution erhielt. Aber Marty war nicht fit, auch wenn die Entschuldigung nicht echt war. Hilfesuchend blickte er zu mir, seinem einzigen Freund, und ich sagte, ›Marty, wir gehen nicht!‹. Vier Worte, die meine Gedanken und Taten für den Rest meines Lebens prägen sollten. ›Marty, wir gehen nicht!‹. Was konnte einfacher sein? Es war reiner Wahnsinn, an jenem Tag aufs Spielfeld zu laufen, und wenn wir alle uns weigerten, was sollte er tun? Wenn wir alle zusammenhielten, konnten wir uns durchsetzen. Wir würden uns einfach nicht rühren. Marty war von dem Plan begeistert. Er schaffte es, die ganze Klasse für seine Meuterei zu gewinnen. Herod kam mit seiner Trillerpfeife wieder raus, und Marty trat vor und sagte: ›Sir, wir gehen nicht!‹. Herod blinzelte erstaunt und musterte den Jungen von oben bis unten: zerbrechlich und zitternd, linkisch – alles Verbrechen in den Augen eines Sportlehrers –, dann lächelte er und wandte sich an uns andere. ›Ach, wirklich?‹, sagte er. ›Und wem ist für einen kleinen Lauf noch zu kalt?‹ Den Bruchteil einer Sekunde herrschte Stille, dann begannen alle zu johlen. Es war klar, daß Marty reingelegt worden war. Keiner hatte auch nur die geringste Absicht, das Spiel zu verweigern. Nicht einer trat vor. Schließlich wandte Herod, freudetrunken ob seines Triumphs, seinen Blick zu mir, Martys Verbündetem, wie er wußte, und sagte, ›Nun, mein Süßer?‹ Ich zuckte zusammen wie ein geschlagener Hund und sagte nichts. Wir spielten schließlich alle Rugby an jenem Tag, nur Marty wurde auf einen Querfeldein-Lauf geschickt – allein. Er schaute mich, kurz bevor er uns verließ, ein letztes Mal an: ein unvergeßlicher, herzzerreißender Blick. Nicht vorwurfsvoll, womit ich um so vieles leichter hätte leben können, sondern verständnisvoll. Und noch etwas anderes lag in diesem Blick: das leidenschaftliche Lebewohl eines Gefangenen, der zum letzten Mal von dieser wundervollen Welt trinkt, ehe sich die Binde vor seine Augen legt.

Kapitel 9

Doris Pugh trug ihren offiziellen Touristen-Informations-Blazer und spuckte das Wort wie einen Kirschkern über den Schreibtisch: »Sperma!«

Mir stockte der Atem.

»Auf einem alten aprikotfarbenen Satinleibchen.«

»Alt?«

»Charleston-Ära. Natürlich hat er behauptet, es wäre nicht seines, aber das sagen ja alle. Dreißig Jahre lang hat er da gearbeitet. Noch zwei Jahre, und er hätte die volle Pension samt goldener Uhr bekommen.«

Der Job eines Privatdetektivs in Aberystwyth entbehrt nicht einer gewissen Ironie. Wenn man Leute höflich nach Informationen fragt, machen sie normalerweise dicht und verraten einem nicht einmal die Uhrzeit. Aber wenn man auf der anderen Seite einer Gartenhecke steht, kann man sie gar nicht mehr bremsen. Und manchmal ist es am einfachsten, etwas herauszufinden, indem man die Dame vom Touristen-Informationskiosk fragt.

»Na ja, man kann gar nicht vorsichtig genug sein«, fuhr sie fort, »schauen Sie sich doch nur die ganzen Studenten aus Übersee an, die jetzt zu uns kommen. Ich meine, schauen Sie sich doch diese Mädchen aus Brunei an, wie die rumlaufen mit diesen Dingern über'm Gesicht. Das ist ja, als würde man aus einem Briefkasten rausschauen. Das muß man sich mal vorstellen.«

Ich bedankte mich und schlenderte die Prom hinunter. Traurig schüttelte ich den Kopf über Lovespoons Grausamkeit. Sein ganzes Leben lang hatte Iolo Davies dem Museum gedient, seine Personalakte war makellos. Aber dann half er Brainbocs bei einem Schulaufsatz, also mußte er bestraft werden. Die Methode war atemberaubend wirkungsvoll: ein einziger Spermafleck auf einem Ausstellungsstück der Hemdhosen- und Miederabteilung. Ich brauchte nicht jedes Detail zu kennen, ich wußte auch so, wie dergleichen ablief. Alles streng geheim, aber nur fast. Nichts ungehobelt Dramatisches. Nur ein winziges Detail, das weitaus mehr Schaden anrichtete als jede häßliche Verleumdung. Pflanz den Samen – Ha! Welch grausame Formulierung – und laß die freundlichen Winde des Skandals wehen. Alles Weitere würde unausweichlich folgen: Anschuldigungen wegen ungehörigen Verhaltens, Gerüchte über unerlaubtes Ausleihen der Ausstellungsstücke ... und in Nullkommanix war das Porträt, das eine ganze Generation lang im Museums-Café gehangen hatte, entfernt. Und was mich am meisten erschütterte: die atemberaubende Kunstfertigkeit, die hinter Lovespoons Bosheit steckte. Denn die Wahrheit war, daß Iolo wahrscheinlich schon in irgendwas Pornographisches mit den Hemdhosen verwickelt war. Solche Sachen waren ja allgemein bekannt. Ein exklusiver Zirkel hochrangiger Bürger unserer Stadt. In Restaurants wechseln unter den Tischen diskret Geldumschläge den Besitzer. Wahrscheinlich hatte er es seit Jahren so gemacht, und sie wußten alles darüber und ließen ihn gewähren. Aber als sie ihn dann loswerden wollten, hatte er nicht die geringste Chance, die Anschuldigungen zu widerlegen.

Wo war er jetzt? Es gab einen Mann in Aberystwyth, der es wissen würde: Archie Smalls. Aber er würde es mir natürlich nicht sagen. Außer ich zwang ihn dazu. Ich seufzte. Um ihn zum Reden zu bringen, mußte ich jemand anderen finden. Jemanden, den die meisten Leute definitiv nicht finden wollten. Ihr Name war Siani-y-Blojob, wahrscheinlich die widerlichste Frau in ganz Wales. Nüchtern würde ich das nicht packen.

Es war so eine Situation, wo du von Anfang an weißt, du solltest lieber die Finger davon lassen. Du hast nicht die Kraft, auf die Stimme deines Herzens zu hören, umzukehren und wegzugehen. Aber ich mußte mit Siani reden, und dafür mußte ich zum Inder, und sowohl für das eine wie für das andere mußte ich betrunken sein. Also ging ich ins Moulin.

Myfanwy saß bei den Druiden und unterhielt sich offenbar bestens. Als ich reinkam, sah sie kurz auf und gleich wieder weg.

Ich wurde an einen Tisch geführt, weiter hinten als das letzte Mal, wo mir ein Pfeiler teilweise die Sicht versperrte. Ich bestellte einen Drink und sagte dem Kellner, er solle Myfanwy ausrichten, daß ich hier sei. Er betrachtete mich mit kaum verhohlenem Spott. Statt Myfanwy kam Bianca an meinen Tisch.

»Hallo, mein Hübscher.«

Ich nickte.

»Krieg ich nicht mal ein kleines Lächeln?«

Ich sah sie an und lächelte matt.

»Kann ich was trinken?«

Ich zuckte mit den Schultern.

Sie hielt einen Kellner an und bestellte einen Drink.

»Ich wette, ich weiß, warum Sie traurig sind. Es ist wegen Myfanwy. Sie sind sauer, weil sie sich mit den Druiden abgibt.«

»Nein, bin ich nicht.«

»Sie müssen verstehen, Louie, sie mag Sie wirklich, aber das ist nun mal ihr Job.«

»Ich verstehe durchaus.«

»Ich weiß, wie Sie sich fühlen. Glauben Sie mir, sie wäre viel lieber hier bei Ihnen.«

»Du hast doch nicht mal den Hauch einer Ahnung, wie ich mich fühle.«

Bianca zuckte mit den Achseln. Eine Zeit lang saßen wir schweigend da. Dann stand sie ohne ein Wort auf und ging. Kaum war sie weg, wünschte ich, sie wäre noch da. Ich nahm ihr Glas und roch daran. Rum pur – kein gefärbtes Wasser. Im Moulin galt das als echtes Kompliment.

Ich trank weiter und sinnierte über Siani-y-Blojob. Jede Stadt hat ihre schweren Jungs und Mädels, so wie jede Stadt ihre Licht- und Schattenseiten hat. Sie kommen und gehen wie die Glockenblumen. Und wenn es, wie manche Leute behaupten, bei den Menschen so wie beim Wein gute und schlechte Jahrgänge gibt, dann repräsentierte Siani sicher eine ganz besondere Edelauslese. Irgendwann einmal würden Eltern ihren Kindern Kamingeschichten über Siani erzählen, das Wesentliche jedoch ebenso verfehlen wie manche Väter, die ihren Söhnen von Tom Finneys und Stanley Matthews' Ruhmestaten vorschwärmen.

Nach einer Weile kam Myfanwy herüber. Ich hatte sie schon die ganze Zeit aus dem Augenwinkel heraus beobachtet.

»Hi, Louie!«

»Hi.«

»Entschuldige, aber ich habe Kundschaft.«

Ich trank einen Schluck.

»Du hast doch nichts dagegen?«

»Nein.«

Sie schaute mich verunsichert an und machte mir dann fröhlich ein Angebot: »Ich sag dir was, warum nimmst du heute nacht nicht Bianca mit zu dir nach Hause?«

Sie sagte das in einem Ton, als würde sie mir vorschlagen, auf dem Heimweg noch schnell irgendwo unterwegs eine Pizza mitzunehmen.

»Geht aufs Haus.«

Ich starrte sie an. Sie lächelte fröhlich.

»Wie kannst du so was sagen?«

Ihr Kiefer klappte nach unten, das Lächeln versiegte. »Ich meine ... Ich dachte ...« Sie setzte sich und hakte mich unter. »O Louie, sei doch nicht so wie alle anderen.«

»Wie welche anderen?«

»Als nächstes wirst du noch Flittchen zu mir sagen.«

Das Wort saß wie ein Fleischerhaken.

»Wie kannst du mir so was unterstellen und im selben Atemzug sagen, ich soll Bianca mit nach Hause nehmen?«

Ihre Miene versteinerte.

»Kein Mensch zwingt dich.«

Seither habe ich viele Male über diese Nacht nachgedacht. Ich habe mich gefragt, ob es am Lauf der Dinge irgend etwas geändert hätte, hätte ich bestimmte Einzelheiten, bestimmte Sätze oder die Reihenfolge der Wörter geändert, oder hätte ich auch nur bessere Laune gehabt. In diese Falle stolpert man recht leicht – die Gewohnheit, die Vergangenheit zu einer Reihe ordentlicher Wendepunkte aufzudröseln, einzelne Ereignisse mit der Macht zu versehen, die Geschehnisse zu ändern, eine Macht, die sie nie besessen hatten. Man ist nicht mehr in der Lage zu erkennen, daß ein Moment, der im Kontext eines Abends als entscheidend erschien, in Wirklichkeit nur einen Prozeß widerspiegelte, der sich unbemerkt seit vielen Monaten entwickelt hatte. So wie ein Herzinfarkt nur die plötzlich auftretende äußere Form eines Lebensstils ist. Manchmal frage ich mich, ob ich das wirklich glaube, und mir wird klar, daß mir keine Wahl bleibt. Die Alternative, daß nämlich mein Verhalten in jener Nacht tatsächlich den Lauf der Ereignisse hätte beeinflussen können, wäre zu schmerzhaft in Anbetracht dessen, wie der Abend schließlich endete. Ich nahm Bianca mit nach Hause.

Vielleicht war einfach die Macht der Worte ›Geht aufs Haus‹ daran schuld. Worte, die mich anfangs nur mit Verachtung erfüllten, die aber mit jedem Schluck weniger beleidigend und immer verlockender wurden. Oder vielleicht lag's auch nur am Trinken. Mein ursprünglicher Plan, beim Inder Siani zu suchen, hatte jeden Reiz, den er von Haus aus schon nicht hatte, verloren. Wozu überhaupt? Ich wußte schon, wo Evans war: am Grund des Hafens oder an einem ähnlichen Ort. Eine andere Erklärung gab es nicht. Es war nur eine Frage der Zeit, bis er an die Oberfläche trieb. Außerdem war es mir egal. Oder vielleicht hatte es was mit Bianca zu tun. Sie war ein nettes Mädchen. Nicht bloß hübsch. Sie hatte etwas an sich, das ich erst lange nach ihrem Tod verstand. Sie war ehrlicher als Myfanwy. Wahrscheinlich, weil sie nicht besonders schlau war. Aber genau deswegen war sie auch viel netter.

Wir saßen lange in meinem Auto, das ich an der Prom direkt gegenüber des Mosaiks von Father Time geparkt hatte. Wir hatten die Fenster heruntergekurbelt und konnten in der Finsternis den tosenden Ozean hören, der an den Felsblöcken der Ufermauer rüttelte und nagte. Ich fragte sie, warum sie mit Pickel herumhing, aber sie zuckte bloß die Achseln.

»Es ist nicht so, wie Sie denken.«

»Aber der Typ ist doch grauenhaft, oder?«

»Er repariert den Rentnern die Uhren, und das umsonst. Man würde nicht glauben, wie verschämt er deswegen tut. Man muß die Uhr auf die Hintertreppe legen, und am Morgen geht sie wieder – wie bei der Zahnfee.«

Sie rutschte im Sitz hin und her. Ihr glänzender, schwarzer Plastikumhang knisterte. »Und wenn sich jemand ausgesperrt hat, macht er ihm die Tür wieder auf. Er kann jedes Schloß öffnen ... und außerdem, Sie wissen ja gar nicht, was er für ein Leben führt.«

»Du schon?«

»Als Kind hat er immer darauf gewartet, daß seine Mama vom Pub nach Hause kam. Ich weiß, wie das ist.«

In der Dunkelheit spiegelte sich der Schein der Straßenlampen auf ihren feuerlöscherroten Lippen und im Weiß ihrer Augen.

»Du machst alles so kompliziert.«

»Was alles?«

»Du weißt, daß ich dich gern hab.«

»Nein.«

»Ich hab dich jedenfalls gern.«

»Danke.«

»So hab ich's nicht gemeint.«

»Ich auch nicht.«

Sie sah zu mir rüber und lächelte zaghaft. »Ich weiß, daß Sie ein netter Bursche sind.«

»Nun übertreib mal nicht, so nett bin ich gar nicht.«

Sie drückte im Dunkeln meine Hand.

»Warum hat dir Myfanwy gesagt, daß du mit mir nach Hause gehen sollst?«

»Hat sie nicht. Ich wollte es.«

»Verstehe ich nicht.«

»Müssen Sie denn immer alles verstehen?«

Eine Zeit lang grübelte ich über diese Frage nach. Dann legte sie mir die Hand auf die Schulter und sagte: »Können wir über was anderes reden?«

Aber wir schwiegen, fuhren um den Block zur Canticle Street und stiegen die Holzstufen rauf zu diesem bißchen Schicksal, das so sehr nach einem Wendepunkt aussah, vermutlich aber gar keiner war.

Am nächsten Abend blieb ich daheim, trank eine halbe Flasche Rum und bestellte einen Tisch im indischen Restaurant.

»Haben Sie reserviert?« Zwei dunkle Augen schauten mich prüfend durch den Türspion an.

»Ja, auf den Namen Kreuzenfeld.«

Der Kellner nickte und zog die Riegel zurück.

»Wir haben Sie erwartet.«

Die Tür öffnete sich, und ich wurde an einem Schild mit der Aufschrift ›Vor Prothesen-Dieben wird gewarnt‹ vorbei in eine mit Tischen vollgepackte Halle geführt. Die Luft war angefüllt mit Schweiß, Körperdüften, Bierfahnen, scharfen Curry-Gewürzen, Erbrochenem und Desinfektionsmitteln. Die meisten Tische waren besetzt, teils von Einheimischen, teils von gereizten Touristen. Ich setzte mich. Der Ober hielt mir eine Speisekarte hin und betrachtete mich mit einer Mischung aus Besorgnis und Interesse. Ich lächelte ihn an.

»Was ist denn gut heute abend?«

Er starrte mich an. »Gut?« sagte er mit dem breiten Akzent der Midlands.

»Ja, was empfiehlt denn der Chef?«

»Soll das jetzt lustig sein, oder was?«

»Nein. Ich meine, was soll ich denn bestellen? Was ist gut?«

Offensichtlich war er mit solch einem Ansinnen noch nie konfrontiert worden. Er kniff die Augen zusammen und schaute mich argwöhnisch und verwirrt an.

»Sie meinen irgendwas von der Speisekarte?«

»Ja.«

Er lachte.

»Nichts natürlich, das ist alles Scheiße.« Schnell fügte er mit einem Anflug von Schuld, vielleicht wegen meines arglosen Gesichtsausdrucks, hinzu: »Schauen Sie sich doch bloß den Sauhaufen an, was hätte denn das für einen Sinn?«

Ich blickte auf die lärmenden Horden und nickte verständnisvoll. »Gar keinen. Sie könnten genausogut ein paar Dosen Hundefutter aufmachen und etwas Currypulver druntermischen.«

»Machen wir eh.«

Ich schaute ihn entsetzt an, und er brach in Gelächter aus.

»War bloß 'n Scherz, Kumpel, ist aber keine schlechte Idee. Keiner würde es merken.«

Ich legte die Speisekarte auf den Tisch.

»Gut, ich sage Ihnen, was ich tun kann, Kumpel – ich frage den Koch, ob er Ihnen ein paar Eier auf Toast macht oder so was.«

Bevor ich antworten konnte, brach in einer Ecke des Raums Streit aus. Der Ober stiefelte müde rüber, ohne jede Eile, sich einzumischen. Ich sah mich um. Am Nebentisch lag ein Mann mit seinem Gesicht im Curry. Und drüben am Erkerfenster saß zwischen einer Gruppe Biker die Frau, die ich suchte. Siani-y-Blojob: drekkige, ausgefranste ärmellose Jeansweste über einer 08/15-Lederjacke, das Haar wie nasses Stroh, pummeliges, käsiges Gesicht.

Der Streit war eskaliert. Statt Beschimpfungen flogen nun die Fäuste, und die beiden Protagonisten stürzten schwer auf einen Nachbartisch, an dem einige Burschen saßen. Paradoxerweise war dies eines der wenigen Dinge, die man sich in diesem Laden erlauben konnte, ohne Anstoß zu erregen. Streif einen Ärmel, schau ihre Freundin an oder starre einfach eine Sekunde lang in die falsche Richtung, und schon kriegst du Ärger. Aber wirf einem Gast einen Streithansel ins Essen und alles ist in Ordnung, ein verzeihlicher Fehler, der jedem passieren könnte. Die einzige Gefahr bestand darin, daß Bier verschüttet wurde. Eine rein hypothetische Gefahr, denn in dem Moment, in dem ein Streit ausbrach, brachte jeder sein Glas in Sicherheit. Ein Schauspiel der Gleichzeitigkeit und Choreographie, das die Wunder der Natur vor Scham erblassen ließ. Ein Schrei, ein Kreischen, zersplitterndes Glas und plötzlich, zu den Begleitrufen »Es geht los!«, schossen dreißig Arme wie die Tentakel einer Seeanemone vor, um die Biergläser wegzuziehen. Was noch erstaunlicher war: Wie Veteranen aus den Schützengräben des Ersten Weltkriegs kannten alle den Unterschied zwischen echtem und falschem Alarm. Nur die Touristen blamierten sich, wenn sie im falschen Moment zu den Gläsern griffen.

Die Prügelei verlagerte sich vom Tisch auf den Boden, und die Kellner mischten sich ein, um das Gliedmaßenknäuel zu entwirren. Eine typische Nacht in Aberystwyth. Wie ein menschlicher Bohrturm entzündete drüben am Fenster Siani-y-Blojob einen ihrer Fürze mit einer Riesen-Stichflamme. Gleichzeitig brachte ein Kellner auf einem Tablett drei Curry-Gerichte, schaufelte alles auf einen Teller und stellte diesen vor sie hin. Mir blieb mindestens eine Stunde Zeit. Ich stand auf und ging.

Ich fuhr schnell durch die leeren Straßen, durch eine Reihe von Einbahnstraßen am Bahnhof vorbei und am Hafen entlang über die Trefechan Bridge bis zur Sozialsiedlung. Calamity hatte mir die Adresse aufgeschrieben, und ich fand sie problemlos: eine

Doppelhaushälfte in einer unscheinbaren Häuserzeile mit Metalltoren und -zäunen, die in solchen Siedlungen anscheinend immer blau, rot oder gelb gestrichen sind und wo die Unterwäsche an einer dieser komischen Wäschespinnen hing. Ich zog einen Gartenhandschuh an.

Ich wußte, ich würde Archie im Imbiß an der Llanbadarn Road antreffen, der die ganze Nacht geöffnet hatte. Der Imbiß befand sich, etwas von der Straße zurückgesetzt, auf einem freien Flekken mit Parkplätzen für die Fernfahrer, die auf ein Schinkensandwich und eine Tasse Tee hier einkehrten. Die übrigen Kunden – und das waren zu jeder Stunde des Tages nicht gerade wenige – waren die üblichen Außenseiter, die man um diese frühe Uhrzeit antreffen konnte: Einbrecher, Betrunkene beim Ausnüchtern, die Nachtschicht auf dem Weg nach Hause und die Frühschicht auf dem Weg zur Arbeit. Und Leute wie Archie, die ihren Tag gern spätabends beginnen, lange nachdem der Rest der Stadt in trunkenen Schlaf gefallen ist. Der rosa Kittel der Bedienung war von Flecken übersät, der Koch spielte im rückwärtigen Teil Karten. Es war eine heiße Nacht. Alle Fenster standen offen, aber kein Luftzug milderte die Hitze aus der Küche. Archie saß griesgrämig an einem Tisch gleich am Eingang und starrte in eine Tasse mit kaltem Tee. Ich setzte mich ihm gegenüber, obwohl ich ihm ansah, daß er keinen Wert auf Gesellschaft legte.

»Morgen.«

Griesgrämig blickte er auf, sagte aber nichts.

»Lust auf einen kleinen Plausch?«

»Nein.«

»Keine Bange, die kriegst du gleich.«

Er schaute erneut hoch und starrte mich an.

»Ich hab gehört, du verbringst ’ne Menge Zeit hier in der Gegend.«

»Und wenn, dann ist das ja wohl meine Sache.«

»Nicht nur, jetzt ist es auch meine.«

Er steckte einen schmutzigen Zeigefinger in den Mund, kaute darauf herum und sagte, ohne ihn wieder herauszunehmen: »Was willst du?«

»Ich stelle mir gerade vor, was Siani-y-Blojob wohl sagen wird, wenn sie spitz kriegt, daß du ihre Schlüpfer klaust.«

Er krümmte sich geradezu vor Verachtung. »Hältst du mich für bescheuert?«

Er stand auf, hielt aber auf halber Strecke inne, als ich das Höschen auf den Tisch legte.

»Die sind aus ihrem Garten.«

»Leck mich!«

»Vor ungefähr einer halben Stunde war ich dort.«

»Sie reißt dir die Eier ab.«

»Und wieso sollte sie ausgerechnet auf mich kommen?«

Er setzte sich wieder, ganz langsam, als läge unter ihm ein Ei auf dem Sitz.

Lässig plapperte ich weiter. »Vor etwa einer Stunde saß sie beim Inder vor drei Currys. Jetzt könnte sie ungefähr beim dritten sein. Vielleicht trinkt sie danach noch ein paar Bier. Vielleicht auch nicht. Vielleicht geht sie ja ab und zu früher ins Bett. Du hast wahrscheinlich eine Stunde Zeit, ihr die Schlüpfer zurückzubringen. Wenn nicht, kannst du genauso gut gleich deine Koffer pakken.«

Eine Weile saß er da und schaute mich wortlos an. Ihm war anzusehen, daß er sich die Sache durch den Kopf gehen ließ. Vielleicht log ich ja, aber wozu sollte ich? Und wenn ich nicht log, saß er in der Patsche. Ich tat ihm das wirklich nur sehr ungern an.

»Was willst du?« fragte er schließlich.

»Iolo Davies, vom Museum.«

Er sprang auf, um sich zu verdrücken, aber ich hielt ihn am Ärmel fest. Die Kellnerin schaute zu uns herüber, aber ganz schnell wieder weg.

»Was ist mit ihm passiert?«

»Was soll das heißen?«

»Ich hab gehört, er hat beim Museum gekündigt.«

»Na und?«

»Bißchen plötzlich, oder?«

Er zuckte mit den Schultern. »Vielleicht wegen einem anderen Job.«

»Hast du mit ihm Geschäfte gemacht?«

»Ja. Dies und das.«

»Was ist passiert?«

Archie blickte traurig auf das Höschen, dachte eine Weile nach und sagte dann: »Die Geschichte mit dem Spermafleck war Quatsch. Mit so was hätte er sich nie erwischen lassen. Er war ein Profi. Wir alle waren Profis.«

Ich nickte.

»Wir waren eine gut organisierte Gruppe – du weißt schon, Respektspersonen, Pfarrer und Lehrer und so, kein Gesindel. Jeder war sauber. Keine Flecken, keine Schweinerei. Alle benutzten Kondome. Da waren wir uns einig. Wenn einer erwischt würde, wären wir alle fällig gewesen. Die Behörden haben seit Jahren davon gewußt, aber es war ihnen egal, solange sie am Monatsanfang immer ihre dicken Geldumschläge bekamen. Dann haben sie sich eines Tages Iolo geschnappt.«

»Was war mit dem Rest des Rings?«

»Das war das Komische. Ihn hat es als einzigen erwischt. Was er auch getan hat, es hatte nichts mit der Unterwäsche zu tun.«

»Was ist mit ihm passiert?«

»Ich hab gehört, daß er es geschafft hat, die Stadt zu verlassen. Vielleicht haben sie ihn auch entwischen lassen, ich weiß es nicht.«

»Weißt du, wo er hin ist?«

Er zuckte die Achseln.

Ich legte eine Hand auf das Höschen. »Zwing mich nicht dazu, Archie!«

Er schüttelte den Kopf. »Ich weiß wirklich nicht, wo er hin ist, aber das dürfte nicht schwer zu erraten sein ... Der Mann muß ja schließlich von was leben, oder?«

»Und?«

»Vor etlichen Jahren, lange bevor er Mr. Bockmist wurde, hatte er einen anderen Beruf. Aber keinen von der Sorte, wofür sie dir ein Ölgemälde im Rotary Club aufhängen.«

»Nämlich?«

Archie sah mir lange in die Augen. Er wußte, er würde es mir sagen, auch wenn es ihm nicht gefiel. Schließlich sagte er drei Worte:

»Punch and Judy.«

Kapitel 10

Wenn dich die Piraten gefangennahmen«, erklärte ich, »dann haben sie dich an ein Ruder gekettet und dir Chili in die Augen gerieben, damit du wach bleibst. Außer du warst eine Frau, dann haben sie dich in die Sklaverei verkauft.«

Calamity stand vor der Borneo-Karte und studierte die Reiseroute meines Urgroßonkels.

»Warum bist du so sicher, daß sie nicht ertrunken ist?«

»Wahrscheinlich ist sie das ja.«

Calamity wickelte ihren Zuckerlolli aus. »Du sitzt also einfach bloß so da und starrst deinen Onkel an?«

»Das ist die zweite Grundregel für Privatdetektive.«

Interessiert sah sie mich an. »Und wie geht die?«

»Achte auf deine Schuhe.«

Sie runzelte die Stirn.

»Das bedeutet, man soll nicht überall rumlaufen und seine Sohlen abnutzen, wenn man viele Sachen auch mit dem Kopf erledigen kann.«

»Und wie heißt die erste Regel für Privatdetektive?«

»Die gibt's nicht.«

Sie runzelte wieder die Stirn. »Und die dritte?«

»Sag ich dir später.«

»Das heißt, du hast dir noch keine ausgedacht.«

Ich lachte. »Los komm, schnapp dir deinen Mantel. Wird Zeit, daß wir gegen die zweite Regel verstoßen.«

In Venedig konnte ein Edelmann in Pelz und Seide den Dogenpalast betreten und eine halbe Stunde später durch den Hinterausgang über die Seufzerbrücke ins Gefängnis wandern. Für Iolo Davies führte der Weg über die Trefechan Bridge, aber der Symbolcharakter war derselbe. Jahrelang hatte er sich im warmen

Glanz der Honoratioren von Aberystwyth geaalt. Vielleicht nicht gerade wie ein Herzog oder Lord, aber wie ein Mann, der eine herausragende Stellung innehatte und die Wertschätzung der Drahtzieher seiner kleinen Welt genoß. Jährliche Einladungen zum Sommerball des Golfclubs und zur Weihnachtsfeier der Rotarier, Kuratoriumsmitglied der St. Luddite School, Berater des Prüfungskommitees, Verfasser mehrerer Forschungsberichte über die vergessene Kunst der Fischbeinmiederwarenherstellung. Ein stolzer Mann, der sich seine Anzüge in Swansea schneidern und sein Aftershave nach persönlichem Rezept von den Parfumeuren in Gwent zusammenmischen ließ. Ein Mann mit Kultur, der sich nun gezwungen sah, seinen Lebensunterhalt mit Marionettendarbietungen in Hinterzimmern von Pubs zusammenzukratzen.

Aberaeron war das Zentrum der Punch-and-Judy-Spieler, und während wir die Küstenstraße Richtung Süden fuhren, sprachen wir noch eine Zeitlang über Hermione Wilberforce. Ich erklärte ihr, daß Bartholomews Tagebuch Jahre später im Dschungel entdeckt worden war. Es enthielt Aufzeichnungen, wie seine Führer und Träger ihn nach und nach verlassen hatten, bis er sich schließlich allein durchschlug, und wie er seine letzten Wochen verbrachte, zerfressen von Fieber und Wahnsinn. Und wie er schließlich im Delirium kurz vor seinem Tod den Tag beschrieb, an dem er einsam im Urwald und zu krank zum Weitergehen von Hermione besucht worden war.

»Aber seien wir ehrlich«, sagte Calamity, »das beweist doch gar nichts, oder?«

»Stimmt.«

»Es hätte genauso gut eine Halluzination sein können.«

»Oder ein Orang-Utan. Oder einfach reine Erfindung.«

»Genau.«

»Allerdings ...«

Ein Augenblick verstrich. Calamity, die einen Anflug von Melodrama in meiner Stimme bemerkt hatte, sah mich an.

»Was?«

»Er hatte einen Fotoapparat dabei.«

Ich spürte, daß ihr Interesse wuchs.

»Es war einer der allerersten – groß wie eine Trittleiter, und er hat ihn den ganzen Weg nach Borneo und flußaufwärts mitgeschleppt. Er war der erste Mensch, der je Aufnahmen von den Kopfjägern gemacht hat. An einer Stelle beschreibt er, wie er eine Foto-Session arrangiert hat und eine Stunde auf die Stammesfrauen warten mußte, bis sie endlich soweit waren. Er meinte, Frauen seien überall auf der Welt gleich.«

Calamity schnaubte.

»Die meisten der Fotos wurden von den Insekten gefressen, aber ein paar Platten haben überlebt.«

»Und wo sind sie jetzt?«

»An der Universität von Sydney.«

»Du willst mir jetzt ja wohl nicht erzählen, daß er ein Foto von Hermione gemacht hat?«

»Ich weiß es nicht. Das ist ja das Faszinierende. Die Kamera wurde nie entdeckt. Man hat das Tagebuch und ein paar persönliche Dinge gefunden, aber keine Kamera. Dann ist sie fünfzehn Jahre später angeblich in einem Ramschladen in Hongkong aufgetaucht. Ein amerikanischer Händler hat sie gekauft, und eine Platte war noch drin. Wie es heißt, hat er sie entwickelt, und obwohl sie teilweise ruiniert war, konnte man immer noch schemenhaft eine mitteleuropäische Frau im Regenwald erkennen.«

»Und wo ist das Bild abgeblieben?«

»Er hat's verloren.«

Es war schon spät am Nachmittag, als wir in das Fischerdorf Aberaeron kamen. Ich parkte vor einem Metzgerladen an der Hauptstraße. Ein rehbrauner Allegro parkte etwa zehn Meter hinter uns ein. Er war uns fast den ganzen Weg von Aberystwyth gefolgt.

»Wie viele Pubs gibt's denn hier?« fragte Calamity.

»Jede Menge.«

»Und wie sollen wir dann das richtige finden?«

»Dritte Grundregel für Privatdetektive: Wenn du vor einem Rätsel stehst, suche nicht nach der Antwort, sondern nach der richtigen Frage.«

Calamity ließ sich dies einen Moment durch den Kopf gehen. »Die gefällt mir – besser als die beiden ersten.«

»Siehst du den braunen Allegro dahinten?«

»Hat uns seit Southgate verfolgt.«

Ich linste in den Rückspiegel, um mir den Fahrer anzuschauen:

Trenchcoat, Filzhut, Bart, dunkle Brille, Zeitung auf dem Lenkrad – das war noch kein Beweis, aber wann hatte sich ein Unschuldiger je so rausgeputzt!

»Und, wie lautet die Frage?«

»Die Frage ist nicht, in welchem Pub er heute abend ist, sondern bei welchem der beiden Metzger er seine Würste kauft.«

Calamity dachte über diesen neuen Ansatz detektivischer Arbeit nach.

Ich zog die Broschüre mit der Geschichte des Museums aus der Tasche, die ich aus der Bücherei mitgenommen hatte. »Auch wenn ich nicht immer alles weiß, eines weiß ich jedenfalls: Keine Punch-and-Judy-Show kommt ohne Würste aus. Da kommt immer eine Szene, wo der Chinese in die Wurstmaschine fällt und hinten als Gelbwurst mit Zopf herauskommt.«

Die Liste der Mitarbeiter auf der Rückseite der Broschüre enthielt ein Foto von Iolo Davies. Sie mochten ja sein Porträt aus dem Museumscafé entfernt haben, mehr Mühe hatten sie sich aber nicht gemacht. Rote Pausbacken, Schnauzer wie eine Zahnbürste, wobei er sich den wahrscheinlich abrasiert hatte, und buschige Augenbrauen, die er sich wahrscheinlich nicht abrasiert hatte.

Kurz vor Ladenschluß, so ungefähr um 17:20 Uhr, tauchte er endlich auf. Er bummelte die sonnenüberflutete Straße runter wie jemand, der gerade aufgestanden war. Sein ehemals eleganter Anzug war dreckig und zerrissen. Auf beiden Knien waren häßliche Flicken aufgenäht, wie man sie sonst nur auf den Hosen von Clowns zu sehen bekommt. Seine handgearbeiteten Schuhe waren abgestoßen, vorne schauten die Zehen raus. Er ging in den Laden und kam ein paar Minuten später mit einer Tüte Würstchen unter dem Arm wieder raus. Während er die Straße entlangging, fädelte ich mich vorsichtig in den Verkehr ein und folgte ihm. Er ging die High Street runter, über den Fußgängerübergang und ins Jolly Roger, ein Pub mit Blick auf den Hafen. Ich fuhr ein paar Blocks weiter und ließ Calamity an einer Ampel aussteigen. Sie sollte zurückgehen und das Pub im Auge behalten, während ich unseren Verfolger abzuschütteln gedachte. Um halb acht wollten wir uns wieder treffen. Ich fuhr weiter und parkte auf einer Uferstraße mit Blick zum Hafen. Ich mußte Zeit totschlagen und wußte auch wie: Fenster runterkurbeln, die schwüle Nachmittagsluft reinwehen lassen und zu den gedämpften Schreien der Möwen ein wenig dösen. Der Allegro fuhr vorbei und bog in eine Seitenstraße ein.

Ich wurde wieder wach, als die Stadt gerade zwischen dem Ende des Tages und dem Beginn der Nacht schwebte. Die Geschäftsleute und Bürohengste hatten ihren kurzen Nachhauseweg bereits hinter sich, und es würde noch etwas dauern, bis die ersten für einen frühen Dämmerschoppen den Fuß wieder auf die Straße setzten. Im Westen leuchtete der Himmel blaßlila, und ein oder zwei Straßenlampen begannen, orange oder rosa zu flackern. Der Geruch von gebratenen Zwiebeln zog durch das Seitenfenster.

Bis zum Pub waren es zu Fuß fünf Minuten, ich nahm allerdings einen Umweg über den Hafen. Jetzt am frühen Abend war es hier menschenleer. Das Areal war eine einzige Ansammlung von Netzen, Hummerkäfigen und Booten, die man an Land gehievt hatte. Die Luft war schneidend, es stank nach getrocknetem Fisch. Auf halber Strecke bog ich ab, stellte mich in einen Hauseingang und wartete. Ein Trenchcoat mit Filzhut schob sich langsam und verstohlen um die Ecke. Wortlos stellte ich mich ihm in den Weg.

Er erstarrte, drehte sich um, wollte wegrennen, aber schon hatte ich ihn am Mantelkragen gepackt. Wir kämpften miteinander und fielen gegen einen Stapel nach Fisch riechender Käfige. In dem Gerangel fiel der Bart meines Gegners ab. Es war ein billiger Scherzartikel, der an einem Brillengestell aus Plastik hing, das man hinter den Ohren einhakt. Vollkommen perplex starrte ich ihn an. Er war eine Frau. Meine Überraschung verhalf ihr zu dem Bruchteil einer Sekunde, den sie benötigte. Eine Dose schnellte aus ihrer Tasche. Sie sprühte mir voll ins Gesicht. Pfeffer-Spray. Meine Wirbelsäule krümmte sich schlagartig nach hinten beim Versuch, den stechenden Nadeln des Gases zu entkommen. Die Frau schüttelte mich ab und rannte davon. Ich blieb mit einem falschen Bart und einem ausgerissenen Mantelknopf zurück.

Ins Pub konnte ich Calamity nicht mitnehmen, also gab ich ihr etwas Geld für *Fish and Chips* und den guten Rat, sich zu verkrümeln. Dann betrat ich den Schankraum, der wohltuend heruntergekommen wirkte. Die runden Holztische waren übersät von Bier- und Brandflecken, die einfachen Holzstühle waren von vielen Hintern glattgewetzt. Der ganze Raum war mit Matrosenmützen und allerlei Seefahrerkrimskrams dekoriert. Hinter der Bar hing ein Schiffsrad, das aussah, als käme es tatsächlich von einem echten Schiff. Es war eine einfache, altmodische Kneipe, bevölkert von einfachen, altmodischen Leuten.

Ich fragte den Wirt nach der Punch-and-Judy-Show. Er polierte ein schon glänzendes Bierglas, unterbrach kurz seine Arbeit und zeigte auf Doppeltüren, die zum Hinterhof führten. Wäre dieser etwas weniger vergammelt gewesen, er hätte glatt als Terrasse durchgehen können. Man hatte bereits Stuhlreihen aufgestellt, zwischen denen ein paar Möwen rumhüpften.

»Dürfte 'ne ganz gute Aufführung werden«, sagte der Wirt in Anbetracht meines Interesses.

Ich nickte.

»Ach ja, wenn man so was mag, ist es wahrscheinlich ziemlich erbaulich. Es bietet jedenfalls einige sehr interessante Einsichten.«

Ich hob die Augenbrauen.

»Nein, nein, verstehen Sie mich nicht falsch. Es ist sehr traditionell. Mit allem, was dazugehört. Nichts zu Avantgardistisches. Meine Stammgäste könnten mit diesen – wie nennt man das doch gleich – ›zeitgenössischen Interpretationen‹, wie sie in Swansea zu sehen sind, nichts anfangen.«

Ich nickte höflich. »Es geht doch nichts über das Altbewährte.«

»Ich sehe, Sie sind ein Mann nach meinem Herzen.«

»Wenn jemand ein Baby aus dem Fenster schmeißt, erwarte ich, daß die Polizei kommt, nicht irgendein Sozialarbeiter.«

»Und genau das bekommen Sie hier. Obwohl«, fügte er hinzu, »Mr. Davies ist auch kein Dinosaurier. Er bringt schon ein oder zwei eigene Interpretationen, aber nicht mit der Holzhammermethode, wenn ich so sagen darf.«

Ich nahm mein Bier. »Dann geh ich mal und schau, daß ich einen guten Platz kriege.«

»Sehr klug. In einer Viertelstunde gibt's nur noch Stehplätze.«

Ich wollte gerade los, als er mich zurückrief. Er lehnte sich verschwörerisch über den Tresen und packte mich am Kragen. »Ich sehe schon, Sie bringen den nötigen Sportsgeist mit, Sir, da wird es Sie vielleicht interessieren ...«

Er zog mein Ohr näher zu seinem Mund und flüsterte: »Wir haben nachher im ersten Stock ein kleines Spielchen laufen. Mr. Chunky.«

»Mr. was?«

»Chunky. Mr. Chunky sagt Pastinak – das Trinkspiel.«

Ich nickte. »Aha.«

Er schaute sich vorsichtig um und fügte hinzu: »Llanfihangel-y-Creuddyn-Regeln: einmal kotzen um einzusteigen, zweimal um aufzuhören.«

Um Viertel nach acht waren drei Leute da, mich eingerechnet. Die beiden anderen waren ein altes Paar, grauhaarig, verrunzelt und zittrig wie ein Wackelpudding. Der Wirt hatte natürlich gelogen, aber das war mir schon vorher klar gewesen. Man konnte ja bereits an Davies' Kleidung sehen, daß er nicht allabendlich ganze Hallen füllte. Nicht einmal in Swansea ist jemand je im Punch-and-Judy Geschäft reich geworden. Der Traum, seinen Namen in großer roter Schrift über einer Bühne zu sehen, war genau das – ein Traum aus demselben zerschlissenen Sammelsurium leerer Hoffnungen, das seit mehr als hundert Jahren die Zweite-Klasse-Abteile der Eisenbahn nach Shrewsbury füllte.

Davies kam kurz nach halb neun. Sein Blick streifte flüchtig über die leeren Reihen und bekam einen trotzigen Ausdruck, ehe er in der Kabine mit dem gestreiften Stoffvorhang verschwand. Sekunden später war eine Fistelstimme zu hören. Ich dachte über sein Leben nach. Mit »Mr. Chunky sagt Pastinak« war ich nicht vertraut, aber ich kannte jede Menge ähnlicher Spiele, und ich wußte, was sie bei den Leuten anrichteten. Nach ungefähr zehn Minuten gingen die beiden Alten. Mutig machte Iolo noch fünfzehn Minuten weiter, ehe der Vorhang fiel. Die Vorstellung war nichts Besonderes, aber längst nicht durch und durch schlecht. Zumindest hatte er einiges Talent. Gegen Ende zu hatte er sich sogar eine experimentelle Interpretation gegönnt und eine Szene eingebaut, die ich noch nie gesehen hatte: Ein Polizist schiebt Mr.

Punch einen gefälschten Beweis unter. Die Anklänge an Iolos eigenem Schicksal waren eindeutig, wenn auch bemitleidenswert sinnlos.

Als die Show zu Ende war, klatschte ich langsam und bedächtig. Iolo Davies brauchte fünf Minuten, um sein Zeug zusammenzupacken, die Puppen aufzuräumen und aus der Kabine zu kommen. Ich klatschte weiter, bis er zu mir rübersah.

»Wollen Sie mich verarschen?«

»Ich heiße Louie.«

»Hab ich danach gefragt?«

»Ich dachte, es interessiert Sie vielleicht.«

»Was wollen Sie?«

»Informationen über Dai Brainbocs.«

Vorsichtig schaute er sich um. »Lassen Sie mich bloß in Ruhe.«

»Es dauert nicht lang.«

»Was wollen Sie denn über ihn wissen? Er ist doch tot, oder?«

»Ich will den Grund dafür wissen.«

Er kniff die Augen zusammen.

»Wer sind Sie?«

»Ein Verwandter von Brainbocs.«

»Sind Sie nicht.«

»Ein Privatdetektiv, der seinen Tod untersucht.«

Er wandte sich wieder ab.

»Schauen Sie!« sagte ich rasch, »es würde nur ein paar Minuten dauern, und vielleicht könnte ich Ihnen helfen.«

Er schnaubte. »Ich glaube, da sind Sie etwas überfordert.«

Ich machte einen letzten Versuch. »Finden Sie das okay, was man mit Ihnen gemacht hat?«

Er lachte bitter. »Spielt das eine Rolle?«

»Alles, was ich will, sind ein paar Minuten.«

Iolo Davies steckte sich die letzte Fritte in den Mund, zerknüllte die Tüte und warf sie aus dem Autofenster. Dann wandte er sich mir zu, und das Licht der Straßenlampe erhellte sein Gesicht.

»Wieviel wissen Sie?«

»Ich weiß von Brainbocs' Arbeit über Cantref-y-Gwaelod. Ich weiß, daß er verschwunden ist, kurz nachdem er seinen Aufsatz abgegeben hatte. Ich weiß, daß die Kids sagen, er sei über was ganz Großes gestolpert, etwas, das dem Walisischlehrer nicht paßte. Ich weiß, daß Lovespoon vorhat, das Land von Cantref-y-Gwaelod wiederzugewinnen und eine Gruppe Pilger mit einer Arche hinzubringen. Ich weiß, daß drei weitere Jungs wegen dieses Aufsatzes tot sind und einer vermißt wird. Ich vermute, daß man sie umgebracht hat, weil sie Brainbocs' Aufsatz abgeschrieben und so herausgefunden haben, was er herausgefunden hatte. Was auch immer das war. Ich weiß, daß Sie um die gleiche Zeit herum Ihren Job verloren haben. Und ich schätze, daß man Sie bestraft hat, weil Sie Brainbocs' geholfen haben.«

Der alte Museumskonservator wischte seine fettigen Finger an seinen Hosenbeinen ab und schüttelte bei der Erinnerung an Brainbocs' Gelehrsamkeit bewundernd den Kopf. Als er zu erzählen begann, klang er traurig und abwesend.

»Die Cantref-y-Gwaelod-Sachen waren genial. Anders kann man es nicht sagen. Das ist alles auf seinem Mist gewachsen, wissen Sie. Das ganze Exodus-Projekt mit dem Bau der Arche und der Landrückgewinnung – das war alles Brainbocs' Idee. Er war oft im Museum, vor allem im Archiv. Er wollte mit seinem Schulaufsatz etwas erreichen, wovon die Leute nicht einmal zu träumen wagten. Er hatte diese Idee, daß man mit einem Schlag die ganze Welt aus den Angeln heben konnte. Sicher, teilweise war es eine Art Kompensation für sein schlimmes Bein. Aber es war auch noch was anderes. Einmal hat er gesagt, er könne sogar das Schicksal in die Knie zwingen.« Er lachte, aber es klang nicht fröhlich. »Ich weiß schon, wenn ich das sage, hört es sich an wie ein Haufen Mist, aber wenn man ihm so zuhörte ... es war einfach ... na ja, es ist komisch, aber es kam einem gar nicht so seltsam vor.«

»Aber konnte er denn die Lage dieses untergegangenen Königreichs aus der Eisenzeit so genau bestimmen?«

»Dieser Junge konnte alles. Wissen Sie, wie er herausgefunden hat, wo es war? Dreiecksberechnung. Er stellte Aufzeichnungsgeräte die Küste entlang an die Punkte, wo die Leute angeblich die Geisterglocken gehört hatten. Dann analysierte er die Dopplerverschiebung der Frequenzen, machte einen Haufen Berechnungen, von denen ich nicht die leiseste Ahnung habe, und so bestimmte er dann die Quelle des Gebimmels. Unglaublich. Und das war bloß der Anfang. Dann nahm er Echogeräusche auf, um sie auf der Karte einzutragen, und tüftelte ein Entwässerungssystem aus. Und als Höhepunkt des Ganzen hat er auch noch die Arche entworfen.«

»Was ich nicht kapiere, ist, was daran auf einmal falsch gewesen sein soll? Ich hab gedacht, Lovespoon war ganz vernarrt in diese Idee. Wollte er den ganzen Ruhm für sich einheimsen?«

Iolo schüttelte den Kopf und atmete tief ein. »Mit Cantref-y-Gwaelod hatte das gar nichts zu tun. Klar, Lovespoon liebte dieses Projekt. Er hat zu mir gesagt, ich solle dem Jungen jede Unterstützung geben, die er brauche. Nicht, daß er welche gebraucht hätte. Aber dann, eines Tages, warf der Junge alles über den Haufen. Einfach so. Er kam mit einem Leuchten in den Augen ins Museum, das noch verrückter war als sonst. Er begann, in einer anderen Abteilung des Museums zu arbeiten. Er sagte, er hätte da eine neue Idee, und das würde sein *pièce de résistance.*«

»Und das hat dem Walisischlehrer nicht gepaßt?«

»Der Junge sagte, ich solle Lovespoon ja nichts davon erzählen – es sollte eine Überraschung sein. Aber irgendwie hat es der Lehrer herausgefunden.«

»Und das war der Zeitpunkt, als man Ihnen den Fleck auf dem Leibchen untergejubelt hat?«

»Es war kein Leibchen, es war ein seltenes Beinkleid aus teerosenfarbenem *crêpe de chine.*«

»Und auf welches Forschungsgebiet hatte er nun umgesattelt?«

Der Stuhl gab ein leises Furzgeräusch von sich, als Iolo sich zu mir wandte. »Ich sag es Ihnen. Aber verlangen Sie bloß keine Erklärung, denn sogar jetzt ...«

Er machte eine Pause.

»Ja?«

»Sogar jetzt habe ich immer noch keine Ahnung, was daran so schlimm gewesen sein soll ...«

Plötzlich hörten wir ein Geräusch. Der Konservator erstarrte mit offenem Mund. Ich legte meine Hand auf seinen Arm. Um ihn zu beruhigen. Aber es war zu spät. Wie vor Entsetzen gelähmt starrte er an meinem Kopf vorbei nach draußen. Ich drehte mich um und konnte in der konturlosen Nacht gerade noch irgendwelche dunklen Gestalten ausmachen. Wie Krähen, oder, genauer gesagt, wie die Frau im Trenchcoat, mit der ich vorher gekämpft hatte.

»Du Schweinehund!« schrie Iolo und riß sich los. »Du dreckiger, hinterhältiger Schweinehund!« Er riß die Tür auf und rannte in die Nacht hinaus. Bis ich ausgestiegen war, waren sowohl er als auch die geheimnisvollen Gestalten verschwunden.

Es war schon lange nach elf, als ich Calamity aufsammelte und zurück nach Aberystwyth fuhr. Knapp hinter Llanrhystyd kam uns ein Notarztwagen volle Pulle entgegengebrettert. Auf den leeren Straßen schoß der Wagen durch die dunkle Landschaft wie ein blau leuchtender Pfeil. Wie sich herausstellen sollte, nützte das Affentempo auch nichts mehr. Um diese Zeit war Iolo Davies bereits tot.

KAPITEL 11

Eeyore betrachtete den Knopf durch das Vergrößerungsglas, das er normalerweise für die *Spot the ball*-Wettbewerbe benutzte.

»Jawohl«, sagte er, »das sind sie.«

»Herz-Jesu-Liga?«

Er nickte.

Auf den ersten Blick glich das Ding einem x-beliebigen schwarzen Plastikknopf, wie man sie oft an Mänteln älterer Damen findet. Bei genauerem Hinsehen konnte man aber erkennen, daß die Fadenlöcher anders angeordnet waren: zwei große runde, darunter ein einzelnes dreieckiges und noch etwas tiefer ein viereckiges. Auch der Knopf selbst war nicht ganz rund, sondern hatte auf beiden Seiten Kerben, die ihm ein leicht kartoffelartiges Aussehen gaben. Sobald er an einem Mantel angenäht war, würde man diese Kleinigkeiten kaum bemerken. Hielt man ihn gegen das Licht, sah man es sofort: Es war ein Schädel. Eeyore reichte mir über Henriettas glänzendes Rückenfell hinweg den Knopf zurück. Ich lehnte meine Arme auf ihren Sattel, während sie geduldig dastand und über das Geländer aufs Meer schaute.

Laut Zeitungsbericht hatte man Iolo Davies am Fuß einer Klippe gefunden. Ausgerissene Grasbüschel ließen erkennen, an welcher Stelle der Klippe er tragischerweise ausgerutscht und abgestürzt war. Seine Verletzungen entsprachen ausnahmslos dem, was nach einem derartigen Sturz zu erwarten war, weshalb die Polizei Fremdverschulden ausschloß. Zumindest war das die offizielle Version.

»Nicht die alten Schachteln, die vorm Moulin ihre Pamphlete verteilen«, nahm Eeyore den Faden wieder auf, »der hier gehört einem von den großen Mädchen – LisU.«

»LisU?«

»Das ist eine Art geheime Kommandoeinheit, eine Elitetruppe, die ihren Nachwuchs aus den Fußtruppen der einfachen Mitglieder rekrutiert. Der Name setzt sich aus den Initialen von Herz-Jesu-Liga gegen schändliche Umtriebe zusammen.«

Ich stieß einen Pfiff aus.

»Offiziell existiert sie gar nicht.«

»Und ich habe sie direkt zu ihm hingeführt.«

Er lächelte spöttisch. »Reine Zeitverschwendung, wenn du dir deswegen Vorwürfe machst. Sie hätten ihn auf jeden Fall gekriegt. Sie kriegen einen immer.«

»Ich hätte vorsichtiger sein sollen.«

»Nein, Louie«, fuhr er mich unerwartet scharf an. »Sobald er auf ihrer Liste stand, war er ein toter Mann. Es war bloß eine Frage der Zeit. Das mußt du akzeptieren.«

»Wo kann ich sie finden?«

»Nirgendwo. Du kannst sie nicht finden und du sollst sie auch nicht finden.«

»Du weißt, daß ich sie finden muß.«

»Niemand weiß, wo sie sind oder wer sie sind. Der Postbote muß eine Augenbinde tragen.«

»Jetzt hör aber auf, Dad ...«

»Was geht dich das Ganze überhaupt an? Meinst du, dieser Evans the Boot ist das wert?«

»Du weißt genau, daß es nicht um ihn geht.«

»Worum geht es dann?«

»Um verschiedene Dinge.«

Er streichelte Henriettas Mähne und schwieg. Schließlich sagte er resigniert: »Du machst ja doch, was du willst, egal was ich sage. Aber hör auf, dir einzureden, du hättest Davies umgebracht. Wenn die LisU hinter ihm her war, dann war das so gut wie sein Todesurteil. So einfach ist das.«

Der gütig wirkende Mann mit dem weißen Bart kniet nah am Wasser und starrt mit zusammengekniffenen Augen hinaus aufs Meer. Er ist von einer Schar Kinder umgeben. Der Mann spricht: »Das da draußen ist unser Land, begraben unter den Wogen des Meeres. Ein Land, wo unser Volk ernten und säen kann, und wo das Lachen unserer Kinder jeden neuen Tag erhellt ...«

Calamity Jane schnappte sich die Fernbedienung und schaltete den Fernseher aus. »Was für ein Scheiß!«

»Aber, aber! Solche Wörter solltest du nicht in den Mund nehmen.«

»Wer würde denn überhaupt nach Cantref-y-Gwaelod wollen?«

»Anscheinend eine Menge Leute.«

»Wieso müssen sie dann im Fernsehen Werbung dafür machen?«

Sie warf die Fernbedienung aufs Sofa und fing an, im Zimmer auf- und abzutigern und die einzelnen Fakten nochmal an den Fingern abzuzählen.

»Erstens: Brainbocs heckt den genialen Plan aus, wie man Cantref-y-Gwaelod zurückgewinnen kann. Lovespoon ist begeistert. Zweitens: Brainbocs wendet sich einem anderen Thema zu. Lovespoon ist alles andere als begeistert und weist den Konservator an, ihn ja nicht mehr zu unterstützen. Dann verliert der Konservator seinen Job und dann ...« Sie schwieg einen Moment lang. »Und dann fällt er von der Klippe.«

Wir wechselten einen Blick wie Kinder, die was ausgefressen haben.

»Drittens: Brainbocs versteckt seinen Aufsatz bei einer berühmten Sehenswürdigkeit und ist auf der Suche nach einer Frau namens Gwenno.«

»Viertens«, nahm ich den Faden auf, »Evans the Boot besitzt ein Stück von einem Maya-Teewärmer.«

»Der Teewärmer war walisisch, nur das Muster war Maya.«

Sie verstummte und schaute zur Tür. Myfanwy stand im Türrahmen und schien nicht gerade bester Laune.

»Hallo, komm rein.«

»Nein, danke. Ich bleibe nicht lange.«

»Nicht mal auf eine Tasse Tee?«

»Ich wollte dir nur kurz Bescheid sagen, daß du damit aufhören kannst, nach meinem Cousins Evans zu suchen. Schick mir die Rechnung.«

»Du schuldest mir kein Geld, ich habe den Fall doch abgelehnt, weißt du nicht mehr?«

»Schon, aber ich habe dich dann ja doch noch überredet.«

Ich drehte mich zu Calamity um. »Könntest du bitte mal Wasser aufsetzen?«

»Sie hat doch gesagt, sie will keinen Tee.«

»Aber ich.«

»Jetzt gleich?«
»Ja, jetzt gleich.«
Auf der Suche nach einer Verbündeten schaute sie Myfanwy an, aber die sagte nur: »Zieh Leine, Kleine.«
Calamity schlurfte in Richtung Küche. »Wenn ihr über die Ermittlungen redet, geht mich das schließlich auch was an.«
Ich wandte mich zu Myfanwy. »Du siehst aus wie ein wandelndes Unwetter.«
»Das dürfte dich ja wohl kaum überraschen, oder?«
Ich war verblüfft. »Keine Ahnung. Was ist denn los?«
»Das fragst du noch, nachdem ... nachdem ...«
»Nachdem was?«
»Nach dem, was du gemacht hast.«
»Was habe ich denn gemacht?«
»Das fragst du auch noch?«
Ich hob die Hände, um einen kurzzeitigen Waffenstillstand anzudeuten, und ging hinüber zur Küche. Mit übertriebener Sorgfalt schloß ich die Tür.
»Myfanwy, bitte sag mir, was ich getan habe.«
»Willst du etwa behaupten, das weißt du nicht?«
»Genau.«
»Das macht es nur noch schlimmer.«
»Um Himmels willen«, sagte ich und ging zum Schreibtisch, weil mir nichts Besseres einfiel. »Hör mit den Spielchen auf und sag mir, was ich angeblich getan habe.«
Sie schwieg und schaute mich an. Ich erwiderte ihren Blick und lächelte sie ermutigend an.
»Du hast mit Bianca geschlafen.«
Ich glotzte sie mit offenem Mund an.
»Du brauchst gar nicht zu leugnen, sie hat mir alles erzählt.«
»Ich leugne es ja gar nicht, ich wundere mich nur ...«
»Meinst du, wir reden nicht miteinander, oder was?«
»Myfanwy!«
»Was bildest du dir eigentlich ein – glaubst du, du kannst einfach so mit meiner besten Freundin ins Bett steigen, ohne daß sie mir davon erzählt?«
»Aber Myfanwy!« heulte ich auf.
»Meine beste Freundin, Louie! Meine beste Freundin!«
»Schöne Freundin!« schrie ich.

»Und was soll das jetzt bitte heißen?«

»Weiß ich doch nicht, verdammt nochmal – Myfanwy, du selbst hast mir doch gesagt, ich soll's tun.«

»Ich ...« Jetzt war sie es, die mich mit offenem Mund anstarrte.

»Im Club, erinnerst du dich?«

»Aber das habe ich doch nicht so gemeint«, kreischte sie und ruderte verzweifelt mit den Armen. Dann drehte sie sich um, stampfte die Treppen hinunter und rief über die Schulter zurück: »Wie kann ein Mensch bloß so blöd sein!«

Ich stand wie angewurzelt da und starrte den leeren Türrahmen an. Calamity kam aus der Küche zurück. »Was die braucht, Boss, ist 'ne Ohrfeige.«

»Fang bloß nicht wieder damit an«, sagte ich warnend.

»Ich fange mit überhaupt nichts an, ich beobachte nur. Sie macht dich total fertig.«

»Geht dich das irgendwas an?«

»Allerdings.«

»Ach, wirklich?«

»Ja. Erstens, weil du mein Freund bist und ich es nicht abkann, wenn du den Fußabtreter spielst. Zweitens könnte deine Professionalität darunter leiden, und drittens nicht zu vergessen die Auswirkungen auf die Bilanz.«

»Wovon redest du eigentlich?«

»Habe ich gerade richtig gehört, daß du ihr keine Rechnung schreiben willst?«

»Das geht dich nichts an.«

Sie nahm ihren Schulranzen und erwiderte auf ihre nonchalante Art: »Wie du willst, aber Schuhleder gibt es nicht umsonst. Zweite Detektivregel.«

Sobald sie draußen war, griff ich zum Telefon und rief Meirion an. Nachdem wir die üblichen Höflichkeitsfloskeln ausgetauscht hatten, fragte ich ihn, ob er irgendwas über Iolo erfahren hatte. Natürlich hatte er das. Er hatte alles erfahren, er durfte es nur nicht drucken.

»Die meisten Verletzungen scheint er sich beim Sturz von der Klippe zugezogen zu haben«, sagte Meirion.

»Die meisten?«

»Nun ja, ein paar sehen so aus, als kämen sie nicht von dem Sturz.«

»Wie sehen sie denn dann aus?«

»Eher wie Löcher von einer Hutnadel.«

Ich seufzte. »Sonst noch was?«

»Ja, etwas sehr Seltsames. Jemand hat ein Graffiti auf den Bürgersteig vorm Co-op in Aberaeron geschmiert – mit Blut.«

»Mit Blut?«

»Mit dem Blut des Opfers.«

Ich zog die Augenbrauen hoch und hielt den Atem an. Ich war sicher, Meirion hatte noch mehr auf Lager.

»Ich bin ja kein Experte«, sagte er und lachte, »aber so wie ich das sehe, gibt es dafür nur zwei mögliche Erklärungen.«

»Schießen Sie los.«

»Entweder ist irgendein Idiot zum Fuß der Klippe hinuntergestiegen und hat Iolos Blut eingesammelt, oder Iolo selbst hat es gemalt.«

»Wie denn, er war doch tot?«

»Aha!« Meirion lachte. »Kommt ganz drauf an, wann er es geschrieben hat.«

»Okay, Meirion, ich weiß, Sie haben eine Theorie. Also spukken Sie's aus.«

»Wenn Sie mich fragen, würde ich sagen, daß er vor dem Co-op ermordet wurde und das Graffiti selbst geschrieben hat. Er hat den Finger in sein Blut getaucht und es mit letzter Kraft auf den Boden geschmiert. Danach hat ihn sein Mörder – wer auch immer das war – zur Klippe geschleppt und runtergeworfen, damit das Ganze wie ein Unfall aussieht. Und nur weil es so dunkel war, ist das Blut erst am nächsten Morgen bemerkt worden.«

Ich konnte richtig sehen, wie er am anderen Ende der Leitung strahlte. Er hatte ganz offensichtlich richtig kombiniert.

»Und was ist es für ein Graffiti?«

»Zwei Wörter. Rio Caeriog.«

Am nächsten Nachmittag fuhren Calamity und ich zum Museum. Iolo Davies' letzte Worte gingen mir die ganze Fahrt über nicht aus dem Kopf. Hatte er die Worte für mich geschrieben? Ich nahm es stark an. Das berühmteste Gefecht des Patagonien-Kriegs. Ein Name, der einst mit dem Blut einer ganzen Generation auf die Landkarten geschrieben worden war, und der jetzt mit dem Blut des Museums-Konservators auf dem Bürgersteig von

Aberaeron geschrieben stand. War das das neue Thema, das Brainbocs für seinen Aufsatz gewählt hatte? Das Thema, das ihn das Leben gekostet hatte? Als ich im Schatten des Lancaster-Bombers parkte, kramte ich in meinem Gedächtnis nach der Geschichte vom Rio Caeriog. 1961 hatte das erste Expeditionskorps in den Ausläufern der Sierra Machynlleth monatelang schwere Verluste hinnehmen müssen. Tagsüber wurden sie aus dem Hinterhalt beschossen und nachts von einem Feind verhöhnt und hinterrücks überfallen, den sie nie zu Gesicht bekamen. Und dann kam der berühmte Angriff. Die Eierköpfe von Llanelli hatten einen kleinen Sender in eine Rolex eingebaut. Bei einem Kartenspiel im Hinterzimmer einer Cantina wurde die Uhr dann absichtlich an einen der Banditen verloren. Und als der damit in sein Lager zurückritt, konnte ihm der Bomber problemlos folgen. Aber wieso interessierte sich Brainbocs dafür? Wo war die Verbindung zu Cantref-y-Gwaelod? Wir stiegen aus dem Auto und gingen die Stufen zum Foyer mit seinen vergoldeten Putten und den Alabastersäulen hinauf. Die Devil's Bridge Tin & Lead Steam Railway Company hatte ihre Gebäude mit einer Zuversicht errichtet, wie man sie heutzutage nicht mehr findet. Die Pracht wurde inzwischen leider durch langweilige, von der Stadt aufgestellte Schilder verschandelt: Hemdhosen und Miederwaren; Kälber mit zwei Köpfen und andere Kuriositäten; Quastenflosser.

Im Foyer stieß man auf eine weitere Erfolgsgeschichte aus jener lang vergangenen Zeit: eine Fotokabine, die von denselben Eierköpfen der Spezialeinheit am Llanelli Technical College erfunden worden war. Es war die weltweit einzige Mikrobild-Fotokabine, und sie produzierte Paßbilder von der Größe einer Korinthe. Wenn man sie anschauen wollte, mußte man im Souvenirladen einen speziellen Projektor kaufen. Der Großteil dessen, was man aus Spionagefilmen über Mikrobildtechnologie wußte, war während des Patagonien-Krieges entwickelt worden. Man hatte in Buenos Aires eine Tierklinik errichtet, aus der, getarnt als Augenklappen für Hamster mit Sehschwäche, Mikrobilder mit militärischen Geheiminformationen geschmuggelt worden waren. Als ich noch zur Schule ging, war eine Wand unseres Klassenzimmers mit Hamsterbildern zugepflastert, die wir im Kunstunterricht gemalt hatten. Calamity lief zur Fotokabine und verschwand hinter dem raschelnden, orangefarbenen Vorhang. Ich wartete geduldig auf das Blitzlicht und fragte mich gelangweilt, welche obszönen Gesten sie zweifellos in die Kamera machen würde.

Oben, in der Hauptausstellung, nahmen zwei extrem vergrößerte Schwarzweiß-Fotografien mit ihrem grobkörnigen, geisterhaften Meeresgrau eine ganze Wand ein. Das eine Foto war eine Aufnahme der beiden Lancaster, die bei ihrem Abflug vom Milford Haven Flugplatz von der Menge bejubelt wurden. Auf dem anderen waren fünf Piloten zu sehen, die in einem lockeren Kreis vor irgendeiner südamerikanischen Cantina standen, Tequila tranken und herumalberten. Ihre jungen, unverbrauchten Gesichter lachten mit einer Fröhlichkeit in die Kamera, die vermuten ließ, daß das Foto zu Beginn der Kampfhandlungen aufgenommen worden war. Es war die Bomberbesatzung vom Rio Caeriog. Lovespoon, Dai the Custard Pie und, mit einer sehr viel jüngeren horizontalen Falte im Gesicht, Herod Jenkins, der Sportlehrer. Das Triumvirat der grauen Eminenzen von Aberystwyth. Hatte Brainbocs irgend etwas über sie herausgefunden, das ihre berühmten Orden in weniger strahlendem Glanz hätte erscheinen lassen? Irgendein peinlicher Leckerbissen, bei dem Herod seine horizontale Falte vergangen wäre? Die lächelnden, in Schwarzweiß eingefrorenen Gesichter verrieten nichts.

Calamity kam zu mir herübergeschlendert und grinste so triumphierend, als hätte sie soeben eine nobelpreisverdächtige Entdeckung gemacht. Ich sah hoch und lächelte sie an, und sie gab mir einen kleinen Stapel plastikbeschichteter Karten mit den Biographien der Flieger. Lovespoon: Kriegsheld, Lehrer, preisgekrönter Dichter und Großzauberer im Druidenrat. Custard Pie: Anbieter von Seifen, die das Gesicht schwarz färben, und von indianischen Pfeilen, die scheinbar Hälse durchbohren. Herod Jenkins: Sportlehrer; spielte in seiner Jugend für Wales und wurde später – wobei die Karte diese Leistung verschwieg – berühmt dafür, einen schwindsüchtigen Jungen während eines Schneesturms in den Tod geschickt zu haben. Der letzte war Oswald Frobisher. Ein Niemand. Einer jener Handvoll englischer Intellektueller, die so entsetzt waren, den spanischen Bürgerkrieg verpaßt zu haben, daß sie sich freiwillig für das Abenteuer in Patagonien meldeten. Auf der Karte stand lediglich, daß er nach dem Absturz seiner Lancaster in den Rio Caeriog seinen Verletzungen erlegen war. Es gab keinen Hinweis auf die Art der Wunden, aber jedes Schulkind wußte Bescheid: die Banditen hatten ihm den Lümmel abgeschnitten und in den Mund gestopft.

Calamity hielt noch eine letzte Karte in der Hand. Ich sah sie fragend an, und sie reichte sie mir. Diese Karte enthielt noch weniger Einzelheiten als die des unglückseligen Frobisher. Um präzise zu sein: überhaupt keine. Es war einfach nur eine weiße Karte mit einem Namen. Einem Namen, den zuletzt Dai Brainbocs' Mama erwähnt hatte. Dem Namen der Frau, die ihr Sohn in der Woche vor seinem Tod besucht hatte: Gwenno Guevara, Freiheitskämpferin.

Kapitel 12

Behutsam klaubte Bianca die Glasscherben aus Noel Bartholomews Bild und wickelte sie in Zeitungspapier ein.

»Wenn ich mich im Dschungel verirrt hätte, würdest du dann nach mir suchen?«

»Nein, viel zu gefährlich.«

»Nicht mal, um ein Foto zu machen, so wie dein Urgroßonkel?«

Ich lachte. »Wir wissen doch gar nicht sicher, ob er eines gemacht hat.«

Sie trug das Päckchen mit dem zerbrochenen Glas in die Küche und rief über die Schulter zurück: »Natürlich hat er das.«

Ich betrachtete das Porträt. Hatte er? Hatte er sie wirklich gefunden? Oder war das alles nur ein Streich, den ein gewiefter chinesischer Ladenbesitzer einem leichtgläubigen amerikanischen Touristen gespielt hatte? Ich hatte das Porträt und die Truhe von Eeyore bekommen, damals, als ich noch an den gesunden Menschenverstand glaubte und überzeugt war, die Mission sei ein Fehlschlag gewesen. Aber Eeyore hatte mir so beharrlich und überzeugend widersprochen, wie ich es nur selten bei ihm erlebt hatte. Es komme darauf an, wie man Fehlschlag definiere, sagte er. Und fügte hinzu, daß ich das eines Tages schon verstehen würde. Aber ich habe es bis heute nicht verstanden, obwohl ich das Tagebuch immer wieder zur Hand nehme. Diese rissigen, vergilbten Seiten, auf denen Noel in seinem Malaria-fiebrigen Gekritzel, das von Eintrag zu Eintrag unleserlicher wird, festgehalten hat, wie sie ihn während seiner Krankheit besuchen kam. Ein Abschnitt, der mit den Worten des Heiligen Augustinus endet: »Glauben bedeutet, auf etwas zu vertrauen, was man noch nicht sehen kann.«

Bianca kam zurück ins Büro. »Ich glaube, er hat sie im Himmel fotografiert.«

»Wie bitte?«

»Im Himmel. Da hat er sie fotografiert.«

Ich grinste, und als Bianca das sah, wurde sie plötzlich sauer.

»Du glaubst, du weißt alles, stimmt's? Du glaubst vermutlich auch nicht einmal an Geister?«

»Nein. Du etwa?«

»Natürlich. Ich werde auch mal einer sein.«

Auf dem Weg nach draußen trafen wir Mrs. Llantrisant. Sie sah blaß und müde aus und wischte die Treppen mit mechanischen Bewegungen.

»*Prynhawn da,* Mr. Knight.«

»*Prynhawn da,* Mrs. Llantrisant. Sie sehen erschöpft aus!«

»Das ist das Alter, Mr. Knight, ich spüre es deutlich.«

»Warum nehmen Sie nicht ein paar Tage frei und legen die Füße hoch?«

»Und wer faltet die Servietten für die Arche, wenn ich die Füße hochlege?«

»Sie haben Servietten gefaltet?«

Sie hielt inne und stützte sich auf ihren Schrubber, als wäre sie betrunken. »Ich bin stolz, meinen Teil beitragen zu können.«

»Dann glauben Sie also daran? An diese Geschichte mit der Arche?«

»Wieso sollte ich nicht daran glauben?«

»Sie würden gern mitfahren, nicht wahr?«

Sie griff nach einer losen Haarsträhne und stopfte sie unter den Saum ihres Kopftuchs. Ihre Hand zitterte.

»Ich tue es für die Kinder. Für uns ist es zu spät, aber die Kleinen – die haben es verdient.«

»Mit Lovespoon als König?«

»Soziale Gerontokratie, Mr. Knight, so wie im alten Griechenland.«

»Was paßt Ihnen denn nicht an Aberystwyth?«

Sie tauchte den Schrubber ins Wasser.

»Mich wundert, daß ausgerechnet Sie das fragen, Mr. Knight. Was gefällt Ihnen so plötzlich an Aberystwyth?«

»Es hat seine Nachteile, aber zumindest liegt es zur Zeit nicht zehntausend Fuß unter dem Meer.«

»Nicht zehntausend, weniger als zwanzig Faden. Gerade mal eine Pfütze.«

Plötzlich verlor Mrs. Llantrisant die Balance und kippte mir entgegen. Ich packte sie am Arm und hielt sie aufrecht.

»Mir geht's gut, wirklich«, stöhnte sie, »ich bin nur auf der nassen Stufe ausgerutscht, das ist alles.«

»Sie muten sich einfach zu viel zu. Wir wollen doch keine Neuauflage von Ostern, oder?«

Bianca und ich gingen über die Prom zu Sospans Eiskiosk. »Blöde alte Schachtel.«

»So mußt du nun auch nicht von ihr reden.«

»Hast du gesehen, wie sie mich angeschaut hat?«

»Sie kann nicht anders. Sie ist alt und hat auch altmodische Anschauungen.«

»Was war denn an Ostern?«

Ich bestellte zwei Eis. »Sie hatte einen ganz merkwürdigen Anfall. Sie meinte, es hätte an den Äpfeln in ihrem Kuchen gelegen. Jedenfalls ging es ihr so schlecht, daß sie einen Priester wegen der Sterbesakramente kommen ließ. Seitdem geht es ihr allerdings wieder ganz gut.«

Bianca lehnte den Kopf an meine Schulter und sagte: »Warum hast du mich nicht angerufen?«

»Weswegen hätte ich denn anrufen sollen?«

»Weswegen!« schrie sie.

Klar. Das letzte Mal, als wir uns getroffen hatten, hatte ich sie mit nach Hause genommen.

»Es tut mir leid, ich ...«

»Ich will deine Entschuldigungen nicht hören.«

Ich streichelte ihre Wange und zauste ihr Haar. Sospan überreichte uns unser Eis mit der Diskretion einer Puffmutter.

Wir schleckten still vor uns hin, und dann sagte Bianca in die Falten meines Hemds: »Ich hab was für dich. Das heißt, ich hab's noch nicht, aber ich kann es besorgen. Falls du das möchtest.«

»Was denn?«

»Etwas ganz, ganz Besonderes.«

»Was?«

»Etwas, da würdest du deinen rechten Arm für hergeben.«

»Meinen rechten Arm würde ich für gar nichts hergeben.«

»Ich wette, du würdest ihn hergeben, um Myfanwy heiraten zu können.«

»Würde ich nicht.«

»Es ist ein Aufsatz.«

Ich verschluckte mich fast. Bianca kicherte.

»Wirklich?« fragte ich vorsichtig. »Was für ein Aufsatz?«

»Ach, nur Dai Brainbocs' letzter Aufsatz.« Sie kicherte wieder.

Ich schob sie ein Stück weg, damit ich ihr ins Gesicht sehen konnte. »Wovon redest du?«

»Dai Brainbocs' letzter Aufsatz. Den suchst du doch, stimmt's?«

»Wie kommst du denn da drauf?«

»Myfanwy hat es mir erzählt.«

Ich schloß bekümmert die Augen.

»Ist schon okay, ich erzähl es niemandem weiter.«

»Sie hätte es dir schon nicht erzählen dürfen.«

»Was hast du denn erwartet bei ihrer großen Klappe?«

»Muß das sein, daß du so über sie redest?«

»Ich weiß, du glaubst, ihr scheint die Sonne aus dem Hintern, aber sie hat auch ihre Macken.«

»Ich bin sogar sicher, daß sie die hat. Die hat doch jeder.«

»Also, willst du ihn?«

Ich antwortete nicht gleich, starrte sie nur an. »Meinst du das ernst? Du weißt, wo Brainbocs' letzter Aufsatz ist?«

Sie nickte. »Ich weiß, wo eine Kopie ist.«

»Wo?«

»Pickel hat sie.«

»Pickel?«

Wieder nickte sie.

»Lovespoon hat ihn kurz nach Brainbocs' Tod gebeten, ihm einen Kasten mit einem Sicherheitsschloß zu konstruieren, das niemand öffnen kann, nicht mal der, der es hergestellt hat. Pikkel hat eingewilligt, obwohl er immer behauptet, es gäbe auf der ganzen Welt kein Schloß, das er nicht öffnen könne. Er meint, Lovespoon ist ein Wichser. Lovespoon hat Brainbocs' Originalaufsatz in dem Kasten aufbewahrt – den, den er angeblich verloren hat. Pickel ihn rausgeholt, als Lovespoon gerade nicht aufgepaßt hat, und hat ihn kopiert. Er sagt, das sei seine Versicherungspolice.«

»Und das hat Pickel dir erzählt?«

»Ja.«

»Woher weißt du, daß er das nicht nur erfunden hat?«

»Warum sollte er? Außerdem weiß ich, wo er ihn versteckt – im Glockenturm. Wenn du willst, kann ich ihn dir besorgen.«

Ich legte die Hände auf ihre Wangen und sah ihr in die Augen. »Unternimm vorläufig nichts, ich muß mir das erst in Ruhe durch den Kopf gehen lassen.«

Als ich an diesem Abend zum Moulin ging, jagten weit im Westen bereits die ersten Blitze über den Horizont. Ich war zu spät dran für einen der besseren Plätze und mußte ganz hinten sitzen, wo man von dem Geschehen auf der Bühne nur wenig mitbekam. Die Revuegirls wagten sich normalerweise nicht bis in die hinteren Reihen vor, und ich wurde von einer unscheinbaren Kellnerin in einfachem, schwarzem Rock und weißer Bluse bedient. An meinem Tisch saß eine Gruppe Männer, die allesamt aussahen, als hätte der Seenot-Rettungshubschrauber sie gerade von einer einsamen Insel eingeflogen. Ihre Haare waren wild und ungekämmt, ihre Sachen zerrissen und zerlumpt. Einer der Männer reichte mir die Hand, und ich drückte sie sanft, um ihn nicht zu beleidigen.

»Willkommen, Bruder«, krächzte er mit der Stimme eines Seemanns, der seit zehn Jahren mit niemandem mehr geredet hatte. Der Rest der Gruppe musterte mich eingehend. Ihre Blicke tasteten wie Suchscheinwerfer über mein Gesicht.

»Ich bin nicht Ihr Bruder.«

Der Mann kicherte auf eine Art, die mir Übelkeit verursachte, und wandte sich dann an seine Kameraden: »Er sagt, er ist nicht unser Bruder.«

Der Rest der Gruppe brach in heiseres, keuchendes Gelächter aus.

Der Mann sah mich wieder an und sagte: »Ich bin Bruder Gilbert. Dies ist Bruder Frank, und das ist Bruder Bill. Die anderen stelle ich Ihnen später vor.«

»Machen Sie sich keine Mühe.«

»Ach, das ist doch keine Mühe. Schön, daß Sie uns Gesellschaft leisten. Wir haben uns so viel zu erzählen.«

Mein Drink kam, und ich stürzte ihn in einem Zug hinunter und bestellte gleich den nächsten.

»Ich war mal Bankmanager«, sagte Bruder Gilbert. Er griff nach meinem Arm und fügte in seltsam dringlichem Ton hinzu, »und Bruder Bill war früher Friedensrichter. Was sagen Sie nun?«

»Ich dachte, Sie wären allesamt Fischer.«

Sie sahen sich an und lachten erneut.

»Das gefällt uns«, sagte Bruder Gilbert. »Fischer! Das ist echt lustig!«

Als sich das Gelächter legte, wandte Bruder Gilbert sich an seine Mitbrüder und sagte: »Ich nehme an, in gewisser Weise hängen wir alle an der Angel!« Wieder brachen alle in schallendes Gelächter aus.

Ich wartete geduldig und fragte dann: »Kommen Sie oft hierher?«

»Oh ja, jeden Tag. Haben Sie uns noch nie gesehen?«

»Nein.«

»Aha, das erklärt alles.«

»Was alles?«

»Warum Sie nichts kapieren.«

Alle starrten mich mit so einem leicht wahnsinnigen Glänzen in den Augen an, während sie gespannt auf meine Reaktion auf Bruder Gilberts Worte warteten. Eines der Revuegirls ging auf halber Strecke zwischen unserem Tisch und der Bühne durch die Reihen, und einen Moment lang dachte ich, es sei Myfanwy. Ich verrenkte meinen Hals, um sie besser sehen zu können.

»Sie ist noch nicht hier«, sagte Bruder Gilbert vielsagend.

»Wer?«

Den Bruchteil einer Sekunde herrschte Stille, und dann brach erneut das Gelächter los. Diesmal kriegten sie sich überhaupt nicht mehr ein. Tränen liefen ihnen über die Wangen, und sie schlugen sich wie blöd auf die Schenkel. Immer wenn das Lachen allmählich abklang, wiederholte einer der Brüder das Wort »Wer?«, und es ging wieder von vorne los.

»Sie scheinen alle einen sehr ähnlichen Sinn für Humor zu haben.«

»Das kommt daher, daß wir eine Bruderschaft sind.«

»Wir sind fünf Leute mit einer einzigen Seele«, fügte Bruder Bill hinzu.

»Wie ein Ameisenhaufen gewissermaßen«, erklärte Gilbert, »wir sind vereint im Leid.«

»Das tut mir leid.«

»Oh, nein«, schrie Gilbert, »wir brauchen Ihr Mitgefühl nicht. Sie sind jetzt einer von uns!«

Einen Moment lang war ich völlig verblüfft. Wieder starrten sie mich an wie Hunde die Auslage eines Fleischerladens.

»Ich? Wieso?«

Gilbert rückte näher, und die anderen rutschten nach. Seine Stimme nahm einen einschmeichelnden, verschwörerischen Tonfall an.

»Wollen Sie behaupten, Sie wissen es nicht?«

Ich senkte die Stimme. »Nein, was denn?«

»Wir sind von den Anonymen Myfanwykern!«

Die Augen der Brüder, die mein Gesicht genauestens musterten, waren so riesig wie die von Kindern bei einem Feuerwerk.

»Wir sind früher ganz vorne gesessen, so wie Sie«, sagte Bruder Gilbert.

»Aber jetzt nicht mehr«, seufzte Bruder Frank. »Das war vor langer Zeit. Jetzt ist jemand anderer dran.«

»Jetzt sitzen wir hier und warten darauf, daß wir uns auch mal wieder in ihrem Licht sonnen dürfen«, sagte Bruder Bill.

»Ich habe noch nie von Ihrer Bruderschaft gehört.«

»Die kennen nur wenige«, zischelte Gilbert aufgeregt. »Sie können mitmachen, wenn Sie wollen.«

»Warum sollte ich bei so einem Haufen von Verlierern mitmachen wollen?«

Die Bruderschaft sah mich mitleidig an. Ohne Empörung, aber mit diesem verständnisvollen Blick, den Heilige für die menschlichen Schwächen der Normalsterblichen reserviert haben, und der einem so auf den Geist geht.

»Ah, Bruder Louie, Sie sind noch in der Verleugnungsphase.«

»Hören Sie mir bloß auf mit Ihrer billigen Küchenpsychologie«, schrie ich.

»Bitte werden Sie nicht wütend«, sagte Bill, »ich war lange Zeit genau wie Sie.«

»Hören Sie, ich bin nicht so wie Sie, klar? Ich bin ein guter Freund von Myfanwy.« Das klang selbst für meine Ohren ziemlich kläglich. Sie warfen sich gegenseitig verständnisvolle Blicke zu, sagten aber nichts.

»Und schauen Sie mich nicht so an!«

Ich hatte schon wieder laut geschrieen und sprach immer schneller, als ob Geschwindigkeit meine unaufhaltsam dahinschwindende Überzeugung zurückholen könnte. »Ich bin nicht wie Sie. Das ist alles ein Mißverständnis. Ich bin zu spät gekommen, also war vorne kein Platz mehr frei. Darum sitze ich hier. Passen Sie auf! Sobald sie da ist, kommt sie her und redet mit mir.«

Ich starrte wild um mich, fast als wollte ich jeden einzelnen der Brüder zum Widerspruch herausfordern. Aber alles, was ich sah, war abgrundtiefes Mitleid und Verständnis.

»Schon gut, Louie, wir haben schon verstanden.«

»Haben Sie nicht.«

»Aber ja doch. Es ist alles ein Mißverständnis. Keine Sorge, Sie brauchen sich nicht aufzuregen.«

»Ich rege mich nicht auf!« Und dann, als mir mein leidenschaftlicher Ton bewußt wurde, wiederholte ich leise mit beherrschter Stimme: »Ich rege mich nicht auf.«

»Selbstverständlich nicht. Aber eins sollten Sie wissen: Myfanwy kommt nicht so weit nach hinten, um mit Ihnen zu reden. Die Mädchen kommen nie so weit nach hinten.«

Diesmal griff Bruder Bill nach meinem Arm, als müsse er mir plötzlich etwas ganz Wichtiges anvertrauen. »Aber das heißt nicht, daß Sie keine Chance haben. Jeder hat eine Chance.«

»Ach wirklich?« sagte ich und grinste spöttisch. »Das glauben Sie also? Jeder hat eine Chance, nicht wahr? Sogar der alte Bruder da drüben, wie heißt er doch gleich, der in sein Bierglas sabbert?«

Sie wandten die Köpfe und schauten mitleidig den alten Mann am Ende des Tisches an. Er versuchte verzweifelt, der Unterhaltung zu folgen, aber offensichtlich war sein Gehör nicht in Ordnung. Er saß da und zitterte und zwang sich zum Lachen, sobald die anderen lachten.

»Das ist Bruder Tobias, und er hat genauso gute Chancen wie jeder andere auch.« Jetzt war keine Wärme mehr in Bruder Gilberts Stimme.

Bruder Bill lehnte sich zu mir herüber. »Sie sollten nicht so über den Bruder reden. Sie sollten ein bißchen mehr Respekt zeigen.«

»Mann, wachen Sie auf und schauen Sie der Wahrheit ins Gesicht. Bruder Tobias hat nicht die geringste Chance bei Myfanwy, und auch sonst keiner von Ihnen.«

Bruder Frank schlug auf den Tisch und kreischte vor Empörung über meine ketzerischen Worte laut auf. »Nein, nein, nein! Das stimmt nicht! Jeder hat eine Chance!«

»Myfanwy ist so gut und rein!«

»Glauben Sie das wirklich?« fragte ich und grinste spöttisch.

»Ich kann es beweisen!«

»So? Wie denn?« Hätte ich doch bloß nicht gefragt.

Bruder Frank schob sein Gesicht ganz nah an meines. Seine Augen glänzten ganz feucht vor Wut.

»Weil ... weil sie sogar mit diesem verkrüppelten Schuljungen ausgegangen ist!«

»Und das, wo sie doch jeden Mann in ganz Wales kriegen könnte«, ergänzte Gilbert.

Ich saß da und hatte ein Gefühl, als wäre mir der Magen soeben in die Schuhe gerutscht. Sekundenlang konnte ich nicht sprechen. Schließlich stammelte ich: »Was ... was haben Sie da gesagt?«

»Der verkrüppelte Schuljunge – der mit dem schlimmen Bein. Der, der gestorben ist. Die beiden waren ein Liebespaar.«

»Sie meinen Dai Brainbocs?«

»Ja«, bekräftigte Gilbert, »genau den meine ich.«

»Großer Gott«, war alles, was ich noch herausbrachte.

Ich saß da und konnte weder sprechen, noch mich von der Stelle rühren. Zwanzig Minuten später kam Bianca zu mir und sagte, Myfanwy sei oben im Krankenhaus. Evans the Boot war tot.

Kapitel 13

Als ich durch die Great Darkgate Street zum Krankenhaus düste, regnete es in Strömen. Die Straßen waren glänzend und rutschig und ziemlich verlassen. Mein Puls raste, mein Mund war vor Angst ganz ausgetrocknet. Die Nachricht, daß Evans the Boot tot war, ließ mich ziemlich kalt, aber die Entdeckung, daß Myfanwy und Brainbocs ein Liebespaar gewesen waren, war wie ein Dolchstoß in mein Herz. Beim Krankenhaus parkte ich so nah wie möglich am Haupteingang, stieg aus und ging durch den peitschenden Regen auf die grell erleuchtete Eingangshalle zu. Ein Polizist trat aus dem Schatten und stellte sich mir in den Weg.

»Wo wollen Sie hin?«

»Gibt es ein Gesetz gegen Krankenbesuche?«

»Jetzt ist keine Besuchszeit, kommen Sie morgen früh wieder.«

Ein weiterer Mann trat aus dem Schatten. Llunos. Wie üblich war er nicht gerade begeistert, mich zu sehen.

»Sagen Sie mal, hat Ihre Mama eigentlich mit 'nem Geier gevögelt?«

»Was ist los?«

»Jedesmal, wenn ich eine Leiche finde, kommen Sie auch schon angeschwirrt.«

»Dasselbe könnte ich von Ihnen sagen.«

»Schon, aber danach wäre ein Besuch beim Zahnarzt fällig. Was wollen Sie hier?«

Mir wurde klar, daß Llunos mich auf gar keinen Fall reinlassen würde, also wagte ich etwas außergewöhnlich Kühnes – die Wahrheit. »Ich muß unbedingt mit Myfanwy reden.«

Soviel Offenheit war er nicht gewohnt.

»Woher wollen Sie wissen, daß sie hier ist?«

»Jemand hat mir erzählt, daß man Evans gefunden hat, und daß sie in der Leichenhalle ist. Ich will gar nicht reingehen, Evans the Boot interessiert mich nicht, nur Myfanwy. Wenn Sie ihr ausrichten könnten, daß ich hier bin, dann warte ich drüben im Auto.«

Der uniformierte Polizist lachte. »Ist das nicht goldig! Wenn wir ihr ausrichten könnten ...«

Llunos brachte ihn mit einer ungeduldigen Handbewegung zum Schweigen. Dann sah er mich an. »In Ihrem Auto?«

Ich nickte.

»Okay, warum nicht. Ich geb ihr Bescheid.«

Ich ging zurück zum Auto und lauschte etwa eine halbe Stunde lang dem eintönigen Geräusch der Scheibenwischer. Schließlich tauchte Myfanwy zwischen den geparkten Autos auf.

Ich blendete kurz auf. Als sie einstieg, saßen wir in fast völliger Dunkelheit, und obwohl ich es nicht sehen konnte, wußte ich, daß sie geweint hatte.

»Myfanwy ...«

»Bitte nicht.«

Stille breitete sich im Wagen aus. Das Knarzen unserer Sitze wirkte dadurch um so lauter.

»Können wir einfach irgendwo hinfahren?«

»Wohin?«

»Irgendwohin, egal. Fahr einfach los. Bitte.«

Ich ließ den Motor an.

»Hauptsache, es ist weit genug weg von Aberystwyth.«

Der Regen peitschte wild vom Meer herein. Vom Krankenhausparkplatz aus fuhr ich nach rechts den Penglais Hill hinauf und weiter durch die in Dunkelheit gehüllte Landschaft. Myfanwy erzählte mir von Evans. Ein Mann, der seinen Hund spazierenführte, hatte ihn vor ein paar Stunden gefunden. Der Hund war einem Stock nachgejagt und mit einem Finger zurückgekommen. Die Leiche hatte man oberflächlich unter Stechginsterbüschen verscharrt und sich dabei keine große Mühe gemacht, die Spuren zu verwischen. Das Gesicht war entstellt, Fingerabdrücke gab es keine, da die Hände in altbewährter Weise in eine Mischung aus Batteriesäure und Käse aus einheimischer Produktion getaucht worden waren. Trotzdem hoffte die Polizei auf eine positive Identifizierung, sobald die Pathologen mit der Leiche fertig waren.

Wir fuhren zum Wohnwagen. Ich hätte Myfanwy nicht zeigen sollen, wo er abgestellt war, aber das war mir jetzt egal. Auf dem Wohnwagengelände war es stiller als auf einem Friedhof, nur das Quietschen des *Frische Milch*-Schilds am Gemischtwarenladen und das ferne Rauschen des Meeres hinter den Dünen waren zu hören. Der Regen hatte aufgehört. Im Wohnwagen war es kalt und klamm, aber die Campinggasheizung und die ächzenden Gaslampen erfüllten den Raum schnell mit behaglicher Wärme. Myfanwy ließ sich auf der hufeisenförmigen Sitzbank nieder, legte die Ellbogen auf die Resopal-Tischplatte und stützte ihren Kopf müde in die Hände. Ich wärmte uns in der Küchenzeile zwei Päckchen Tütensuppe auf, füllte sie in Tassen, gab in jede einen Schuß Rum und trug sie zum Tisch. Myfanwy hatte das *Mensch ärgere dich nicht* entdeckt und baute gerade die Figuren auf.

»Ich würde vorschlagen, du erzählst mir von Brainbocs.«

Sie würfelte. Vier und Fünf. Um rauszukommen, brauchte man eine Sechs.

»Was meinst du damit?«

Ich warf eine Sechs und eine Eins und machte mich auf die Reise rund ums Brett. Wie viele vor uns, Flitterwöchner und junge Familien, hatten sich wohl schon auf diese Reise begeben, während der Regen vom Meer hereinpeitschte und auf die Sperrholzdächer ihrer Schuhschachteln auf Rädern trommelte? Familien, die zwei oder drei Stunden gefahren waren, mit gelegentlichen Zwischenstops, wenn sich die Kinder übergeben mußten, um dann in dieser Welt aus Stechginster und Seegras, Dünen, Bingo und *Fish and Chips* zu landen.

»Dein Cousin ist tot, Myfanwy. Meinst du nicht, es wird Zeit, mit den Spielchen aufzuhören?«

Sie warf die Würfel in den Becher und schüttelte ihn. Die Würfel tanzten mit einem dumpf klappernden Geräusch hin und her.

»Ich mache keine Spielchen.«

»Du warst nicht ehrlich zu mir.« Klapper, klapper, Vier und Drei.

»Ich habe dir alles gesagt, was ich weiß.« Sechserpasch. »Oooh!«

Ich legte meine Hand auf ihre Figuren, bevor sie damit vorrükken konnte.

»Du hast mir nicht erzählt, daß du und Brainbocs was miteinander hattet.«

Ich hatte sie überrumpelt. Sie biß sich auf die Lippen. »Wir hatten nichts miteinander.«

»Ich hab da was anderes gehört.«

»Wer immer dir das erzählt hat, hat gelogen. Wir hatten nichts miteinander. Jedenfalls haben wir es nie – du weißt schon – getan.«

»Was habt ihr denn getan?«

»Nichts. Ehrlich.«

»Warum erzählst du es mir nicht?«

»Es ist nicht so, wie du denkst.«

»Du weißt doch gar nicht, was ich denke.«

»Wir hatten nichts miteinander, er stand einfach auf mich. Schon während der ganzen Schulzeit. Viele Jungen standen auf mich. Das ist schließlich kein Verbrechen.«

»Das nicht«, sagte ich sanft, »aber jetzt wurde ein richtiges Verbrechen begangen, und jetzt mußt du ehrlich zu mir sein.«

Klapper, klapper, Fünfer-Pasch. Sie hielt inne. »Es fing an, kurz nachdem ich den Job im Moulin angenommen hatte – als er das rausfand, war er ganz außer sich. Er kam eines Nachts vorbei, wurde aber nicht reingelassen. Also wartete er draußen. In jener Nacht verließ ich das Moulin zusammen mit einem Mann, und als ich in sein Auto stieg, sah ich Brainbocs im Eingang von Army Surplice stehen. Er starrte mich an, als hätte er ein Gespenst gesehen. Die nächste Nacht stand er wieder da. Und die übernächste auch. Es lief immer gleich ab: Er kam zum Moulin, wurde nicht reingelassen, und dann stand er den Rest des Abends draußen rum. Am Anfang versuchten die Rausschmeißer noch, ihn zu verjagen. Aber das schien ihm nichts auszumachen. Vermutlich wußte er, daß sie einem armen hinkenden Jungen nicht ernsthaft was tun würden. Wenn es regnete, stand er pitschnaß, aber ohne zu zittern im Regen. Schließlich bat mich der Boss, mit ihm zu reden. Also tat ich's.«

»Wann war das?«

Die legendäre walisische Chanteuse bohrte ihre Zunge in die Backe wie ein Schulmädchen beim Kopfrechnen. »Letzten Herbst fing es an. Ab Weihnachten kam er dann nicht mehr. Und dann, an Ostern, ist er ... ist er gestorben.«

Ich nickte, erstaunt, mit welch beiläufiger Präzision sie die Tatsachen aufzählte. War es nicht eigentlich schon ein bißchen spät für solche Enthüllungen?

»Und was ist passiert, als sie dich zu ihm rausgeschickt haben?«

»Er sagte: ›Myfanwy, bitte tu das nicht.‹ Ich sagte: ›Was soll ich nicht tun?‹ – als ob ich es nicht gewußt hätte, und er sagte: ›In diesem Etablissement arbeiten.‹ Genau so. ›In diesem Etablissement arbeiten‹, als wäre er geradewegs *Oliver Twist* entsprungen.«

»Und dann?«

Sie seufzte und senkte den Blick wieder aufs Brett. »Also habe ich gesagt: ›Was willst du?‹, und dann hat er erst mal ziemlich lange gar nichts gesagt. Er hat mich nur angeschaut, als wäre es ihm lieber, er müßte es nicht aussprechen. Also habe ich nochmal gesagt: ›Was willst du? Ich muß wieder an die Arbeit.‹ Und dann fing es an zu regnen, und ich hab gesagt, daß ich wirklich wieder rein muß. Und dann hat er mir eine Hand auf den Arm gelegt. Eine Hand, die sich wie die eines Mädchens angefühlt hat. Und dann hat er gesagt: ›Myfanwy, ich liebe dich.‹ Einfach so, und ich mußte lachen. Aber dann habe ich seinen Gesichtsausdruck gesehen, und das Lachen ist mir vergangen. Er sah aus wie …« Sie verstummte. Ihr Kiefer bewegte sich lautlos auf und ab, während sie nach einem Ausdruck suchte, der das abgrundtiefe Elend beschreiben konnte, in das ihr unbekümmertes Gelächter den hinkenden, weltfremden kleinen Gelehrten gestürzt hatte. Aber sie fand keinen. In ihrem sorglosen Leben hatte sie nie eine derartige Verzweiflung erleben müssen. Woher ich das wußte? Ich, der ich Brainbocs nie kennengelernt und die Szene vorm Moulin Goch nicht miterlebt hatte? Nun, ich wußte es. Ich wußte es einfach. »Jedenfalls«, sagte sie schließlich, »sah er zutiefst verletzt aus.«

Klapper klapper, Eins und Fünf.

»Und dann hat er mich gefragt, ob er mich am nächsten Tag, wenn die Schule aus ist, zu einem Eis einladen darf. Erst habe ich Nein gesagt. Dann hat er mich immer inständiger gebeten, aber ich habe weiter abgelehnt. Nicht, weil ich nicht wollte, mir war nur klar, so wie er mich angeschaut hat, daß das zu nichts Gutem führen konnte. Dann erschien Mr. Jenkins im Eingang gegenüber und deutete auf seine Armbanduhr. Also sagte ich wieder, ich muß jetzt gehen. Und wieder bettelte er, ich solle mit ihm Eis essen gehen. Und dann passierte was Schreckliches.«

Sie sah vom Brett auf und mir in die Augen.

»Ja?«

»Er fing an, dieses Metallding loszuschnallen, das er am Bein hat. Wie nennt man das doch noch?«

»Schiene?«

»Und ich sage: ›Dai, was machst du da?‹ Und er sagt, er will vor mir niederknien!«

Mitfühlend schüttelte ich den Kopf, als ich mir die traurige Szene vorstellte.

»Dann habe ich natürlich eingewilligt, mit ihm Eis essen zu gehen. Aber nur unter einer Bedingung: Er sollte nie wieder vorm Club auf mich warten, und er sollte nicht rumerzählen, er wäre mein Freund, nur weil ich mit ihm Eis essen ging.«

»War er damit einverstanden?«

»Ja. Am nächsten Tag trafen wir uns bei Sospan, aber es war ein kalter Tag, und darum sind wir ins Seaside Rock Café gegangen, und bei einer Portion Pfefferminzlutscher hat er um meine Hand angehalten. Er hat mich tatsächlich gebeten, seine Frau zu werden. Ich habe ihm gesagt, er solle nicht so töricht sein. Und er sagte: ›Es ist wegen meines Beins, nicht wahr?‹ und ich: ›Nein, natürlich nicht.‹ Und dann hat er was ganz Seltsames gesagt. Er sagte: ›Myfanwy, was wünschst du dir mehr als alles andere auf der Welt?‹ Und ich sagte: ›Da gibt es nichts.‹ Aber das wollte er nicht hören. Er meinte, es müsse etwas geben, was ich mir wirklich wünsche. Ich müßte doch einen Traum haben. Ich sagte Nein. Und er sagte, jeder, sogar ein Bettler, habe einen Traum. Aber ich habe wieder Nein gesagt. Da wurde er ganz still. Hat die Lutscher bezahlt und ist gegangen. Das war im November, und einige Wochen lang habe ich ihn nicht mehr gesehen. Dann, als ich Heiligabend aus dem Club komme, steht er wieder im Eingang, und es schneit. Und weißt du was?«

Fragend hob ich die Augenbrauen.

»Er hatte einen meiner Schulaufsätze dabei. Von ganz früher. Keine Ahnung, wo er den aufgetrieben hat. Ich hatte damals geschrieben, es wäre mein Traum, einmal in der Oper in Patagonien zu singen, und daß ich den Mann heiraten würde, der mir diesen Wunsch erfüllen würde. Ich hatte den Aufsatz völlig vergessen. Er hielt ihn mir unter die Nase und sagte: ›Siehst du, du hast einen Traum.‹ Und ich lachte sarkastisch und sagte: ›Nein, David, ich hatte einen Traum. Jetzt habe ich keine Träume mehr.

Ich bin jetzt ein Moulin-Girl und habe keine Zeit mehr zum Träumen.‹ Und darauf sagte er: ›Eines Tages lasse ich deinen Traum Wirklichkeit werden, und dann wirst du mich heiraten.‹ Ich wollte schon lachen, aber dieser Ausdruck in seinen Augen – nun, ich wußte, ich sollte es nicht tun. Also habe ich ihn nur angestarrt. Und dann ging er weg. Das war das letzte Mal, das ich ihn gesehen habe. Wie er an Heiligabend durch den Schnee davongehumpelt ist. Ein paar Wochen später bekam ich ein Päckchen. Es war kein Brief dabei, nur der Aufsatz. Alles über Cantref-y-Gwaelod. Ich hab mir nicht mal die Mühe gemacht, ihn zu lesen. Und dann lese ich eines Tages, daß man ihn umgebracht hat.«

»Und was hast du mit dem Aufsatz gemacht?«

»Den habe ich Evans the Boot gegeben.«

Irgendwann zwischen zwei und drei stellte ich den Wagen vor dem Geschäft für orthopädische Stiefel an der Canticle Street ab. Ich war hundemüde und gab mir wenig Mühe, den Wagen richtig einzuparken, bevor ich die abgetretenen Holzstufen zu meinem Büro hinaufging. Ich fühlte mich, als müßte ich den Everest besteigen. Ich hielt mich nicht mit Umziehen auf, fiel einfach nur aufs Bett. Kaum berührte mein Kopf das Kissen, war ich eingeschlafen, und noch im selben Moment klingelte das Telefon.

»Ja?«

»Wo um Himmels willen hast du gesteckt?«

»Häh?«

»Du mußt sofort kommen!« Es war Bianca.

»Bianca? Was ist los?«

»Ich bin in Schwierigkeiten. Ich hab nicht viel Zeit. Kannst du gleich herkommen?«

»Warum, was ist passiert?«

»Ich hab den Aufsatz.«

Die Haare wären mir zu Berge gestanden, wenn sie nicht so müde gewesen wären.

»Du hast was?«

»Den Aufsatz. Ich hab ihn geklaut. Wenn Pickel mich findet, dann ...« Ich hörte einen Schrei, und die Leitung war tot.

Als ich bei ihrer Wohnung in Tan-y-Bwlch ankam, stand die Eingangstür offen. Möbel und sonstiges Inventar lagen auf dem Boden, zerschlagenes Geschirr und Papier bedeckten den Teppich. An den Wänden und an der weißglänzenden Tür waren blutige Handabdrücke. Ich starrte auf das Telefon. Ich wußte, ich sollte Llunos anrufen. Jetzt war der Punkt erreicht, wo endlich Schluß sein mußte. Vielleicht war die Polizei ja auch schon auf dem Weg hierher. Ich starrte immer noch das Telefon an. Ich hätte wirklich die Polizei anrufen sollen, aber ich tat es nicht.

Kapitel 14

Ich fand ihn im Glockenturm neben seinem Kessel. Ein Hauch von Gin lag in der Luft. Offenbar hatte er mich die Treppe hochkommen hören, denn als ich eintrat, starrte er zu mir herüber.

»Was willst du hier? Das ist Privatbesitz.«

Es war völlig windstill, und außer dem gleichmäßigen Surren des Uhrwerks und dem leichten Geruch von Gin konnte ich nichts wahrnehmen.

»Wo ist sie? Und sag jetzt bloß nicht ›Wer?‹.«

»Verpiß dich.«

Der Boden bestand aus einer Reihe von Brettern, die oben im Turm aufgehängt waren. In der Mitte war ein gähnender Spalt, und darunter sah man das berühmte Eisen- und Messingungetüm des Uhrwerkmechanismus. Von hier war Mr. Dombey in das Haigebiß der Zahnräder gefallen oder geschubst worden. Und jetzt trennte mich dieser Spalt von Pickel. Langsam bewegte ich mich am Rand entlang auf seine Seite zu. Pickel hob eine Messingstange vom Boden auf. »Bleib, wo du bist!«

»Die Sache ist ganz einfach, Pickel. Sag mir, wo sie ist, oder ich schmeiße dich in die Uhr.«

Er fuchtelte unsicher mit der Stange vor mir herum und machte einen Schritt zurück. »Komm ja nicht näher.«

Ich ging weiter und duckte mich unter der horizontalen Spindel durch, die die Uhrzeiger bewegte.

»Ich warne dich!«

Ich machte einen weiteren Schritt auf ihn zu. »An den Wänden war Blut.«

Er trat noch weiter zurück und schüttelte den Kopf. »Ich war's nicht.«

»Wenn du ihr was angetan hast, bringe ich dich um.«

»Du hast den Falschen erwischt.«

»Wie wär's, wenn du mir erzählst, wer der Richtige ist?« Ich warf einen Blick in die Tiefe. Nicht weit vom Rand der Spalte entfernt, lag der alte Amboß eines Hufschmieds. Er war verstaubt und von Spinnweben überzogen, und vermutlich war er irgendwann einmal bei der Reparatur eines Maschinenteils zum Einsatz gekommen. Pickel entdeckte ihn im selben Moment, und wir hatten beide den gleichen Gedanken.

»Nein!« heulte Pickel.

Ich lächelte.

»Wag es ja nicht!«

Er machte einen Sprung nach vorn, aber als ich meinen Fuß auf den Amboß stellte, hielt er mitten in der Bewegung inne, wie eine Fliege, die gegen eine Fensterscheibe donnert.

»Was soll ich nicht wagen?«

Er balancierte auf einem Fuß, wie ein Staffelläufer, der auf die Übergabe des Stabs wartet. Die Angst, jede weitere Bewegung könnte mich dazu bringen, den Eisenklotz über den Rand und in die Zahnräder seiner über alles geliebten Uhr zu schubsen, ließ ihn vollkommen erstarren. »Tu's nicht,« rief er mit etwas leiserer Stimme, »bitte!«

»Wo ist sie?«

Er streckte flehentlich die Hände aus. »Ich weiß es nicht.« Seine Worte klangen so beschwörend und einschmeichelnd, als bäte eine Mutter um die Rückgabe ihres Babys. Ich schob den Amboß ein Stück weiter, bis er direkt am Rand des Abgrunds lag. Die Uhr war solide gebaut, aber dennoch sehr empfindlich. Ein Amboß würde sehr viel mehr Schaden anrichten als Mr. Dombeys ausgemergelte Gestalt. »Ich glaube dir kein Wort.«

Pickels Augen waren angsterfüllt. Wenn ich ihm angedroht hätte, seine Mutter aus dem Fenster zu werfen, hätte er vermutlich nicht mit der Wimper gezuckt, aber die Vorstellung, jemand könne seine Uhr zerstören, war einfach unerträglich. Ich gab dem Amboß noch einen kleinen Schubs, so daß er schon über den Rand hing und gerade so eben noch von dem leichten Druck meiner Schuhsohle gehalten wurde.

»Wo ist sie?«

»Sie haben sie mitgenommen.«

Ich sah ihn ungeduldig an.

»Lovespoon und seine Schläger. Verstehst du, sie hatte mir den

Aufsatz geklaut – die dumme Kuh. Ich mußte es ihnen sagen. Sie hätten mich umgebracht, wenn sie's rausgekriegt hätten. Vermutlich tun sie das sowieso.«

Seine Augen starrten gebannt auf den Amboß.

»Wo haben sie sie hingebracht?«

Er schüttelte den Kopf. »Ich weiß es nicht. Ehrlich, ich hab keine Ahnung.«

Ich ließ den Amboß leicht hin- und herschwingen, um seinem Gedächtnis auf die Sprünge zu helfen. Er schrie auf. »Verdammt nochmal, wieso sollten die mir denn irgendwas sagen?«

»Jetzt paß mal auf, du Scheißhaufen, mir ist völlig egal, was sie dir erzählen und was nicht. Ich will das Mädchen finden, bevor einer von euch Affen ihr was antut. Also – entweder spuckst du jetzt aus, wo sie ist, oder deine Uhr ist im Arsch.«

Er sank zu Boden und verbarg das Gesicht in den Händen. »Lovespoon ist oben in der Schule.«

»Was macht er denn dort?« fragte ich überrascht.

»Er sitzt jede Nacht in seinem Arbeitszimmer und schreibt und ...« Er hielt inne.

»Ja?«

»Und schaut seine Arche an.« Er zuckte mit den Schultern. »Da hockt er die ganze Zeit.«

»Sogar um vier Uhr morgens?«

»Er ist garantiert da. Er schläft überhaupt nicht mehr.«

Ich zog den Amboß zurück und ging zur Tür. »Wenn du lügst, komme ich mit meinem eigenen Amboß wieder.«

Nichts hatte sich verändert: der quietschende Boden, der schale Geruch nach Fußschweiß und Desinfektionsmitteln, und die skelettartigen Mantelhaken, die jetzt bis auf den einen oder anderen Anorak leer waren. Bei Nacht wirkte alles seltsam gespenstisch. Einzubrechen war einfach gewesen, genau wie vor zwanzig Jahren, als wir uns immer reinschlichen und in die Sporttrophäen in der Aula pinkelten. Ich ging leise den Flur entlang, und meine Schuhe quietschten auf den Fliesen wie Vögel im Regenwald. Ich konnte mir kaum vorstellen, daß Lovespoon um vier Uhr in der Früh hier war, aber Pickel sollte Recht behalten. Gegenüber der Eingangshalle lag ein Korridor, an dessen Ende ein Lichtstrahl aus Lovespoons Arbeitszimmer fiel. Der Bereich mit den Büros der Oberlehrer lag etwas abseits vom Hauptfoyer und wurde zu meiner Zeit Alamo genannt. Als ich mich ihm näherte, spürte ich plötzlich eine heftige Pawlowsche Reaktion, die zwei Jahrzehnte tief in mir geschlummert hatte: Mein Mund wurde trocken, und meine Ohren dröhnten in Erwartung einer Ohrfeige. Verzweifelt kämpfte ich gegen diesen Sog, der mich wieder in einen unterwürfigen, hilflosen Schuljungen verwandelte. In eine Zielscheibe für Tafelschwämme. In jemanden, den man an den Ohren und an den Haaren zog. Den man mit herablassendem Sarkasmus tadelte und dem man so lange Angst einjagte, bis er keine Antwort mehr zu geben wagte. Woher sollte ich den Mut nehmen, ihm gegenüberzutreten? Ihn des Mordes an fünf seiner Schüler zu bezichtigen? Was geht dich das Ganze denn überhaupt an, Kleiner? Und was, wenn er seinen Rohrstock dabei hat? Ich stand unentschlossen vor seiner Tür, als von drinnen eine Stimme ertönte:

»Komm rein, Junge, steh nicht so zögerlich da draußen rum.«

Er saß vornüber gebeugt an seinem Schreibtisch und korrigierte Aufsätze. Ohne hochzuschauen hob er eine Hand und bedeutete mir, ich solle warten. Ich hielt mich kerzengerade und nahm meine Hände aus den Taschen, um mich gleich darauf für diese kriecherische Unterwürfigkeit zu verfluchen. Beleuchtet wurde das Zimmer nur von der Lampe auf seinem Schreibtisch und dem Licht, das sich in der riesigen hölzernen Arche widerspiegelte, die inzwischen fast das gesamte Gestrüpp auf der linken Seite des Sportplatzes überdeckte. Sie glänzte im grellweißen Licht der Scheinwerfer, und ich sah Wachleute, die vor ihr auf und ab gingen. Mit einem schwungvollen Schnörkel beendete Lovespoon seine Korrekturen, schloß das Heft und schaute hoch.

»Es geht um das Mädchen, nicht wahr?« sagte er. »So ein dummes Ding.«

Ich gab keine Antwort und starrte ihn nur an. Er musterte mein Gesicht, als versuchte er, mich in diesem endlosen Strom pickliger, stimmbrüchiger, pubertierender Jungen einzuordnen, die durch seine Hände gegangen waren und die für ihn vermutlich genausowenig unterscheidbar waren wie die Blätter, die jedes Jahr im Herbst die Zufahrt bedeckten.

»Mr. Ballantyne, der Berufsberater, sagte mir, Sie seien Privatdetektiv geworden?«

Ich schwieg, und der alte Walisischlehrer saugte an seiner Zunge, als könne er so besser die Vorzüge meiner Berufswahl beurteilen. »Ich hätte Sie eher für einen Beamtentyp gehalten. Möchten Sie was trinken?«

Er griff um die Gelenklampe herum und holte eine Flasche Wein hervor.

»Ich bin nicht durstig.«

»Ffestiniog Chardonnay, ein 73er. Erstaunlich gut.« Er schenkte sich ein Glas ein und fuhr fort: »Ich war immer der Überzeugung, daß hartgesottene Privatdetektive bei jeder sich bietenden Gelegenheit Alkohol trinken müssen, schon um den Anforderungen an die Klischees ihres Berufsstands gerecht zu werden.«

»Sie können mich mal am Arsch lecken.«

Der Lehrer zuckte zusammen. »Ah!« sagte er und trommelte leicht mit den Fingern auf seinen Schreibtisch.

»Wo ist sie?«

Er lächelte matt und zuckte kaum merklich mit den Schultern. »Ich weiß es nicht.«

»Das können Sie Ihrer Großmutter erzählen.«

»Nein, wirklich, ich weiß es nicht.«

Er lehnte sich weiter vor und schaute mich neugierig an.

»Ich kann mich übrigens gar nicht erinnern, daß Sie bei mir im Unterricht waren.«

»Sie haben mir ein Stück Zahn ausgeschlagen, als Sie den Tafelschwamm nach mir geworfen haben.«

Er hob einen Kugelschreiber hoch und legte ihn wieder hin. »Das ist alles ein fürchterlicher Schlamassel. Offensichtlich hat sie es für Sie getan.«

Selbst in dem Dämmerlicht konnte Lovespoon sehen, wie erstaunt ich war.

Er lachte. »So romantisch. Nun ja, Sie wären eine bessere Partie als Pickel, wenn ich so sagen darf. Man kann es ihr also kaum verübeln.«

»Sagen Sie mir einfach, wo sie ist, dann tue ich Ihnen auch nichts.«

»Sie wollen mir was tun?« fragte er mit gespielter Überraschung.

»Verdient hätten Sie's, Sie Scheißkerl, und zwar doppelt und dreifach!«

»Tss, tss,« mokierte sich der Walisischlehrer über meine Ausdrucksweise, wobei er seine Hand liebevoll über die kunstvoll geschnitzten Holzlehnen seines Stuhls gleiten ließ. Der Stuhl wirkte wie ein Thron.

»Wissen Sie, was für ein Stuhl das ist?«

Ich wußte, daß er auf Zeit spielte, daß er über einen Ausweg nachsann oder hoffte, jemand würde ihm zu Hilfe kommen, aber es war schwer, sich dem Sog seiner Worte zu entziehen.

»Es ist der Bardenstuhl vom Eisteddfod. Sie haben ihn für Ihre Dichtkunst gewonnen.«

»Dreimal. Deshalb durfte ich ihn behalten.«

»Wie Brasilien bei der Fußballweltmeisterschaft.«

Er zuckte zusammen. Dann stand er erschöpft auf und ging durch das dunkle Büro zum Fenster. »Das ist das Problem mit Leuten wie Ihnen, Knight – Sie machen sich immer nur über alles lustig. Sie können alles nur kaputtmachen. Aber Sie können nichts erschaffen. Das konnten Sie nie.«

»Und wie paßt das dazu, daß Sie Ihre Schüler umbringen?«

»Brainbocs war ein Unglücksrabe.«

»Als nächstes werden Sie mir erzählen, daß man kein Omelett machen kann, ohne Eier zu zerschlagen.«

Er zuckte mit den Schultern und drehte sich zu mir um. »Nicht die schlechteste Philosophie.«

»Und – ist Bianca auch nur ein zerschlagenes Ei?«

»Sie werden doch jetzt wegen einer kleinen Nutte nicht sentimental werden?«

Ich stürzte mich auf ihn, aber er machte so schnell einen Schritt nach hinten, daß ich nur seinen Arm zu fassen bekam. Als er sich loszureißen versuchte, stolperten wir beide gegen den Schreibtisch. Fotos, ein Stapel zum Teil korrigierter Aufsätze und eine Schere flogen zu Boden.

»Sie ist zehnmal so viel wert wie Sie!«

Er lachte laut auf. »Sie ist nicht mal so viel wert wie einer meiner Fürze.«

»Sie sagen mir jetzt sofort, wo sie ist!« schrie ich.

Wir rollten vom Schreibtisch auf den Boden. Lovespoon versuchte mich wegzuschubsen, und ich versuchte, auf ihn draufzuklettern und ihn runterzudrücken. Er war stark, aber ich war zwanzig Jahre jünger. Kurz darauf kniete ich auf seiner Brust. Bei unserem Kampf war die Schreibtischlampe umgefallen, und der schwache gelbe Lichtstrahl schien direkt auf sein Gesicht. »Wo ist sie?«

Lovespoon atmete schwer und sagte abgehackt: »Ich sagte ... Ihnen ... doch ... ich ... weiß ... es nicht.«

Ich ballte die Hand zur Faust und holte aus. Er sah mich mit seinen hellen, ruhigen grauen Augen an. In ihnen war kein Fünkchen Angst zu erkennen. In dem Moment sah ich die Schere auf dem Boden liegen. Es war eine von diesen scharfen Kunsthandwerkscheren mit schwarzen Fingerlöchern. Ich hob sie auf und ließ sie über seinem Gesicht baumeln.

»Bringen Sie mich nicht soweit, daß ich zusteche.«

Er grinste spöttisch. »Sie haben doch gar nicht genug Schneid für so was. Hatten Sie doch nie. Sie waren ja so ein Schlappschwanz, Sie konnten nicht mal Rugby spielen – oh ja, ich erinnere mich an Sie. Und jetzt glauben Sie, Sie können hier reinstürmen und mir drohen?«

Ich senkte die Schere, bis ihre Spitze fast sein Auge berührte. Seine Wimpern schlugen gegen die Schere. Ich sah, daß er sich zwingen mußte, ruhig zu bleiben.

»Mir können Sie keine Angst einjagen. Ich habe in Patagonien gekämpft.«

»Mit Gwenno Guevara.«

Er grinste spöttisch. »Die werden Sie nie finden. Brainbocs hat es geschafft, aber der ist tot, und Sie sind nicht clever genug.«

»Was haben Sie mit Bianca gemacht?«

»Seit wann interessieren Sie sich denn so für Pickels kleine Nutte?«

Ich griff die Schere fester. »Wenn Sie mir nicht sagen, wo sie ist, steche ich Ihnen die Augen aus, und Sie werden Cantref-y-Gwaelod niemals sehen.«

Eine Zeitlang war nur unser beider Atem zu hören. Lovespoon starrte zu mir herauf, und ich starrte auf ihn hinab. Zwischen uns schwebte die Schere.

Schließlich sagte er: »Ich schlage Ihnen einen Handel vor.«

»In Ihrer Lage gibt's nichts zu verhandeln.«

»Das Mädchen ist bei Herod. Wo, weiß ich nicht. Wir bringen sie Ihnen morgen zurück.«

»Wieso sollte ich Ihnen trauen?«

»Weil Sie nicht den Mumm haben zuzustechen.«

Kapitel 15

Natürlich hatte er Recht. In Notwehr hätte ich vielleicht zustechen können, nicht aber vorsätzlich. Kann sein, daß ich es geschafft hätte, wenn ich in Herod Jenkins' Sportstunden besser aufgepaßt hätte, aber ich war nun mal, wie er zu sagen pflegte, ein Schlappschwanz.

Das war's dann. Ich verließ die Schule und fuhr ziellos landeinwärts, durch Commins Coch und weiter nach Penrhyncogh, und dann in einem weiten Bogen Richtung Borth. Während ich so vor mich hin fuhr, gingen mir Lovespoons Worte immer wieder durch den Kopf. Seit wann interessierte ich mich so sehr für Bianca? Ich dachte an die Nacht, in der ich sie mit zu mir nach Hause genommen hatte. Um jenen Akt zu vollziehen, der, vor allem wenn auch noch Geld ins Spiel kam, zu all den Problemen führte, die dann in meinem Büro landeten. So viele Jahre saß ich nun schon da und sah, wie sich meine Klienten auf dem Besucherstuhl wanden, zerfressen von dem Verdacht, ihr Partner könne sie betrügen. Jeder einzelne war überzeugt, daß die Katastrophe, die über ihn hereingebrochen war, einzigartig war, und jeder glaubte, er würde sich irgendwie besser fühlen, wenn er mich dafür bezahlte, daß ich seinen Verdacht bestätigte. Ich hatte das alles schon tausendmal gehört, wie ein Priester, der die Beichte abnimmt – ich mit meinen zweifelhaften Absolutionen. Jener Akt, der das Herz so sehr in Aufruhr versetzt. Den die Zeitungen Geschlechtsverkehr nennen, den Lovespoon als Intimverkehr bezeichnete, der bei den Männern im Pub Bumsen hieß, den Bianca paradoxerweise ›Liebe machen‹ nannte und für den Mrs. Llantrisant überhaupt keine Bezeichnung kannte, mit der sie sich hätte anfreunden können. Jener Akt tierischer Paarung, der in dieser Stadt oft reines Brunftgebaren war. Ich wußte nicht, warum ich es getan hatte. Einsam und verängstigt war ich gewesen, noch dazu betrunken, vielleicht war es das. Ich hatte keinen weiteren Gedanken daran verschwendet. Warum? Weil sie ein Moulin-Girl war, und wir wußten ja alle, daß die keine Gefühle hatten – oder nur solche, die sie passend zur jeweiligen Situation vorspielten. Voll selbstgefälligem Stolz auf unsere Weltgewandtheit ermahnten wir Männer uns gegenseitig, vor ihren trügerischen Herzen auf der Hut zu sein. Und dann passiert sowas. Sie hatte ihr Leben riskiert, um mir zu helfen, und jetzt war sie vielleicht tot, wenn nicht noch Schlimmeres. Das war etwas, was sie nur aus Zärtlichkeit oder Liebe oder irgendeinem anderen Gefühl, das sie doch angeblich gar nicht kannte, getan haben konnte. Und ich dachte an Myfanwy, die so viel erfahrener und gewiefter war, wenn es um das Leben auf Aberystwyths Straßen ging, und ich versuchte mir vorzustellen, daß sie sich auf diese Art für mich opfern würde. Und schon während ich versuchte, mir das auszumalen, wußte ich mit absoluter Sicherheit, daß das völlig außer Frage stand.

Als ich in Borth ankam, brachen die ersten Lichtstrahlen durch einen Schleier grauer Wolken. Ich fuhr über den Golfplatz, parkte unterhalb der Dünen und stieg aus. Eigentlich hatte ich vorgehabt, eine Runde zu schwimmen, aber als ich auf der Düne stand, überlegte ich es mir anders. Statt dessen setzte ich mich in den Sand und betrachtete das Schauspiel der unaufhörlich heranrollenden, reinigenden Wellen. Meine Augenlider wurden schwerer und schwerer, und schließlich schlief ich ein. Es war Cadwaladr, der mich weckte. Der Kriegsveteran, mit dem Myfanwy und ich unser Picknick geteilt hatten. Er bot mir einen Schluck aus seiner Dose Special Brew an, und ich trank trotz der Übelkeit, die mir das hochprozentige Lager auf nüchternen Magen verursachte. Eine Zeitlang starrten wir wortlos hinaus auf die Unendlichkeit des Ozeans. Dann stellte ich ihm dieselbe Frage, die ich schon Lovespoon gestellt hatte. Wer war Gwenno Guevara? Diese geheimnisvolle Kämpferin, auf die Brainbocs in der Woche vor seinem Tod gestoßen war.

Cadwaladr antwortete nicht gleich, und als er es schließlich tat, sagte er nur: »Sie war eine Hure.«

»Ist das alles? Eine stinknormale Hure?«

»Vor dem Krieg war sie eine Hure. Ein Teewärmer-Mädchen.

Dann ging sie nach Patagonien und wurde eine Kämpferin. Nach dem Krieg – wer weiß? Es war, als hätte sie sich in Luft aufgelöst.«

Der alte Soldat stand auf und wandte sich zum Gehen, und ich rief ihm nach: »Erinnerst du dich noch, was du über Rio Caeriog gesagt hast?«

Er blieb stehen.

»Du hast gesagt, daß deine Version im Schulunterricht nicht vorkommt. Erinnerst du dich?«

»Ja.«

»Hättest du Lust, mir deine Version zu erzählen? Die wahre Geschichte über Rio Caeriog?«

»Nein.«

»Aber du warst doch dabei, oder?«

»Allerdings.«

Er schüttelte den Kopf, und bevor er davonstapfte, sagte er noch: »Aber ich kann dir die Geschichte nicht erzählen. Das steht mir nicht zu.«

Als ich ins Büro zurückkam, fand ich eine Nachricht von Eeyore vor, ich solle ihn anrufen, und außerdem saß wieder einmal Llunos auf meinem Stuhl. Er kratzte kleine Dreckstückchen unter seinen Fingernägeln hervor und fragte, ohne hochzuschauen: »Na, war's schön beim Schwimmen?«

»Nicht schlecht. Sie sollten auch öfter mal an die frische Luft gehen.«

Ohne seine Maniküre zu unterbrechen, sagte er: »Da haben Sie vermutlich recht.«

Ich ließ mich ihm gegenüber auf den Besucherstuhl plumpsen und wartete ab, was er mir zu sagen hatte. Aber Llunos schwieg. So saßen wir einige Zeit still da. Irgendwann klingelte das Telefon.

»Louie Knight Ermittlungen.«

»Wenn Sie das Mädchen sehen wollen, kommen Sie heute um Mitternacht zum Hafen. Vor's Chandler.«

»Mit wem spreche ich bitte?«

»Kommen Sie allein, oder wir schneiden die Kleine in Scheiben.«

Der Anrufer legte auf, ich ebenso. Dabei versuchte ich, möglichst unbeteiligt dreinzuschauen. Llunos war offensichtlich so gelangweilt, daß er nicht mal fragte, wer angerufen hatte. Schließlich fing er an, über Paläoanthropologie zu palavern.

»Faszinierende Wissenschaft«, sagte er und blickte von seinen Fingernägeln auf.

»Falls Sie ein Buch darüber ausleihen wollen – mein letztes Exemplar habe ich Mrs. Llantrisant gegeben.«

»Ich habe das gewissermaßen zu meinem Hobby gemacht.«

Ich fragte mich, warum er gekommen war. Hatten sie Bianca gefunden?

»So'n Typ von der Universität hat sich drauf spezialisiert. Er hat eine tolle 3D-Simulations-Software auf seinem Computer. Er nimmt die Schädel von Steinzeitmenschen, scannt sie ein, und dann bauen sich langsam Gewebe und Muskeln und alles auf, und – Abrakadabra – schon weiß er, wie der Kerl ausgesehen hat.«

»Wozu der Aufwand? Weiß doch jeder, daß der aussah wie Sie.«

Er zuckte leicht zusammen, schaffte es aber, die gleichgültige Miene, die er sich für solche Fälle zugelegt hatte, beizubehalten. »Wir haben unter Evans the Boots Fingernägeln ein paar Fasern gefunden. Eigentlich so gut wie nichts. Aber der Typ hat es geschafft, mit seinem Computer aus den spärlichen Spuren das Originalstrickmuster zu rekonstruieren. Es war ein Teewärmer. Dann haben wir vom Büro in Cardiff zwei Schnellstrickerinnen kommen lassen, und die haben uns eine Kopie des Originalwärmers runtergehäkelt.«

Ich wußte, was als nächstes kommen würde.

»Ich habe sie dann gleich zu Mrs. Crickhowell von KnitWits gebracht. Sie sagte, die Kopie entspräche dem südamerikanischen Teewärmer, der aus dem Museum gestohlen wurde. Lustigerweise meinte sie auch, sie hätte ihn erst kürzlich gesehen – in Ihren Händen.«

Er stand auf und ging zur Toilette. Er legte die Hand auf die Türklinke und sagte: »Falls Sie nicht warten wollen – unten stehen zwei Polizisten.«

Er schloß die Tür. Ich flitzte hinüber und drehte schnell den Schlüssel um.

»Es tut mir wirklich Leid, Llunos, wirklich!« rief ich durch die Tür. Dann ging ich zum Fenster und schaute vorsichtig hinaus. Er hatte nicht gelogen. Einer der Polizisten schaute hoch und winkte. Höchste Zeit für den Fluchtweg durch das Dachgeschoß. Mir war klar, daß ich diesmal wesentlich länger als nur eine Nacht in der Zelle verbringen würde, und ich wollte um jeden Preis wenigstens so lange in Freiheit bleiben, bis ich am Abend Bianca sehen konnte. Llunos im Klo einzusperren, war allerdings ein hoher Preis. Das würde er mir nicht so schnell verzeihen.

Eeyore öffnete die Tür, betrachte kurz den Mann mit der struppigen blonden Perücke, der dunklen Sonnenbrille und dem falschen Schnurrbart und sagte: »Ach, du bist's.« Er ging mir voran in die Küche, wo noch der Geruch von gegrilltem Schinken schwer in der Luft hing.

»Hier ist jemand, der dich gern kennenlernen möchte«, sagte er, während er den alten Teekessel mit Wasser füllte und auf den Gasofen stellte. »Es ist ein alter Freund von mir, aus meiner Zeit in der Armee. Er weiß einiges über die LisU.« Er zog einen Stuhl heran, und ich setzte mich.

»Vor vielen Jahren hatte er den Auftrag, die Organisation zu zerschlagen, aber seine Tarnung flog auf, und sie mußten ihm eine völlig neue Identität verpassen.« Er ging hinaus und kam ein paar Sekunden später mit dem ehemaligen Agenten zurück. Mir blieb vor Überraschung der Mund offen stehen.

Es war Papa Bronzini .

»*Buon giorno*«, sagte ich und schnappte nach Luft.

Er lächelte traurig und sagte pathetisch: »Schon in Ordnung, Sir, wir können auf die *arrividercis* verzichten.«

»Dann sind Sie also kein Italiener?« fragte ich das Naheliegende.

Er schüttelte den Kopf. »Leider nein.«

Es folgte eine peinliche Stille, als ich auf eine Erklärung wartete, die nicht kam.

»Nun, mich haben Sie durchaus getäuscht«, sagte ich schließlich.

»Ich habe damals gelegentlich als Schauspieler gearbeitet – beim Laienspieltheater. Ich nehme an, Sie wissen, wovon ich rede?«

»Ich hab das eine oder andere Stück gesehen.«

»Tatsächlich, Sir? Welche denn?«

»Ähm, *Die Fächer der Lady Windermere*«, sagte ich verzweifelt.

»Tennessee Williams?«

»Ähm ... Ja.«

Er nickte. »Ich habe mich am *method acting* orientiert – iß, trink, lebe und schlafe deine Rolle – das ist der Trick dabei.« Seine Augen wurden ganz feucht beim Gedanken an die Zeiten von Fettschminke und Rampenlicht. »Ach ja, ich habe in vielen Stücken gespielt ... *Richard II* ... ›Ich verderbte die Zeit, nun verderbt die Zeit mich.‹ Kennen Sie das, Sir?«

»Ja, das ist eines meiner Lieblingsstücke.«

Er wirkte geschmeichelt. Ich lächelte höflich und starrte auf den Boden aus gewachsten roten Fliesen, der makellos sauber war, obwohl hier und da ein wenig Stroh herumlag. Selbst im Wohnzimmer unterstrich diese Nähe zu den Eseln nur den Eindruck von Sauberkeit. Was gibt es letztlich reineres als die Seele eines Esels? Das war vermutlich auch der Grund, weshalb mein Vater die Esel zu seinem zweiten Beruf gemacht hatte. Nach Jahren, die er tief unten im moralischen Schmutz der Aberystwyther Unterwelt verbracht hatte, hatte er sich dem einzigen Gewerbe zugewandt, das noch unschuldig geblieben war. In gewisser Weise versuchte Sospan das natürlich auch. Er handelte mit der Essenz des nährenden süßen Vanilledufts der Mutterbrust. Aber die Männer, die an seinen Kiosk kamen und Eis aßen, hatten längst alle Unschuld verloren, egal wie sehr sie sich vielleicht tief im Herzen wünschten, die Uhr zurückdrehen zu können. Papa Bronzini schwadronierte weiter monoton vom Theater, und mittendrin streckte einer der Esel – ich glaube, es war Mignon – seinen Kopf durch das Küchenfenster und hörte eine Weile zu. Dann warf er mir einen geradezu unheimlich mitleidigen Blick zu und sprang davon. Allmählich wandte sich das Gespräch den Zeiten zu, als Bronzini und mein Vater gemeinsam in der Armee waren, damals, als Bronzini versucht hatte, die LisU zu zerschlagen. Auf mich machte Bronzini einen ziemlich jämmerlichen Eindruck, aber ich sah, daß Eeyore großen Respekt vor ihm hatte und mit unkritischer Faszination an seinen Lippen hing, während Bronzini, inzwischen einer der größten Gangster in Aberystwyth, die Arbeitsmethoden der ultrageheimen Elite namens LisU beschrieb. Er erzählte, daß Gwenno Guevara vor dem Krieg als Prostituierte gearbeitet hatte und dann zum Militär gegangen war, um in der Kompanie zusätzlich Geld zu verdienen. Sobald sie in Übersee war, entdeckte sie ihren Spaß am Kämpfen und wurde richtig gut darin.

»Sehen Sie, Sir, das ist das Entscheidende an Gwenno«, erklärte der ehemalige Polizist, »egal, was sie anpackt, sie übertrifft sich stets selbst. Superhure, Supersoldat und Superchef der LisU.«

Als Zeichen der Anerkennung versprach Lovespoon ihr nach dem Krieg jeden Job, den sie nur haben wollte, wobei er nicht damit gerechnet hatte, daß die Ex-Hure sich für eine Stelle in der gerade gegründeten Liga gegen schändliche Umtriebe entscheiden würde. Aber sie blieb sich treu und riß nicht einfach nur ihren Job runter, sondern machte ihn so gut, daß sie immer weiter aufstieg, bis sie schließlich ganz oben war. Und dann verschwand sie von einem Tag auf den anderen. Niemand außerhalb der Organisation wußte, wer sie war. Nur Brainbocs hatte es vermutlich herausgefunden. Aber der war nun mal tot.

Kurz vor Mitternacht ging ich auf der Harbour Row zwischen Booten, Lagerhäusern und Hummerfangkörben zum Hafen hinunter. In der Ferne hörte ich das Heulen einer Polizeisirene und das jaulende Motorgeräusch eines Autos, das mit hoher Geschwindigkeit dahinraste. Eine Verfolgungsjagd. Ich duckte mich tief in den Schatten eines Schutzbunkers gegenüber vom Chandler und fragte mich, was ich da bloß angerichtet hatte. Als ich Llunos eingesperrt hatte, hatte ich einen Kurs eingeschlagen, von dem es keine Rückkehr zu geben schien. Es war, als hätte ich mich gerade noch an den Klippen eines normalen Lebens in Aberystwyth festgehalten, und nun hatten meine Finger ihren letzten Halt verloren.

Zu meinen Füßen miaute eine Katze, und ich machte einen Satz. Meine Schuhe kratzten so laut über den Boden, daß ich fürchtete, man könne es in der ganzen Nachbarschaft hören. Der Wagen mit dem hochgejagten Motor kam jetzt näher, aber der Polizeiwagen schien abgebogen zu sein, die Sirene erklang schwächer und schwächer irgendwo aus Richtung Penparcau. Plötzlich öffnete sich gegenüber eine Tür. Meine Nackenhaare stellten sich auf, und ich hielt den Atem an. Ein paar Sekunden blieb alles ruhig, nur mein Herzschlag pochte lauter als ein Paukensolo.

Aus dem Lagerhaus kam jemand gestolpert oder wurde geschubst. Eine Frau. Sie drehte sich um und schaute in meine Richtung. In dem Licht und auf die Entfernung konnte ich sie nicht genau sehen, aber ich wußte, es war Bianca. Ich machte einen Schritt nach vorn und stellte mir dabei voller Entsetzen vor, wie jeden Moment die Falle zuschnappen würde. Lovespoon hatte mir sein Wort gegeben, aber was war das schon wert? Warum hatte er mich zu dieser Uhrzeit an solch einen Ort bestellt? Als ich auf Bianca zuging, erkannte sie mich und öffnete den Mund, um mir etwas zu sagen, aber genau in dem Moment kam der Wagen, der schon vorher in der Gegend umhergerast war, auf zwei Rädern um die Ecke. Ich sah kurz zu ihm hinüber – es war ein Wagen, den ich schon mal gesehen hatte, vor gar nicht langer Zeit. Bianca drehte sich um, und meiner Kehle entrang sich ein Schrei. Auf Biancas Gesicht zeichneten sich Verwirrung und Entsetzen ab. Dann gab es einen Knall, und Bianca flog durch die Luft wie eine Stoffpuppe. Drehte sich, drehte sich, drehte sich und schlug mit einem einzigen dumpfen Krachen wie ein Axthieb in einen Baum auf dem Boden auf. Ich stand wie versteinert da, unfähig, mich zu rühren. Ich sah, wie der Wagen wendete, ein Stück zurücksetzte und dann mit Vollgas Biancas leblosen Körper nochmals rammte. Die Wagentür flog auf, jemand sprang heraus, rannte um den Wagen herum und verschwand in einer der dunklen Gassen zwischen zwei Lagerhäusern. Sekunden später hörte ich, wie unten im Hafen ein Außenbordmotor angelassen wurde.

Ich lief zu Bianca und kniete mich nieder. Sie sah mit vor Schmerz glasigen Augen hoch und versuchte trotz ihrer Schmerzen zu sprechen. Das gespenstische Heulen der Polizeisirene wurde lauter. Ich nahm sie sanft bei den Schultern und befahl ihr, nicht zu reden.

»Louie!«

»Ganz ruhig, sag nichts.«

Ihre Finger, schwach wie die eines kleinen Kindes, schlossen sich um meinen Unterarm.

»Louie!«

»Ich bin bei dir, Liebling.«

Als wäre sie der Sensenmann, krümmte sich ihr Zeigefinger langsam zu einem Haken. Sie bedeutete mir, mich herabzubeugen, und hauchte ein Wort. Es war, als würde mich ihr Finger wie an einem unsichtbaren Faden hinunterziehen, und als mein Ohr so nah an ihrem Mund war, daß ich ihren warmen Atem spüren konnte, versuchte sie erneut zu sprechen. Bei jedem Wort zitterte ihr zerschmetterter Körper, als läge sie in den Wehen.

»Louie.«

»Ganz ruhig, du darfst nicht sprechen.«

»Ich ... liebe ... dich.«

»Na, na.«

»Der Aufsatz ...«

»Nein, nein, sei still!«

Und dann, als würde ihre Seele sie genau in diesem Moment verlassen, bäumte sie sich ein letztes Mal auf.

»Der Aufsatz ...«, keuchte sie, »er ist im Ofenrohr ...«

Ihr Griff lockerte sich, und ihr Kopf schlug dumpf auf den von ihrem Blut ganz feuchten Asphalt.

Am anderen Ende der Prom kam das Polizeiauto in Sicht. Ich warf einen Blick auf den Wagen des Mörders, dessen Motor immer noch lief, und plötzlich wußte ich, woher ich ihn kannte. Er gehörte mir.

Kapitel 16

Ich schlürfte meinen Kaffee und las Meirions Leitartikel:

> Fast eine Woche ist seit dem tragischen Tod von Sioned Penmaenmawr, regelmäßigen Besuchern unseres berüchtigten Amüsierviertels besser unter dem Namen »Bianca« bekannt, vergangen. Ein Mädchen, das der Gesellschaft, die es ausgestoßen hatte, ein letztes Mal die lange Nase zeigte, indem es sich in seinem Nachtclub-Kostüm beerdigen ließ. Inzwischen werden die meisten Leute sich kaum noch an sie erinnern, und den Übrigen dürfte sie sowieso egal gewesen sein. Wie töricht. Das Foto von der armseligen Beerdigung, die am Dienstag auf dem Friedhof von Llanbadarn stattfand, enthält eine Botschaft an uns alle. Zur Bestattung waren gerade mal vier Trauergäste erschienen: ihre enge Freundin Myfanwy Montez, Detective Inspector Llunos, ein Fotograf unserer Zeitung, und ein Mann, der zufällig vorbeikam und dessen Herz von Mitleid gerührt war. Ein Mann, der einen dreckigen alten, mit einer Paketschnur zusammengehaltenen Mantel trug. Sein Gesicht war schmutzig und gezeichnet von jahrelangem Leiden. Ein Mann, der nur zu gut weiß, wie es sich anfühlt, aus Aberystwyth' gutbürgerlicher Stube verstoßen zu sein: ein Veteran des Patagonien-Kriegs. An diesem Nachmittag war es sein Los, uns alle die Bedeutung des Wortes »Mitleid« zu lehren – und leider ebenso die Bedeutung des Wortes »Scham«.

Der Kriegsveteran mit dem von einer Paketschnur zusammengehaltenen Mantel war ich gewesen. Hatte Meirion mich erkannt? Das konnte ich mir nur schwer vorstellen. Ich war in der Hoffnung zur Beerdigung gegangen, mit Myfanwy sprechen zu können, aber sie stand die ganze Zeit direkt neben Llunos und fuhr anschließend gleich mit ihm weg. Llunos ließ in der Zeitung verlauten, daß er im Zusammenhang mit Biancas Tod, den die Polizei als tragischen Unfall mit Fahrerflucht behandelte, dringend mit mir reden wolle. Daß ich ihn in die Toilette gesperrt hatte, erwähnte er mit keinem Wort.

Seit der Nacht, in der Bianca gestorben war, versteckte ich mich im Wohnwagen. Ich hatte immer noch keine Ahnung, wie ich mit heiler Haut davongekommen war: über ihren toten Körper gebeugt, das Auto, das sie umgebracht hatte – mein Auto – ganz in der Nähe mit laufendem Motor abgestellt, die Polizei nur Sekunden entfernt. In solch einer Situation gibt es nur eins: eine Entscheidung treffen. Egal welche. Meine bestand darin, ins Auto zu springen, dessen Kühlergrill noch mit Biancas Blut und Hautfetzen besudelt war, und abzuhauen. Sie war tot, da war ich mir sicher. Und falls sie wie durch ein Wunder doch noch am Leben war, konnte die Polizei ihr besser helfen als ich. Also sorgte ich für meine eigene Rettung. In dem Moment, als das Polizeiauto mit kreischenden Bremsen zum Stehen kam, wendete ich den Wagen, bog an der Burg rechts ab und fuhr über die Trefechan Bridge. Dahinter ordnete ich mich auf der Spur zum Tan-y-Bwlch-Strand ein. Dort angekommen, ließ ich das Auto stehen und ging zu Fuß weiter über die dunklen Felder und vorbei an der Festung aus der Eisenzeit. Ich wollte einen Haken schlagen, die Stadt in einem großen Bogen umrunden, und so zum Wohnwagen in Ynyslas gelangen. Ich brauchte vier Stunden, aber dann hatte ich es geschafft.

In jener Nacht war das Wetter umgeschlagen, und am Himmel türmten sich riesige Berge taubengrauer Wolken. Es war kalt und windig, und die Feuchtigkeit in der Luft ballte sich von Zeit zu Zeit zusammen, um gegen die Fenster des Wohnwagens zu spukken. Ich ging nicht oft unter die Leute, und die wenigen Male funktionierte die Veteranenverkleidung perfekt. Das Stigma war so groß, daß die meisten Passanten einfach den Blick abwandten, wenn sie einen wie mich sahen. Es klopfte an der Tür des Wohnwagens.

Ich öffnete, und Calamity stürmte herein.

»Laß dir ruhig Zeit, okay?«

»Sorry, ich hab dich nicht gleich gehört.«

»Es ist arschkalt da draußen, wie mitten im Winter.«

»Macht nichts, ich hab Kaffee gekocht, der wärmt dich wieder auf.«

Sie zog ihren Anorak aus und ging rüber zum Tisch. »Ich bin ein Stück weitergekommen.«

»Echt?«

»Vielleicht ist das endlich der Durchbruch, auf den wir gehofft haben.« Sie öffnete ihren Schulranzen und zog drei Bücher heraus.

Ich griff sie mir und las die Titel: *Liebespfützen* von Joyce Moonweather, *Wie man eine Schaluppe befehligt* von Captain Marcus Trelawny, *Für eine neue Pathologie der Schludrigkeit* von Dr. Heinz X. Nuesslin. Ich legte die Bücher wieder hin.

»Ich hab sie aus der Schulbücherei. Du kommst nie drauf, wer sie vor mir als letzter ausgeliehen hatte.«

»Brainbocs?«

»Nein. Rate nochmal.«

»Tut mir leid, Kumpel, mehr fällt mir beim besten Willen nicht ein.«

»Du wirst es nicht glauben.«

»Nun sag schon.«

»Evans the Boot.«

Ich schnappte mir die *Neue Pathologie der Schludrigkeit* und untersuchte das Vorsatzblatt.

»Vielleicht haben wir ihn völlig falsch eingeschätzt.«

»Glaube ich nicht. Schau dir mal das Titelblatt an.«

Gehorsam öffnete ich das Buch. Es fehlten ein paar Buchstaben, die jemand mit einer Schere so schlampig ausgeschnitten hatte, daß lauter gezackte Ränder stehengeblieben waren.

»Er hat deswegen Ärger gekriegt. Und dadurch habe ich davon erfahren. Mir ist eingefallen, daß ich vor ewigen Zeiten mal gehört habe, wie er eines Tages in der Bücherei auftauchte und all diese seltsamen Bücher auslieh. Und als er sie zurückgab, waren alle zerschnippelt. Also habe ich auf seiner Bibliothekskarte nachgesehen, welche es waren.«

Ich öffnete die anderen Bücher. Beide waren auf dieselbe Art mutwillig zerstört worden.

»Okay, du Klugscheißerin, und was soll jetzt das Ganze?«

Als ob sie nur auf diese Frage gewartet hätte, zog sie ein Stück Papier heraus und faltete es auseinander.

»Folgende Buchstaben hat er ausgeschnitten: O.V.E.N.L.O. O.P.S.«

»Ich kapier's immer noch nicht.«

»Stell sie um.«

Ich starrte einen Moment lang auf das Papier, und dann kam mir die Erleuchtung. »Lovespoon!«

»Genau.«

»Und was hat das alles zu bedeuten?«

»Wozu benötigt man ausgeschnittene Buchstaben?«

Ich zuckte die Schultern.

»Für Erpresserbriefe natürlich. Er hat den Walisischlehrer erpreßt. Kein Wunder, daß sie ihn umgelegt haben.«

Ein paar Sekunden lang dachte ich darüber nach, welchen Sinn das Ganze ergab, aber viel besser wurden meine Depressionen davon auch nicht.

»Jetzt flipp bloß nicht aus vor lauter Begeisterung!«

»Tut mir leid, Calamity. Aber ich sitze hier und werde wegen Mordes an einer Prostituierten gesucht. Da ist es nicht so einfach, sich für irgendwas zu begeistern.«

»Aber hiermit können wir dich von jedem Verdacht reinwaschen.«

»Ich wüßte nicht, wie«

»Evans hat Lovespoon erpreßt. Warum? Weil er Brainbocs' Hausaufgabe abgeschrieben und dabei was Belastendes über den Lehrer rausgefunden hat. Was wissen wir sonst noch über Evans? Er hat einen seltenen Teewärmer aus dem Museum geklaut. Ich würde vermuten, zwischen diesen beiden Tatsachen gibt es einen Zusammenhang.«

»Sicher, aber welchen?«

»Ich weiß es nicht. Wir haben eben noch nicht alle Puzzleteile.«

»Aber das bringt uns nicht wirklich weiter. Wir wissen doch schon, warum Lovespoon Evans umgebracht hat.«

Sie sah mich an, und die Frustration trieb ihr Tränen in die Augen. »Wir müssen jeder Spur nachgehen, Louie. Und wir müssen gründlich vorgehen, wir sammeln schließlich Beweismaterial, verdammter Mist!«

»Okay. Was hast du sonst noch?«

Sie schob die Bücher zur Seite und legte ihre Handflächen auf den Tisch. »Die Operation Ofenrohr läuft nicht so gut. Bianca könnte den Aufsatz in allen möglichen Öfen versteckt haben. Ich hab's als erstes bei deinem versucht, aber Mrs. Llantrisant wollte mich nicht in die Küche lassen. Sie meinte, da, wo du hingehst, brauchst du keinen Ofen, egal, ob sauber oder nicht. Im Cwmtydu Gefängnis gäbe es für dich von jetzt an nur noch Wasser und Brot.«

»Ich bin ganz gerührt, wieviel Vertrauen sie in mich hat.«

»Sie hat gesagt: ›Man kennt einen Menschen nie richtig, nicht wahr?‹ Dann bin ich zu Biancas Wohnung gefahren und hab es dort versucht, aber sie war abgesperrt, und der Polizist wollte mich nicht reinlassen. Ich hab ihm gesagt, ich müßte den Ofen saubermachen, aber er meinte, so einen Stuß hätte er sein ganzes Leben noch nicht gehört. Ich habe dann gewartet, bis er abgelöst wurde. Dann hab ich's nochmal versucht, und diesmal hab ich gesagt, daß ich meine Tante, die in der Wohnung über Bianca wohnt, besuchen will, weil sie schon über neunzig und ziemlich schwach ist, und ich gelegentlich vorbeischauen muß, ob sie noch lebt.«

Ich sah sie mit großen Augen an, sagte aber nichts.

»Also ließ er mich rein, und ich hab mich in Biancas Wohnung geschlichen, und als ich gerade den Ofen untersuche, kommt der erste Polizist zurück und schnappt mich. Er zerrt mich die Treppe runter und sagt, er wird mir eine ordentliche Tracht Prügel verpassen. Als wir unten am Tor sind, sagt der andere Polizist: ›Sergeant, ich hab mir ja schon so manches anhören müssen, aber jetzt ist gerade eine Frau aufgekreuzt, die den Ofen reinigen will!‹ Und weiß du, wer die Frau war? Mrs. Llantrisant!«

Wir starrten uns fassungslos an.

»Mrs. Llantrisant?«

Sie nickte.

»Das gefällt mir nicht. Ganz und gar nicht.«

»Das war vermutlich kein Zufall?«

»Ich fürchte, nein. Wie ging's dann weiter?«

»Ich hab den Polizisten in die Hand gebissen und bin weggerannt.« Nach einer kurzen Pause fragte sie: »Bist du sauer?«

Ich sah sie erstaunt an. »Sauer? Wieso?«

»Weil ich alles verraten habe.«

»Hast du doch gar nicht.«

»Doch, hab ich. Durch mich hat sie mitbekommen, daß wir Öfen durchsuchen. Ich hab's vermasselt.«

Ich boxte sie spielerisch auf den Arm. »Kleine, du hast das ganz prima gemacht. Ich ziehe wirklich den Hut vor dir, und eines Tages – vielleicht schon nächste Woche – bist du eine berühmte Privatdetektivin.«

Ihr Gesicht hellte sich auf. »Also, dann mache ich mich mal wieder an die Öfen.«

Ich winkte ab. »Die Öfen kannst du vergessen.«

»Was soll das heißen?«

»Grob geschätzt gibt es in der Stadt, wenn man meinen und Biancas, die du beide schon durchsucht hast, abzieht, noch 3998 weitere Öfen. Es ist aussichtslos.«

Sie prustete verächtlich. »So ein blöder Quatsch!«

»Schau, bei dem Glück, das ich zur Zeit habe, fängt es demnächst an zu schneien, und dann brennt sowieso jeder einzelne Ofen in dieser Stadt.«

Sie nahm ihren Mantel. »Wir müssen doch nicht jeden Ofen untersuchen. Wir müssen nur rausfinden, wo sie sich überall aufgehalten hat, und dann die untersuchen, zu denen sie Zugang hatte. Ist doch ganz einfach.«

Später am Nachmittag beschloß ich rauszugehen. Nicht gerade das Klügste, wenn das halbe Land nach einem sucht, aber ich dachte mir, was soll's. Es kann kaum schlimmer sein, in den Knast zu wandern, als im Wohnwagen zu sitzen und Däumchen zu drehen. Ich zog den alten, mit Paketschnur zusammengehaltenen Mantel an und rieb mir Hände und Gesicht mit Erde ein. Es war bitterkalt geworden, deshalb stopfte ich den Mantel mit zusammengeknülltem Papier als Isolierung aus. Zum Schluß – und das haßte ich am meisten – schmierte ich mich mit einer Flüssigkeit ein, die ich aus verfaultem Fisch, gekochtem Kohl und Schimmelkäse hergestellt hatte. Das kam dem sauren, ungewaschenen, käsigen Geruch, der den Landstreichern anzuhaften schien, am nächsten.

Von Ynyslas stapfte ich durch das Moor zu den Eisenbahnschienen, kletterte auf einen Güterzug und sprang eine Meile vorm

Bahnhof von Aberystwyth ab. Von da aus ging ich durch die Stadt zur Strandpromenade. Und dann stieg ich auf den Constitution Hill zur Camera Obscura. Im Café oben am Hügel holte ich mir einen Tee und einen Stapel alter Sixpence-Münzen für das Teleskop, das an der Ecke mit dem besten Blick auf die Stadt aufgebaut war. Zweimal im Monat traf sich hier die hiesige Astronomievereinigung, um ins All zu schauen, aber jetzt war niemand da. Ich schwenkte es vom Himmel weg und visierte Sospans Kiosk an. Außer Sospan war niemand zu sehen, also setzte ich mich hin und trank meinen Tee. Fünf Minuten später schaute ich wieder und diesmal sah ich, worauf ich gewartet hatte: Llunos bei seinem üblichen Nachmittagseis. Ich ging zum Telefon.

»Ja?«

»Ich war's nicht.«

»Wie bitte?«

»Ich sagte, ich war es nicht.«

»Wer spricht da?«

»Wissen Sie das wirklich nicht?«

»Louie?«

»Ich rufe nur an, um Ihnen zu sagen, daß ich es nicht war. Und das wissen Sie auch.«

»So. Weiß ich das?«

»Ein Mädchen vorsätzlich überfahren?«

»Es war Ihr Auto.«

»Aber ich saß nicht drin.«

»Wir haben Ihre Fingerabdrücke gefunden.«

»Na klar, es ist ja auch mein Auto, verdammt!«

»Was wollen Sie?«

»Ich weiß es nicht.«

Es folgte ein kurzes Schweigen. Offensichtlich war Llunos verblüfft über die Aufrichtigkeit meiner Antwort. Dann fiel es ihm wieder ein: »Sie haben mich in der Toilette eingesperrt, Sie Dreckskerl!«

»Können Sie das nicht für einen Moment mal vergessen, das ist doch jetzt nicht so wichtig ...«

»Das sagen Sie nicht mehr, wenn ich Sie eingebuchtet habe.«

»Ich meine doch nur, das können wir später besprechen. Jetzt will ich nur, daß Sie wissen, daß ich es nicht war.«

»Okay, Louie, wenn Sie unschuldig sind, warum haben Sie dann noch in derselben Nacht die Stadt verlassen?«

»Das beweist doch gar nichts.«

»Es beweist nichts, aber es sieht auch nicht sehr gut aus, nicht wahr?«

»Wenn ich nicht abgehauen wäre, säße ich jetzt schon im Knast.«

»Und Sie glauben, daß Sie da nicht hinwandern, sobald ich Sie finde?«

Ich seufzte verzweifelt auf. »Ich war es nicht, Llunos.«

»Okay, nehmen wir mal an, Sie hatten nichts damit zu tun. Nehmen wir an, jemand anders hat Ihr Auto gestohlen und Bianca überfahren. Nehmen wir das alles mal einen Moment lang an. Und Sie waren zu der Zeit brav zu Hause im Bett, nur: Warum sind Sie dann abgehauen? Sie hätten doch gar nicht wissen können, daß sie umgebracht worden ist. Sie hätten es erst erfahren, wenn wir bei Ihnen auf der Matte gestanden wären.«

»Ich war es nicht, Llunos, und Sie wissen das ganz genau.«

»Haben Sie ein Alibi?«

»Kein sehr gutes.«

»Wo waren Sie in der fraglichen Nacht?«

»Um wieviel Uhr?«

»Zwischen elf und Mitternacht.«

Ich schwieg.

»Und?«

»Ich war am Hafen.«

»Tolles Alibi!«

Meine Augen begannen zu brennen, als mir der Schlamassel, in dem ich saß, in seiner ganzen Tragweite bewußt wurde.

Es war hoffnungslos.

»Verdammt nochmal, Llunos, warum hätte ich Bianca umbringen sollen?«

»Wer war's denn dann?«

»Einer aus Pickels Gang.«

»Warum?«

»Fragen Sie ihn.«

»Sie müssen mir schon was Besseres bieten.«

»Er war in der Nacht mit ihr zusammen.«

»Er war jede Nacht mit ihr zusammen.«

»Er hatte Lovespoon was gestohlen und es bei sich versteckt. Er hätte es nicht haben dürfen, aber er hatte es nun mal. Er hat vor Bianca damit geprahlt, und daraufhin hat sie's ihm gestohlen. Wenn Lovespoon das rausgefunden hätte, hätte er ihn umgebracht, also hat Pickel es ihm lieber selbst erzählt. Die Druiden haben sie sich geschnappt und sie gefoltert, um rauszufinden, was sie mit dem gestohlenen Gegenstand gemacht hatte. Das Ganze muß außer Kontrolle geraten sein. Sie haben sie zu heftig verprügelt. Wahrscheinlich war sie schon fast tot. Also fingieren sie einen Autounfall und nehmen dazu mein Auto. Zwei Fliegen mit einer Klappe.«

Ich spürte, daß er aufmerksam zuhörte. Dieser Mord bereitete ihm Kopfzerbrechen. Vermutlich hatte er genügend Beweismaterial, um mich in den Knast zu bringen. Aber in seinem Herzen wußte er, daß ich unschuldig war.

»Was hatte sie gestohlen?«

»Einige wichtige Papiere, die Lovespoon gehörten.«

»Papiere? Wieso sollte sich das Mädchen für Papiere interessieren? Die konnte doch kaum lesen.«

»Sie hat das für mich gemacht. Sie dachte, ich wolle sie haben.«

»Und, wollten Sie sie haben?«

»Nicht so. Ich wollte nicht, daß sie in die Sache verwickelt wird.«

»Was ist denn so besonders an diesen Papieren?«

»Sie waren der Beweis, daß Lovespoon diese Schuljungen umgebracht hat.«

Stille. Hatte ich ihn überzeugt? Mein Herz schlug ein kleines bißchen schneller.

»Sie wissen, wo sich die sogenannten Papiere jetzt befinden?«

»Nicht wirklich.«

»Was heißt nicht wirklich? Sie bewegen sich auf dünnem Eis, Louie. Sie erzählen mir dieses Lügenmärchen ...«

»Schauen Sie, ich weiß nur, daß sie sie in einem Ofenrohr versteckt hat.«

»In welchem?«

»Okay, ich weiß, das ist eine Riesenarbeit, aber ein paar Ihrer Männer könnten vermutlich ...«

»Louie!«

»Was ist?«

»Schauen Sie mal nach oben.«

Ich lehnte mich zurück und schaute aus dem Fenster des Cafés. Es sah aus, als hätte im Himmel jemand ein Federkissen ausgeschüttelt.

»Sehen Sie das weiße, kalte Zeug?«

Ich preßte das Telefon ein paar Sekunden lang sanft gegen meine Wange, dann legte ich auf. Schnee im Juni. Spätestens in fünf Minuten brannte in Aberystwyth jeder Ofen.

Kapitel 17

Es schneite den ganzen Nachmittag, doch der Schnee blieb nicht liegen, er verwandelte sich auf den Gehsteigen einfach in eine dreckige, graue Pampe, die bald verschwunden war. Ich hing den ganzen Tag in der wie ausgestorbenen Stadt herum, verkleidet als Veteran und gezwungen, auch so zu leben, was so viel hieß wie gar nicht zu leben. Man hätte mich in keine Bar und kein Café reingelassen, und schließlich flüchtete ich mich in Eeyores Stall, um mich bei den Eseln aufzuwärmen. Ich blieb dort bis zum Abend, dann schlenderte ich hinüber auf die Südseite der Trefechan Bridge und wartete im Schatten der Bushaltestelle. Eine halbe Stunde später hörte ich Myfanwy mit ihren Stöckelschuhen den nassen Bürgersteig entlangklappern. In meiner Veteranenkluft würdigte sie mich keines Blickes und stellte sich direkt vor mich hin.

»Myfanwy«, wisperte ich.

Sie ignorierte mich.

»Myfanwy!«

Sie zog sich in die andere Ecke des Wartehäuschens zurück. »Myfanwy, bitte!«

Sie drehte sich um. »Lassen Sie mich gefälligst in Ruhe, Mister!«

»Myfanwy, ich bin's, Louie.«

Sie betrachtete mich genauer und schrak zusammen.

»Ich muß mit dir reden.«

»Komm ja nicht näher.«

»Glaubst du, ich tue dir was?«

»Hast du das auch zu Bianca gesagt?«

Ich seufzte. So kamen wir nicht weiter.

»Myfanwy«, flehte ich sie an, »bitte! Ich habe Bianca nicht umgebracht, das ist alles nicht wahr, was in den Zeitungen steht. Es waren die Druiden. Ich kann beweisen, daß ...«

Sie sah die Straße hinauf, wo sich der grüne Bus allmählich der Ampel näherte. Die Ampel zeigte rot. Die gelbe Beleuchtung im Innern des Busses wirkte in der kalten Düsternis warm und einladend.

»Da kommt mein Bus.«

»Nimm den nächsten.«

»Das geht nicht, ich komme eh schon zu spät.«

Ich konnte mich nicht mehr zurückhalten, machte einen Schritt auf sie zu und streckte den Arm aus, um ihre Schulter zu berühren. Sie wich zurück, hob beide Arme, hielt dann aber inne. Einen Moment lang standen wir beide da wie festgefroren. Wir sahen uns in die Augen.

»Ich hab's nicht getan.«

Sie nickte. »Schwörst du?«

»Ich habe Bianca geliebt. Das weißt du.«

Sie stürzte auf mich zu und legte ihre Arme um mich. »Aber nicht so sehr wie mich, stimmt's?«

Ich umarmte sie.

»Du riechst.«

»Ich weiß.«

Sie atmete tief ein und verbarg ihren Kopf an meiner Brust. »Louie, bring mich von hier weg.«

»Wohin?«

»Egal wohin.«

»Okay.«

Sie machte sich los und sah mir ins Gesicht. »Meinst du das ernst?«

»Ja.«

»Wann können wir los? Heute abend?«

Ich schüttelte den Kopf. »Nein, heute abend geht's nicht.«

Die Ampel schaltete auf Grün und der Bus zuckelte los.

»Bitte, Louie, es muß heute noch sein.«

»Ein paar Tage mehr oder weniger spielen doch keine große Rolle.«

»Und wie, Louie, und wie, du hast ja keine Ahnung.«

Der Bus kam näher.

»Wir müssen jetzt gleich weg.«

»Wenn ich jetzt abhaue, werden sie mich aufspüren und in den Knast stecken.«

»Wir gehen irgendwo hin, wo sie uns nicht finden.«

Traurig schüttelte ich den Kopf. »Ich habe Llunos in die Toilette eingesperrt. Er findet mich überall.«

Der Bus hielt, die Türen öffneten sich mit einem lauten Zischen. Myfanwy riß sich los, wandte sich zum Bus und blickte noch einmal über die Schulter zu mir zurück. Als sie einstieg, biß sie sich auf die Lippen, das Gesicht vor Kummer verzerrt.

Ich marschierte die sieben Meilen zurück zum Wohnwagen. Am Strand zwischen Borth und Ynyslas saß eine Gruppe von Kriegsveteranen um ein Lagerfeuer. Sie brieten Kaninchen und tranken Starkbier aus Dosen. Einer von ihnen spielte Gitarre, wenn auch nicht sehr melodiös. Ich machte einen Bogen um sie, denn ich war nicht darauf erpicht, Leute zu treffen, die meine Verkleidung sofort durchschauen würden. Zu spät, sie riefen mir etwas zu. Ich tat so, als hätte ich nichts gehört und ging weiter, aber einer der Männer erhob sich und kam auf mich zu.

»Hallo, mein Freund, komm und iß mit uns zu Abend.«

Ich wand mich, unsicher, was ich tun sollte. Ob ich ihnen weismachen konnte, daß ich ein echter Veteran war? Ziemlich unwahrscheinlich. Wie würden sie auf einen Hochstapler reagieren? Würden sie lachen? Oder wütend werden? Und wenn sie wütend wurden, was würden sie dann mit mir machen? Wenn man in der gesellschaftlichen Hackordnung ganz unten steht, hat man nicht viel zu verlieren. Verdammt. Der Soldat kam näher.

»Komm und iß mit uns. Ich schulde dir noch ein Essen, erinnerst du dich?«

»Mein Freund, ich glaube, du verwechselst mich.«

Er kicherte. »Ganz und gar nicht. Ich kriege nicht jeden Tag Erdbeeren und Schwarzwälder Kirschtorte. Noch dazu in Gesellschaft einer berühmten Nachtklubsängerin.«

Er lachte, als er mein verdutztes Gesicht sah. »Hast du wirklich geglaubt, du kannst in so einer Verkleidung rumlaufen, ohne daß wir das merken?«

Das Kaninchen war gut, und es wurde ein richtig netter Abend. Trotz der angenehm zwanglosen Atmosphäre war ihre innere Verbundenheit deutlich zu spüren. Niemand stellte mir die Frage, die ich als erste erwartet hatte – warum ich mich als Veteran ausgab. Offenbar war allen klar, daß ich mich in ernsthaften Schwierigkeiten befand. Diese Männer spürten instinktiv, in welchem Schlamassel ich steckte, und waren klug genug, mich nicht mit dummen Fragen zu belästigen. Zum ersten Mal seit Wochen fühlte ich mich wohl. Wir saßen bis spät in die Nacht zusammen und genossen den Geschmack von geröstetem Kaninchen und die Geschichten, die sie erzählten; überwiegend Kriegsgeschichten, aber manchmal auch Geschichten aus ihrem Leben vor dem Krieg, das den meisten inzwischen unwirklich weit weg erschien. Ein Leben, das sich durch langweilige Normalität auszeichnete und von dem sie jetzt nur noch träumen konnten. Bis zu diesem Tag hatte ich nie verstanden, wie schön ein normales Leben denjenigen erscheint, die davon ausgeschlossen sind. Acht Jahre lang war ich Privatdetektiv in Aberystwyth gewesen, hatte nie viel Geld verdient und selten mal einen Fall gehabt, der auch nur ansatzweise interessant war. Nie hatte ich mich jener Horden hübscher Klientinnen erwehren müssen, die Myfanwy, die Detektive nur vom Fernsehen kannte, für einen festen Bestandteil meiner Arbeit hielt. Jeden Tag hatte ich mit Sospan rumgealbert, war die Prom rauf- und runtergelaufen, hatte die Esel meines Vaters gestreichelt und schweigend ein paar Bier mit ihm getrunken. Unser Schweigen, das wurde mir jetzt klar, war das zweier Menschen, deren Liebe füreinander den Umweg über Worte nicht mehr nötig hat. Und wie selbstverständlich hatte ich mit Mrs. Llantrisant die denkbar banalsten Platitüden über das Wetter ausgetauscht. Und jetzt war ich ein Ausgestoßener, der wegen Mordes an einer Freundin gesucht wurde, und der Gedanke, jemals wieder mit Mrs. Llantrisant das Wetter zu erörtern, schien nur ein vager Traum.

Ich dachte darüber nach, wie ich in diese Situation geraten war, und als die Gespräche allmählich verebbten und nur noch das Prasseln des Feuers und das sanfte Rauschen des Meeres zu hören waren, wandte ich mich an Cadwaladr.

»Erinnerst du dich noch, was du mir damals über Rio Caeriog erzählt hast? Über die Version, die immer verschwiegen wird?«

Cadwaladr warf einen Knochen ins Feuer, und helle Funken stoben in den Nachthimmel.

»Ja, ich erinnere mich.«

»Magst du mir die Geschichte jetzt erzählen? Die wahre Geschichte über Rio Caeriog?«

Rund ums Feuer erhob sich Gemurmel. Cadwaladr lachte leise und sagte: »Von Rechts wegen dürfte nur ein einziger Mann diese Geschichte erzählen.« Während seine Worte noch in der Luft hingen, ging ein Rascheln durch die Reihen, als die Männer unruhig herumrutschten und sich ihre Blicke auf einen Mann richteten, der tief im Schatten neben dem Gitarristen saß. Der Mann glitt nach vorne in den Feuerschein. Gespannte Erwartung machte sich in der Runde breit.

»Du fragst nach Rio Caeriog?«

»Ja.«

»Erzähl mir, was du darüber weißt.«

»Aus den Geschichtsbüchern weiß ich, daß es ein großer militärischer Sieg war.«

Von allen Seiten ertönte spöttisches Gelächter.

»Oh ja«, sagte der Mann und lachte bitter, »ein großer militärischer Sieg. Darum gibt es außerhalb des Museums auch keine Statue von General Prhys, und darum ist sein Name auch in keinem Geschichtsbuch vermerkt.«

Erneut ertönte spöttisches Gelächter.

»Und, was weißt du noch?«

»Ich weiß, daß man einen kleinen Sender in eine Rolex eingebaut hatte, die man in einem manipulierten Kartenspiel einem der Banditen unterjubeln ließ. Der nahm sie dann mit ins Rebellenlager, woraufhin die Armeeführung den Lancaster-Bomber losschickte, der dem Signal folgte.«

Der Mann nickte. »Diese Geschichtsbücher, von denen du redest – steht da auch drin, wo das Kartenspiel stattgefunden hat?«

»Der Ort heißt San Isadora und liegt in den Ausläufern der Sierra Machynlleth.«

»Das war hundert Meilen hinter den Linien mitten auf feindlichem Gebiet. Weißt du, wie wir dahingekommen waren?«

»Zu Fuß, nehme ich an.«

Der Mann spuckte aus. »Zu Fuß.« Seine Stimme wurde laut vor Zorn. »Glaubst du etwa, man kann mal eben so hundert Meilen durch Feindesland laufen, ohne daß das einer mitkriegt?«

Der Gitarrist legte ihm besänftigend die Hand auf die Schulter. »Immer mit der Ruhe, Johnny, nimm's nicht so tragisch. Er kann doch nichts dafür.«

Johnny wandte sich abrupt dem Gitarrenspieler zu. »Warst du dabei? Warst du dabei, sag?«

»Nein, Johnny, war ich nicht. Ich war nicht dabei.«

»Meinst du nicht, daß ich ein Recht darauf habe, wütend zu sein?«

»Doch, das hast du«, antwortete Cadwaladr, »das wissen wir alle. Aber dieser Mann ist unser Gast. Er ist nicht Schuld an deinem Kummer.«

»Los, Johnny, erzähl ihm die Geschichte.«

»Und uns auch. Erzähl uns vom Rio Caeriog.«

»Ja, Johnny, erzähl!«

Johnny lehnte sich zurück und nahm seine Erzählung wieder auf, diesmal mit ruhigerer Stimme.

»Ich erzähle euch, wie wir dorthin gekommen waren. General Prhys ließ uns die hundert Meilen verkleidet als UN-Friedenstruppe marschieren. Wir alle bekamen Dosen mit blauer Farbe, mit der wir unsere Helme anmalen mußten.«

Ich stieß einen Pfiff aus, nicht ganz sicher, ob ich beeindruckt oder schockiert sein sollte. Eine Pause entstand, und dann, während das Feuer zu einem Glimmen herunterbrannte und die Lichter von Aberdovey in der Ferne funkelten, erzählte Johnny die Geschichte vom Rio Caeriog.

»Als wir in San Isadora ankamen, bezogen wir unser Quartier und gingen dann in die Cantina. Für das Kartenspiel wurde ein junger Gefreiter namens Pantycelyn ausgewählt. An ihm war nichts Besonderes. Er war wie die meisten anderen Kinder da draußen. Jung und verängstigt, und am liebsten wäre er auf den Hof seiner Eltern am Fuß von Cader Idris zurückgekehrt. Aber man hatte ihn nun mal ausgewählt.«

Johnny schwieg eine Weile. »Vielleicht hatte man ihn ausgewählt, weil er nüchtern und zuverlässig war. Ein Mann, bei dem man sich drauf verlassen konnte, daß er die Uhren nicht verwechseln würde. Damals hatte nämlich jeder eine Rolex, die gab's billig im Armeeladen.« Wieder schwieg er, dann seufzte er traurig. »Ja, vielleicht hatte man ihn deshalb ausgewählt.« Johnny trank einen Schluck aus seiner Dose. »Steht irgendwas darüber in deinen Büchern?«

»Ja, soweit kannte ich es schon.«

Er nickte. »Am Anfang lief alles bestens. Die Uhr zu verlieren, war einfach – schwierig war nur, es nicht zu offensichtlich aussehen zu lassen. Sobald die Banditen die Rolex gewonnen hatten, ritten sie aus der Stadt und schossen dabei wie wild in die Luft. Damals kostete eine Rolex dort zehn Jahresgehälter. Nach dem Spiel gesellte sich Pantycelyn zu seinen Kameraden. Sie waren vorne in der Bar und hörten Radio. Das Halbfinale der Copa Americana wurde übertragen, es lief gerade das Spiel Brasilien gegen Argentinien. Die ganze Stadt war da. Als der Junge reinkommt, passiert etwas Seltsames. Das Radio spielt verrückt. Die Bauern toben und bewerfen ihn mit Enchiladas. Und dem Jungen wird Angst und Bange. Ihm wird klar, daß er die Uhren verwechselt haben muß. Die Banditen hatten die Original-Rolex, und er hat am Handgelenk den Sender, den der Lancaster-Bomber anpeilt. Also versucht er, das Ding runterzureißen, aber vor lauter Angst stellt er sich so ungeschickt an, daß der Verschluß abbricht. Nun, ihr wisst ja, eine Rolex ist für die Ewigkeit gemacht: Egal, was er versucht, er bringt die verdammte Uhr nicht runter. Also zerren ihn seine Kameraden nach draußen, um zu überlegen, was sie jetzt machen sollen. Ihnen bleibt nur noch eine Stunde Zeit, und allmählich werden alle fickerig. Einer schlägt vor, der Junge solle sich opfern und auf einem Maulesel fünf Meilen weit aus der Stadt hinausreiten. Und natürlich ist er jetzt ziemlich aufgebracht und meint: ›Verpisst euch, warum schnappt ihr euch nicht selbst Maulesel und reitet aus der Stadt?‹ Und sie sagen: ›Nur so können wir die unschuldigen Leute hier retten‹, und er sagt: ›Das interessiert mich einen Scheißdreck, ich bin sowieso tot.‹ Dann meldet sich der Sanitäter zu Wort und sagt: ›Warum amputieren wir ihm nicht einfach den Arm?‹ Jeder hält das für eine prima Idee, außer Pantycelyn, der jetzt auf einmal doch ganz gern fünf Meilen aus der Stadt herausreiten würde, ja, der jetzt geradezu darum bettelt. Aber niemand traut ihm. Also reißt er sich los, und sie jagen ihm nach. Er rennt quer durch die Stadt, die ganze Einheit hinter ihm her. Schließlich erwischen sie ihn. Sie drücken ihn zu Boden, verpassen ihm eine Spritze mit Morphium und amputieren den Arm – genau unterm Ellbogen. Dann schnallen sie den Arm auf einem Maultier fest und feuern hinter ihm ein Gewehr ab. Peng! Für die erste Meile braucht das Maultier kaum eine Minute. Sie lassen Pantycelyn liegen, damit er seine Narkose ausschlafen kann, und machen sich auf den Weg zurück zur Cantina. Schon bald hören sie in der Ferne das Brummen des Bombers, der sich über den Wolken nähert. Inzwischen sind die letzten fünf Minuten des Spiels angebrochen, und Argentinien führt Eins zu Null. Die Bauern hält es kaum noch auf ihren Stühlen. Wie wild werden Wetten auf das Endergebnis abgeschlossen, und auf den Tischen stapelt sich das Geld. Und was meint ihr, was passiert? Sobald die Soldaten reinkommen, spielt der Radioempfang erneut verrückt. Es stellt sich heraus, daß es nur daher kommt, daß die Radiowellen von den Helmen reflektiert werden. Das heißt, sie haben dem Jungen seinen Arm für nichts und wieder nichts abgesäbelt. Natürlich bringt sie das ziemlich aus der Fassung, und sie beschließen, dem Jungen, wenn er aufwacht, nichts zu sagen. Schließlich mußten die Banditen, wenn mit der Uhr am amputierten Arm alles in Ordnung war, die mit dem Sender mitgenommen haben. Als das Brummen des Flugzeugs lauter wird, gehen alle nach draußen, um sich das Spektakel nicht entgehen zu lassen. Vom Dach der Cantina aus sehen sie, wie der Bomber sechseinhalbtausend Kilo Sprengladung und Phosphor über dem Waisenhaus abwirft. Offenbar hatte der Bandit die Uhr einer der Ordensschwestern geschenkt. Siebenundzwanzig Kinder tot. Innerhalb von wenigen Stunden gingen die Leute mit allem auf uns los, was sie im Umkreis von zweihundert Quadratmeilen an Hacken, Äxten, Messern und Schaufeln finden konnten. Auf unserem Rückzug fing es an zu regnen, und der Regen wusch die blaue Farbe von unseren Helmen.«

Als er geendet hatte, wußte ich nicht, was ich sagen sollte. Niemand wußte, was er sagen sollte. Das Schweigen dauerte an, bis schließlich einer nach dem anderen aufstand und davonging. Ich dankte den Veteranen für ihre Gastfreundschaft und erhob mich. Als ich ging, machte Johnny, der Erzähler, zum Abschied eine salutierende Geste. Im selben Moment barst ein Zweig in der Glut, das Feuer loderte auf und beleuchtete Johnnys andere Körperhälfte. Und ich kapierte, warum von allen Männern, die in dieser Nacht beieinander saßen, nur er die wahre Geschichte vom Rio Caeriog hatte erzählen können. Vom linken Ellbogen abwärts fehlte sein Arm.

Als ich zum Wohnwagen zurückkam, jenem Wohnwagen, der aus zwei Unfallwracks zusammengeschweißt war, den man von der Straße aus nicht sehen konnte, und von dem nicht einmal der Verwalter etwas ahnte, stand davor ein Polizeiauto.

Kapitel 18

Haben Sie wirklich geglaubt, ich wüßte nichts von diesem Schrotthaufen? Ich hätte Sie jederzeit festnehmen können.«

Ich stellte Llunos einen Plastikbecher mit Tütensuppe hin. Es kam mir vor, als seien Jahre vergangen, seit ich das Gleiche für Myfanwy getan hatte. Aber es war nur etwas mehr als eine Woche her. Das *Mensch ärgere dich nicht*-Spiel stand immer noch auf dem Tisch.

»Und warum haben Sie es nicht getan?«

Er strich sich mit seiner pummeligen Hand durchs Haar. Er sah aus, als hätte er mindestens eine Woche lang nicht geschlafen. Und noch etwas war anders – seine Ausstrahlung erschöpfter Selbstsicherheit war weg. Jetzt wirkte er nur noch erschöpft. Er sah mich an, als brauche er meine Hilfe.

»Ich glaube nicht, daß ich meinen Job Ende der Woche noch haben werde.«

Ich riß die Augen auf.

»Wir haben einen neuen Polizeichef.«

»Jemand, den ich kenne?«

»Herod Jenkins.«

»Der Sportlehrer?«

»Ja.«

»Scheiße.«

»Bald wirst du in dieser Stadt ohne eine schriftliche Entschuldigung von deiner Mama nicht mal mehr niesen dürfen.«

Ich gab einen Schuß Rum in unsere Suppenbecher.

»Der Mann ist völlig verrückt.«

Llunos sah mich mit seinem ›Wem sagen Sie das‹-Blick an. Er griff unter seinen Stuhl, hob eine Tasche hoch und schob sie über den Tisch. Es war ein Schulranzen.

»Den haben wir in Brainbocs' Haus gefunden, kurz nachdem er verschwand.«

Ich sah den Polizisten fragend an, und er rutschte unbehaglich auf seinem Stuhl hin und her, als könne er selbst nicht fassen, was er da tat. Er half mir.

»Bilden Sie sich bloß nichts ein, das Ding ist völlig nutzlos.«

Ich löste die Schnallen und öffnete den Ranzen. Vier Gegenstände kamen zum Vorschein, die ich der Reihe nach neben das *Mensch ärgere dich nicht* legte: ein Bestimmungsbuch für Speisepilze, Job Gorseinons Buch *Roses of Charon*, eine Rechnung von Dai the Custard Pies Kostümverleih und – vielleicht am merkwürdigsten – eine Nautik-Fibel aus dem 19. Jahrhundert: *Verunreinigung der Tiefsee: Eine Anleitung für Kapitäne zur Anwendung der Sterbesakramente und Durchführung von Seebestattungen.*

Ich nahm jedes Teil einzeln in die Hand, untersuchte es kurz und legte es wieder hin.

Keiner von uns sagte ein Wort.

Llunos stand auf und wandte sich zum Gehen. »Ich hab Ihnen ja gesagt, es ist völlig nutzlos.«

Ich folgte ihm zur Tür, dann standen wir eine Weile auf der Türschwelle und sahen uns verlegen an. Es war, als hätte man die Bestandteile unseres Universums wie Teilchen in einem Kaleidoskop durcheinandergewirbelt, und auf einmal kämpften wir auf derselben Seite. Er streckte die Hand aus, und ich schüttelte sie.

»Wenn ich Sie wäre«, sagte er, »würde ich die Stadt verlassen.« Bevor er losfuhr, fragte er noch durch das offene Seitenfenster: »Haben Sie das von Ma Brainbocs gehört?«

»Nein. Was denn?«

»Man hat sie gestern am Flughafen in Cardiff gesehen. Wie sie in ein Flugzeug der Aerolinas Argentinas gestiegen ist.«

Als ich spät am nächsten Morgen aufwachte, war mir eines klar: Es war Zeit abzuhauen. Wenn Llunos meinen Schlupfwinkel kannte, dann vermutlich auch eine Menge anderer Leute. Und ich hatte die Schnauze voll davon, wie ein Kriegsveteran rumzulaufen. Wenn der Sportlehrer jetzt Polizeichef war, saßen wir alle in der Scheiße. Ich warf ein paar Sachen in eine Reisetasche, schloß den Reißverschluß, und zog – wie ich hoffte – zum letzten Mal die Veteranen-Klamotten an. Vielleicht konnten Myfanwy und ich den Zug nach Shrewsbury nehmen.

Die Tür zu Myfanwys Wohnung war nur angelehnt, die Wohnung selbst verlassen. Nicht leer im Sinne von ›Jemand ist schnell mal rausgeflitzt, um Milch zu kaufen‹, sondern verlassen wie ein Nest kalter Eier, von dem man die Eltern vertrieben hatte. Es gab keine konkreten Anhaltspunkte dafür, aber manchmal weiß man so etwas auch ohne Beweise. BHs und Unterhosen hingen zum Trocknen über kalten Heizkörpern. T-Shirts und nach außen gekrempelte Jeans lagen auf dem Boden verstreut. Überall standen Tassen mit schimmelverzierten Instant-Kaffeeresten herum, außerdem Weinflaschen und Bierdosen, in deren schalem Bodensatz Zigarettenstummel schwammen. Der Teppich war übersät mit Resten von Fertiggerichten und Thunfischdosen, und aus den grob aufgerissenen Verpackungen ragten Gabeln heraus. Klamotten hingen auf Kleiderbügeln an den Türgriffen, Schwarzenegger- und Stallone-Videos, Lady-Di-Souvernirs, Poster von Bon Jovi, Kosmetikkoffer, aus denen Make-up-Döschen auf den Boden gefallen waren, Anti-Baby-Pillen und Tampons. Die Luft stank nach Bier, Kerzen und abgestandenen Fürzen. Es war, als wäre ein Schmetterling aus seinem Kokon mitten in einem Misthaufen geschlüpft. Nur daß der Schmetterling ausgeflogen war.

Fast war es mir egal. Ich fühlte mich wie ein Hund, der regelmäßig geschlagen wird und zu erschöpft zum Jaulen ist. Die Schläge waren Routine geworden. Myfanwy hatte mich aufgefordert, mit ihr wegzugehen, und ich war stur geblieben, und nun war es zu spät. Was hatte ich erwartet? Weiß doch jeder, daß es so eine Chance kein zweites Mal gibt. Jetzt, wo sie weg war, hatte ich keine Lust mehr abzuhauen – oder zu bleiben oder überhaupt irgend etwas zu tun. Vielleicht, dachte ich, sollte ich einfach in meine alte Wohnung zurückgehen und warten, bis Herods Männer kamen. Ich ging zum Hafen hinunter und dann an der Burg vorbei runter zur Prom, wo ich mich auf das zuckerweiße Geländer stützte und eine Stunde lang mit leerem Blick aufs Wasser hinausstarrte. Das Meer wirkte abweisend, und seine Farbe ließ mich an das kalte Metall einer Waffe denken. Ein heftiger Wind wehte, und die Luft schmeckte nach Salz. Über meinem Kopf schwankte ein beleuchteter Noddy schaurig ächzend hin und her, und ich dachte erbittert an all das, was passieren konnte, wenn in dieser Stadt eine Figur auftauchte, die einen roten Hut mit

Glöckchen trug. Schließlich machte ich mich auf den Weg zu dem einzigen Ort, der einem Mann, für den eine Welt zusammengebrochen ist, noch blieb: zur Wellhornschneckenbude.

Als ich kam, las der Junge in der Zeitung, die auf dem Tresen lag, und machte auch keine Anstalten, damit aufzuhören. Ich stand eine Zeitlang direkt vor ihm, aber er zog es weiterhin vor, mich zu ignorieren. Das war nicht sonderlich klug. Ich knallte meine Hand auf die Seite, die er gerade las. Mit haßerfüllten Augen schaute er hoch.

»Tut mir leid, Stinker, Penner kriegen bei uns nichts.«

Ungläubig schnappte ich nach Luft. Wußte er denn nicht, was ich in letzter Zeit durchgemacht hatte? Wußte er nicht, daß ich ein Ausgestoßener war, den man wegen Mordes suchte? Daß diese schmutzigen Klamotten nur eine Verkleidung waren? Wußte er nicht, daß ich Myfanwy verloren hatte? Wußte er nicht, wie gefährlich mich das machte? Hatte er von all dem wirklich keine Ahnung? Natürlich nicht, aber da hatte er eben Pech. Es kommt der Moment, wo jemand die Rechnung bezahlen muß, egal ob es seine ist oder nicht. Hauptsache, irgend jemand zahlt.

»Was hast du gerade gesagt, Sonny Jim?«

»Ich sagte, verpiß dich, Opa, und hör auf, meine Bude zu verpesten.«

Ich nickte langsam und nachdenklich. Und dann schlug ich zu. Er fiel hintenüber, mehr aus Überraschung als von der Wucht meines Schlages, und landete mitten in einem Stapel Kochtöpfe. Ich sprang über den Tresen, bevor er sich wieder aufrappeln konnte, und sobald ich mein Gleichgewicht wiedergefunden hatte, trat ich ihm gezielt in den Magen. Er gab ein grunzendes Geräusch von sich, und als es ihm nicht gelang, auf die Füße zu kommen, versuchte er verzweifelt, auf allen Vieren davonzukriechen. Ich schnappte mir eine Bratpfanne und ließ sie seitlich gegen seinen Kopf krachen. Durch den Pfannengriff konnte ich das Knacken und Vibrieren des Knorpels in seinem Ohr fühlen.

»Bitte nicht, Mister, bitte«, schrie er. Aber es war zu spät. Zwei Wochen zu spät: Er zahlte jetzt für alle anderen mit. Immer noch auf allen Vieren versuchte er zu entwischen. Seine Verzweiflung machte mich nur noch rasender. Ich sprang los, packte ihn beim Kragen, zog ihn zurück und schlug ihm die Bratpfanne voll ins

Gesicht. Blut spritzte aus seiner Nase über seine dreckige weiße Kochschürze: »Bitte Mister!« schrie er, und ich schubste ihn in einen Stapel Kartons und Abfalleimer. Er saß in der Falle. Er drehte sich zu mir um und versuchte, sich gleichzeitig zu ducken und soweit wie möglich zurückzuweichen. Ich griff mir vom Tresen ein Messer mit einer langen Schneide und machte einen Schritt auf ihn zu. Er preßte die Hände auf die Leisten, und der Geruch seines Urins stieg mir in die Nase.

»Also los«, zischte ich, »machst du mir jetzt ein paar verdammte Wellhornschnecken oder nicht?« Die Messerspitze zeigte genau auf die Spitze seiner Nase, und er schielte sie fasziniert an. Er nickte.

»Ja, Sir«, flüsterte er, »mit Vergnügen.«

Während er das Abendmenü zubereitete, das – da waren wir uns einig – auf Kosten des Hauses ging, las ich die Zeitung. Zuerst die letzte Seite. Dann nahm ich mir die Titelseite vor. Aufmacher war Herods Ernennung, dazu ein Foto, auf dem er durch diese bekannte horizontale Falte in seinem Gesicht lächelte. Ausgerechnet jener Lehrer, der einen schwindsüchtigen Jungen im schlimmsten Sturm, den Cardiganshire seit mehr als siebzig Jahren erlebt hatte, auf einen Dauerlauf geschickt hatte. Die einzige andere Nachricht war ein kleiner Einspalter unten rechts unter der Überschrift: GRAB VON FREUDENMÄDCHEN GESCHÄNDET. Ärgerlich blätterte ich um. Dann hielt ich inne wie ein Tier in einem Zeichentrickfilm, das gerade über den Rand einer Klippe gestürzt war. Ich blätterte zurück und las, die Augen vor Entsetzen weit aufgerissen, noch einmal die Überschrift. Die Rede war von Biancas Grab. Fieberhaft überflog ich den Artikel. Zwei Nächte zuvor hatte jemand auf dem Friedhof von Llanbadarn den Sarg ausgegraben und den Deckel aufgebrochen, was in dem Artikel als krankhaftes Verbrechen ohne Motiv bezeichnet wurde. Die Täter hatten in Höhe von Biancas Kopf mit einer Motorsäge ein etwa fünfzig Zentimeter langes und fünfundzwanzig Zentimeter breites Rechteck aus dem Deckel geschnitten. Nichts fehlte, und an der Leiche hatte sich – wie es in dem Artikel hieß – niemand zu schaffen gemacht. Ich warf die Zeitung zur Seite und saß da wie betäubt. Ganz Aberystwyth war verblüfft und schockiert über das Verbrechen. Niemand konnte sich vorstellen, wer zu so etwas fähig war. Niemand außer mir. Es war derselbe Täter, der den Marionettenspieler umgebracht hatte.

KAPITEL 19

Wenn ich an all die Millionen nutzloser, sinnloser, leerer, grausamer, eitler, überheblicher, gemeiner, obszöner und absolut wertloser Wörter denke, die wir im Laufe unseres Lebens ausspucken! Wenn ich an all diese Wörter und all diese Silben denke, mehr Silben als Sandkörner am Strand von Borth! O Bianca, dir hat nur ein einziges weiteres Wort gefehlt. Welcher böse Geist saß auf deiner Schulter und hat dir diesen letzten, entscheidenden Atemzug geraubt? Wenn ich an all den Unsinn denke, den du geredet hast! Und an all die Lügen und Schmeicheleien, die du den Druiden mit ihren rosigen Gesichtern Nacht für Nacht in die Ohren geflüstert hast! All diese leeren, verschwendeten Wörter! Hättest du doch nur einmal deine Zunge im Zaum halten können! Hättest du nur ein Wort zurückbehalten und es für jenen Regentag aufgespart, an dem eine zusätzliche Silbe die Welt hätte verändern können. Nur eine Silbe, vielleicht die einzige in deinem Leben, die zu etwas Besserem geführt hätte. Der Aufsatz ist im Ofenrohr, hattest du gehaucht. Oh nein! Du hattest ihn nicht in das Ofenrohr gesteckt. Du, die du der Gesellschaft zum Schluß nochmal eine lange Nase gedreht hattest, als du dich in deinem Nachtklub-Kostüm beerdigen ließest. Du hattest ihn in deinen »Ofenrohrhut« gesteckt!

KAPITEL 20

Die Türschwelle war klebrig von Staub, Katzenpisse und schlammigen Stiefelabdrücken. Irgend jemand hatte ›Mörder‹ an die Wand geschmiert. Ich ging die Treppe hinauf. Die Tür zu meinem Büro war angelehnt, und durch die Öffnung sah ich Mrs. Llantrisant, die auf meinem Platz saß, die Füße auf dem Schreibtisch, und Erdnüsse aß. Sie war so in Gedanken versunken, daß sie mich gar nicht bemerkte. Mechanisch griff sie in die braune Papiertüte, holte eine Handvoll Nüsse heraus, knackte die Schalen mit den Fingern auf und warf sie aufs Geratewohl durch das Zimmer. Sie kicherte in sich hinein, als sie gegen Noel Bartholomews Porträt prasselten. Der Geruch ihres Erdnußatems war sogar hier draußen im Treppenhaus überwältigend. Ich stieß die Tür auf, und sie fuhr hoch.

»Sie!«

Ich sah sie mit zusammengekniffenen Augen an. Sie warf einen verstohlenen Blick auf das Telefon am Ende des Schreibtisches, schätzte die Entfernung ab und entschied sich dagegen. Ihre Gesichtszüge glätteten sich, und sie rang sich ein fröhliches Lächeln ab.

»Sie sind wieder da!«

»Müde vom Scheuern, was?« sagte ich kalt. Das fröhliche Lächeln wich ängstlicher Besorgnis.

»Oh, Mr. Knight, es bricht mir das Herz, die Treppe in solch einem Zustand zu sehen, wirklich. Aber wissen Sie, die Polizei hat mir befohlen, nichts anzurühren – nicht, daß ich auch nur einen Moment lang geglaubt hätte, daß Sie ... Ich meine, all das, was so erzählt wird ... noch nie habe ich gehört, daß so was ...« Ihre Stimme wurde immer leiser, und schließlich verstummte sie ganz. Wieder warf sie einen Blick auf das Telefon und lächelte mich an, diesmal weniger überzeugend.

»Auf jeden Fall ist es schön, daß Sie wieder da sind. Bleiben Sie lange?«

Ich näherte mich dem Schreibtisch. Unwillkürlich rückte sie ein Stück nach hinten, wobei sie sich mit dem Rücken fest gegen die Stuhllehne preßte.

»Ich weiß noch nicht. Wie lange braucht man denn wohl, um eine alte Dame windelweich zu schlagen?«

Ich riß das Telefonkabel raus. Ihre Pupillen wurden riesengroß. Ich setzte mich auf die Tischkante und beugte mich über sie. »Wo ist er?«

»Wo ist ...«

Sie hielt inne, als ich den Zeigefinger hob.

»Sagen Sie jetzt bitte nicht ›Wo ist was‹.«

Sie sah mich schweigend an.

»Eins muß ich Ihnen lassen«, sagte ich. »Sie haben eine Menge versteckte Talente.« Ich versetzte dem Schreibtisch ein paar leichte Schläge mit dem Telefonkabel. »Ich meine, Sie machen den Eindruck, als hätten Sie keine zwei funktionierenden Gehirnzellen, aber das mit dem Zylinder haben Sie schneller rausgekriegt als ich.«

Sie sagte nichts, sah mich nur weiter an, als fragte sie sich, wieviel ich wußte und was ich vorhatte.

»Aber wenn Sie nicht ziemlich clever wären, wären Sie wohl nicht in die höheren Ränge der Herz-Jesu-Liga aufgestiegen, nicht wahr? Ohne das geht's nicht, jedenfalls nicht in der LisU.«

»Ich bin da nicht dabei, Mr. Knight.«

»Wobei?«

»Bei ... dem, was Sie gesagt haben.«

»Was hab ich denn gesagt?«

Sie sah mich verunsichert an. »Diese Organisation, von der Sie gesprochen haben. Ich bin nicht dabei.«

»Und wie heißt sie gleich nochmal?«

»Äh ... weiß ich nicht.«

»Woher wollen Sie dann wissen, daß Sie nicht dabei sind?«

»Ich ... ich ...«

»Sie bekleiden in der LisU den Rang eines Leutnants, Mrs. Llantrisant.«

Verzweifelt schüttelte sie den Kopf. »Nein ... nein ... nein, tue ich nicht, tue ich nicht.«

»All die Jahre haben Sie meine Treppe gescheuert, und die ganze Zeit haben Sie an der Tür gelauscht.«

»Nein, Mr. Knight, wirklich nicht!«

»Auf die Art haben sie von dem Marionettenspieler erfahren.«

Sie schüttelte den Kopf und preßte ihre Hände auf die Ohren.

»Nein!«

Ich beugte mich noch weiter zu ihr hinunter, bis mein Gesicht nur wenige Zentimeter von ihrem entfernt war. Die schale Ausdünstung von Eau de Maesteg stieg mir in die Nase.

»Sie haben ihn umgebracht, stimmt's?«

»Wen?« wimmerte sie. »Ich habe niemanden umgebracht, Mr. Knight. Ehrlich, ich war's nicht. Ich bin nur eine einfache Putzfrau. Das mit den Erdnüssen tut mir leid.«

Ich schnalzte ihr das Ende der Telefonschnur ins Gesicht, und sie hielt mitten im Satz inne. Eine zarte rosa Furche brach in der dick aufgetragenen Grundierungscreme auf.

»Es hat Ihnen nicht gereicht, sein Leben zu zerstören, ihn von dem Sockel zu stoßen, auf dem er dreißig Jahre lang gestanden hatte, und ihm nur noch die Möglichkeit zu lassen, sich mit Punch-and-Judy-Shows in Aberaeron mühselig seinen Lebensunterhalt zusammenzukratzen. Sie mußten den armen Kerl auch noch von der Klippe stürzen.«

»Nein, Mr. Knight, ich war's nicht, ich war's nicht.«

»Das waren Sie, mit der ich in jener Nacht unten am Hafen gekämpft habe, stimmt's?«

»Nein, bitte Mr. Knight, Sie sehen das alles ganz falsch.«

»Tue ich das? Tue ich das?« schrie ich. »Ich glaube kaum.« Heftig atmend hielt ich inne und wartete, bis ich mich wieder beruhigt hatte. Ich durfte nicht die Beherrschung verlieren.

»Sagen Sie, Mrs. Llantrisant, kennen Sie die Werke von Job Gorseinon?«

Sie sah mich ausdruckslos an.

»Brainbocs kannte sie jedenfalls. In seinem Schulranzen hat man eine Ausgabe von Gorseinons *Roses of Charon* gefunden. Es ist eine Untersuchung über die dunkle Seite der griechisch-römischen Gartenbaukultur. Haben Sie's mal gelesen?«

Mißtrauisch und verwirrt starrte sie mich an. »Ich glaube nicht. Gutes Buch, ja?«

»Ach, streckenweise gar nicht so schlecht. Es gibt da eine nette

Stelle, wo Gorseinon beschreibt, wie Livia angeblich Augustus ermordet hat. Wissen Sie, Augustus war ein schlauer alter Fuchs. Ein bißchen wie Sie, wenn ich so sagen darf. Und er litt unter dem Wahn, daß man ihn vergiften wollte. Zu Recht, wie sich herausstellen sollte. Sein Wahn ging schließlich so weit, daß er nichts mehr aß außer den Früchten aus seinem eigenen Obstgarten, die er eigenhändig gepflückt hatte. Also rieb Livia die Feigen an den Bäumen mit tödlichem Tollkirschensaft ein. Kommt Ihnen das bekannt vor?«

Ihr Gesicht war so ausdruckslos wie das eines Pokerspielers.

»Die Geschichte erinnert mich an jenen Vorfall kurz vor Ostern, als Sie plötzlich krank wurden, nachdem Sie diesen Apfelkuchen gegessen hatten. Erinnern Sie sich noch, daß Sie einen Priester kommen ließen? Wie er Ihnen auf dem Sterbebett die Beichte abnahm? Es ist schon witzig, daß in Brainbocs' Ranzen auch ein Buch über die Sterbesakramente und die letzte Ölung gefunden wurde, außerdem ein Ausleihschein für eins von Dai the Custard Pies Kostümen. Es steht nicht drauf, was für ein Kostüm es war, aber ich wette, wenn ich in Custard Pies Unterlagen nachschaue, würde ich feststellen, daß es das Meßgewand eines katholischen Priesters war. Was meinen Sie?«

Langsam machte sich eine Veränderung in Mrs. Llantrisants Miene bemerkbar. Als hätte sie beschlossen, daß es an der Zeit sei, die Maske fallen zu lassen. Sie nahm die Hände von den Ohren und sah mir in die Augen. Die dumme Klatschbase mit ihrem belanglosen Geschnatter verschwand, und zum Vorschein kam eine völlig verwandelte Frau. Selbstbewußt und stählern, mit undurchdringlichem Gesicht. Auf einmal warf sie sich pfeilschnell seitwärts aus dem Stuhl und flitzte los. Ich sprang ihr hinterher und erwischte sie an den Zipfeln ihres Kittels, aber sie war flink wie ein Wiesel und schon fast an der Tür, als ich sie doch noch am Knöchel packen konnte. Sie war schnell und stark und hätte sich vermutlich losreißen können, wenn meine Fingernägel nicht ihre alten Krampfadernarben erwischt hätten. Der heftige Schmerz raubte ihr einen Moment lang den Atem. Mehr brauchte ich nicht. Mit der anderen Hand packte ich sie fest am Kittel. Doch dann gewann ihre Kampferfahrung Oberhand über den Schmerz. Voll konzentriert drehte sie sich um und maß mich mit einem kalten

Blick. Sie ging leicht in die Knie, verlagerte das Gewicht auf ein Bein und schmetterte mir eine Rückhand voll ins Gesicht. Ich taumelte nach hinten. Mit kühler Präzision fiel sie über mich her. Als erstes traf mich ihr Ellbogen über dem Ohr, und ich ging zu Boden. Der Raum drehte sich, und ich konnte die Englein singen hören. Dann riß sie ihr Knie hoch. Mein angeschlagener Kopf erlebte das grauenhafte Hochschnellen wie im Schneckentempo. Ein Schneckentempo, dem ich nicht entkommen konnte. Ich erinnere mich, daß ich völlig unwichtige Details mit einer seltsamen Distanziertheit wahrnahm: wie der Kittel aufsprang und das elastische Band unten am Schlüpfer, knapp überm Knie enthüllte. Wie sie das Knie, weiß wie Fisch und blau geädert wie Gorgonzola, wie einen Ladestock nach oben rammte. Im letzten Moment warf ich mich zur Seite. Ihr Knie krachte in den Aktenschrank. Ich konnte sehen, ja fast schon selbst spüren, wie ein ganzes Schmerz-Feuerwerk in ihr lostobte. Blut spritzte aus einer tiefen Schnittwunde, und sie fiel zu Boden.

Ich beugte mich über sie, sprang aber eilig zurück, als sie mit einer Hutnadel nach mir stach, die sie aus ihrem Stiefel gezogen hatte, jenem hypoallergenen Kalbslederstiefel aus Mailand. Ich wich der Nadel aus, und sie unternahm einen neuen Versuch, aber mit ihrem verkrüppelten Knie konnte sie nur noch unbeholfen kriechen, und ihr Aktionsradius war überschaubar. Ich sah zu, daß ich außerhalb ihrer Reichweite blieb. Dann suchte ich den Raum sorgfältig nach etwas Brauchbarem ab. Unter dem Kaminbesteck befand sich ein großer gußeiserner Schürhaken. Ich schnappte ihn mir und näherte mich Mrs. Llantrisant. Ihr Blick war so haßerfüllt, daß für Angst kein Platz blieb. Wohlüberlegt ließ ich das Eisen auf ihr Knie hinunterkrachen. Sie schrie wie am Spieß, und ihre Zahnprothese flog in einem Speichelregen auf den Teppich. Dann fiel sie in Ohnmacht.

Als sie wieder zu sich kam, war sie an Händen und Füßen mit Fernsehkabel an den Besucherstuhl gefesselt. Ich schüttete ihr eine Waschschüssel voll kaltem Wasser und Eiswürfeln ins Gesicht. Sie hob den Kopf und sah mich an. Ihr Gesicht war immer noch schmerzverzerrt. Ich lächelte. Dann trat ich ihr gegen das Knie. Sie schnellte hoch und krümmte sich zusammen, wobei sie mit solcher Kraft am Kabel zerrte, daß es fast so aussah, als würde die Rücklehne des Holzstuhls brechen.

»Das war für den Mord an dem Marionettenspieler.«

Sie spuckte Blut auf den Teppich, sagte aber nichts.

»Wenn Sie dann soweit sind, würde ich Ihnen gern ein paar Fragen stellen.«

»Bommir effessi nissi missessein.«

Ich verzog das Gesicht. »Was ist los?«

»Aumir iechi nichein einorti missessein.«

Ich hob das Gebiß auf und rammte es ihr in den Mund. Sie schob es mit der Zunge wild von einer Backe in die andere und machte dabei obszöne Lutschgeräusche. Als das Gebiß endlich an der richtigen Stelle saß, kreischte sie: »Ich sagte, aus mir kriegen Sie kein einziges Wort raus, Sie mieses Schwein!«

Ich trat sie gegen das Knie, und sie schrie. Dann sprach ich ganz sanft auf sie ein, wie auf eine Schwerkranke.

»Wissen Sie, eines ist mir ein Rätsel.«

Sie schaute hoch. Sie war neugierig, obwohl sie es eigentlich nicht sein wollte. »Dauernd jammern Sie über die langen Wartezeiten für Hüftoperationen in den Krankenhäusern, wenn Ihre Freunde operiert werden müssen, und jetzt, wo ich Ihr Knie zertrümmere, scheint Sie das völlig kalt zu lassen. Wie kommt das?«

Sie sah mich abschätzig an und sagte: »Ihre Drohungen sind zwecklos. Die kratzen mich nicht.«

»Warum haben Sie ihn umgebracht?«

»Wen?«

»Iolo Davies – den Museumskonservator.«

»Ich hatte den Auftrag, ihn zu beseitigen, und das habe ich getan. Er hat mir nichts bedeutet. Es war nur ein Job.«

»Wie Treppen scheuern?«

»Er war nur eine kleine, dreckige, samenverspritzende Kröte.«

»Also, wo ist der Aufsatz?«

»Sie können mich mal am Arsch lecken!«

»Okay.« Ich lächelte.

Ich ging in die Küche und füllte den Kessel mit Wasser. Ich war beunruhigt. Was tun, wenn sie in ihrer Ausbildung darauf gedrillt worden war, Schmerzen auszuhalten? Meine Entschlossenheit würde nicht lange vorhalten. Das hatte sich ja schon bei Lovespoon gezeigt. Ich ließ den Blick durch die Küche schweifen, beeindruckt, wie sehr sie sich breit gemacht hatte. Vier neue Kittel hingen am Haken, die sie zweifelsohne aus meiner Portokasse finanziert hatte. Überall lagen Einkäufe von Safeway herum. Sogar eine Truhe mit ihrer Kollektion orthopädischer Stiefel stand dort. Und schlagartig wurde mir klar: Selbst Mrs. Llantrisant hatte eine Achillesferse.

Ich schnappte mir den Fleischwolf, der mit seinen Ausmaßen besser in eine Großküche gepaßt hätte und der in einer Ecke verstaubte, seit Mrs. Llantrisant und Mrs. Abergynolwen damals für das Eisteddfod Bratwurst im Schlafrock zubereitet hatten. Ich schleppte ihn ins Büro und baute ihn ein paar Schritte von ihr entfernt auf. Sie sah mich mit tiefer Verachtung an.

»Wollen Sie jetzt mein Bein abhacken, Mr. Knight? Oder meinen Arm? Hacken Sie ab, was immer Sie wollen, ich werde nur über Sie lachen.«

»Über Ihr Bein brauchen Sie sich keine Sorgen zu machen, Mrs. Llantrisant.«

Ich beugte mich hinunter und schnürte ihren orthopädischen Stiefel auf. Ihr dreistes Selbstvertrauen begann zu bröckeln, und in ihren kalten, gnadenlosen Augen funkelte nackte Angst. Sie wand sich wie ein Fisch an der Angel, aber das Fernsehkabel hielt sie fest am Stuhl. Ich zog ihr den Stiefel aus, stopfte ihn oben in den Fleischwolf, wo normalerweise das kleingeschnittene Fleisch reinkommt, und packte die Kurbel. »Sie sollten allmählich singen, Mrs. Llantrisant, sonst mache ich aus Ihrem Stiefel Hackleder.«

»Das wagen Sie nicht! Die haben achtzig Pfund gekostet, achtzig Pfund!«

»Sie sind Gwenno Guevara, stimmt's?«

»Lecken Sie mich doch am Arsch!«

Ich drehte die Kurbel eine Viertelumdrehung weiter. Die Messer des Zerkleinerungsmechanismus berührten jetzt das Leder. Mrs. Llantrisant stockte der Atem. Ich hielt die Kurbel an und schaute nach, ob der Stiefel schon beschädigt war.

»Bis jetzt ist er nur ein bißchen angeschrammt. Mit etwas Schuhcreme könnte man es leicht überdecken. Das ist Ihre letzte Chance.«

Sie versuchte, sich aus dem Fernsehkabel, das sie an den Stuhl kettete, freizukämpfen, und ich drehte die Kurbel einmal ganz herum. Es gab ein ekelhaft knirschendes, ja geradezu knorpeliges Geräusch, als die spiralförmigen Messer in das dicke Oberleder des Stiefels schnitten. Mrs. Llantrisant stieß einen Schrei aus, der einem das Blut in den Adern gefrieren ließ. Sie klang wie ein angeschossener Wolf.

»Sie sind Gwenno Guevara, stimmt's?« schrie ich.

»Ja, ja, ja!« heulte sie.

»Oberkommandeur der LisU?«

»Ja!«

»War Brainbocs deshalb bei Ihnen? Hat er Ihnen deshalb die letzte Ölung gegeben?«

»Ja!«

»Was wollte er von Ihnen?«

Sie schüttelte traurig den Kopf und schnappte nach Luft. »Ich weiß es nicht. Ich weiß es wirklich nicht. Ich weiß nur, daß er Lovespoons Bomberbesatzung wieder zusammenbringen wollte. Lovespoon, Herod, Dai the Custard Pie ...«

»Und Frobisher?«

»Der ist tot. Der spielte keine Rolle. Aber Brainbocs wollte unbedingt die Überlebenden des Rio-Caeriog-Einsatzes auftreiben. Ich war die einzige, die er nicht hatte finden können.«

»Und wo ist jetzt der Aufsatz?«

»In meiner Handtasche auf dem Küchenstuhl.«

Ich warf einen Blick in die Küche und dann wieder zu ihr. Das ging mir ein bißchen zu leicht.

»Wenn Sie lügen, ist Ihr Stiefel im Arsch.«

Sie schüttelte den Kopf.

»Ohne Scheiß. Ich mache jeden dieser verdammten Stiefel einzeln zu Hackfleisch.«

»In meiner Tasche, jetzt schauen Sie schon nach.«

Ich ging in die Küche und öffnete ihre Handtasche. In der Handtasche lag ein DIN-A-4-Umschlag. Auf der Vorderseite stand mit Kugelschreiber: »David Brainbocs, Hausaufsatz, 1. Schulhalbjahr: Cantref-y-Gwaelod«. Daneben waren Datum und Stempel der St. Luddite School und darunter Lovespoons Initialen. Ich riß den Umschlag auf und zog den Aufsatz heraus. Er bestand aus rund dreißig DIN-A-4-Seiten, eng beschrieben in Schülerschrift und unterbrochen von gelegentlichen Diagrammen, die sehr technisch wirkten. Perfekt. Der Aufsatz, nach dem halb Aberystwyth suchte. Allerdings gab es da ein kleines Problem. Während ich die Seiten durchblätterte, erscholl aus dem anderen Zimmer ein so furchterregend kreischendes Gelächter, daß sich mir die Haare aufstellten wie auf einem Friedhof um Mitternacht. Mrs. Llantrisant lachte und lachte. Ich konnte jeden orthopädischen Stiefel in ganz Aberystwyth durch den Fleischwolf drehen, diesmal würde es absolut nichts bringen. Der Aufsatz war in Runenschrift.

KAPITEL 21

Lustlos machte ich mich auf den halbstündigen Weg durch die Stadt zum Gewerbegebiet auf dem ehemaligen Maschinenschuppengelände. Der neue Hexen-Co-op lag in unmittelbarer Nähe zum Baumarkt, zum Computergroßmarkt und zu den Tiefkühlwarengroßhandlungen. Er hatte kaum noch Ähnlichkeit mit dem winzigen Kabuff an der Seite des Burgwalls neben der Krönungsbechermanufaktur, in dem der Laden vorher untergebracht gewesen war. Der neue Laden war eine unangenehme Mischung aus Tradition und Moderne. Vor dem lagerhausartigen Gebäude aus sandfarbenem Ziegel und Wellblech befand sich ein Parkplatz, dessen Parkbuchten in wilden Zickzacklinien entsprechend den magischen Strömen unterm Asphalt aufgemalt waren. Das Personal trug helle Baumwolloveralls, die wie Halloweenkostüme mit Halbmonden und Sternen bedruckt waren, Der Wachmann hatte einen Wolf an der Leine. Die Beleuchtung bestand überwiegend aus fluoreszierendem Neonlicht, nur am Ende der Gänge brannten Fackeln.

Als ich mich näherte, öffneten sich wie durch Zauberei die beiden Glastüren, und einer der Verkäufer wies mir den Weg zur Forschungs- und Entwicklungsabteilung. An der Tür stand: »Zutritt für Unbefugte verboten«, aber ich ging trotzdem hinein und fand mich in einem Labor wieder. Es war leer, bis auf Julian, den Kater, der in ein Mikroskop linste und dabei mit seinen Pfoten auf dem Rädchen für die Scharfeinstellung balancierte. Er sah hoch und bedachte mich wie gewohnt mit einem verächtlichen Blick. Dann klappte er – vielleicht, weil ihn meine wilde Entschlossenheit einschüchterte – ein Ohr zurück, hin zum rückwärtigen Teil des Raums. Mein Blick folgte seinem Ohr bis zu einem großen, in die Wand eingelassenen Glasfenster. Durch das

Fenster konnte ich Evans the Boots Mama sehen, die in einer Art Windkanal auf einem Besenstiel ritt. Julians Blick wandte sich wieder dem Mikroskop zu. Über der Tür zum Windkanal leuchtete eine rote Lampe, und da ich den Testlauf nicht unterbrechen wollte, ging ich zum Fenster und winkte. Mrs. Evans sah mich, gab einem der Techniker ein Zeichen und stieg ab. Mit dem Besenstiel in der Hand kam sie heraus und nahm ihren Helm ab, der denen der Radrennfahrer bei Olympischen Spielen ähnelte. Nach Atem ringend warf sie mir den Besenstiel zu. Er war leichter als eine Feder.

»Nicht schlecht, was?« keuchte sie. »Kohlefaserrahmen, innen hohl, die Borsten aus Polypropylen. Strömungswiderstand in etwa wie bei einer Seemöwe.«

»Ich bin beeindruckt.«

»Ich hab gehört, Myfanwy hat die Stadt verlassen. Ich dachte, Sie beide wären ein Paar.«

»Das dachte ich auch, aber man weiß eben nie.«

Ich nahm den Aufsatz aus meiner Tasche und reichte ihn ihr. Sie verschwand fast mit der Nase in den Papieren und grummelte beim Durchlesen leise vor sich hin. Dummerweise hatte sie ihre Runenbrille nicht dabei, aber wir einigten uns darauf, daß sie gleich abends mit der Transkription beginnen und Julian alle halbe Stunde mit den jeweils fertigen Seiten vorbeischicken würde. Bei der Erwähnung seines Namens schaute der Kater hoch, starrte uns lange und durchdringend an und heftete sein Auge dann wieder auf das Mikroskop.

»Sie wohnen zur Zeit in dem alten Wohnwagen, nicht wahr?« sagte Mrs. Evans, als ich aufbrach, »der, von dem kein Mensch was weiß?«

Als ich mich auf den Rückweg durch die Zickzacklinien der Parkbuchten machte, dachte ich voller Mißmut an Eeyore und seinen sogenannten unauffindbaren Wohnwagen. Kurzzeitig war ich in Versuchung, ihn zu verfluchen, aber wenn man das in diesem Laden machte, ging sofort die Alarmanlage los.

Als ich am Campingplatz ankam, ging gerade die Sonne unter und die Wohnwagen leuchteten in dem goldenen Feuer wie eine Inkastadt. Da es wohl noch einige Zeit dauern würde, bis Julian mit den ersten Seiten auftauchen würde, schlief ich erstmal eine

Runde. Als ich wieder wach wurde, war es im Wohnwagen bereits dunkel. Ich stand auf, holte eine Büchse Sardinen aus dem Schrank – als Belohnung für Julian – und ging raus, um einen Spaziergang zu machen. Vollkommene Stille hatte sich über das Land gesenkt, so wie man sie manchmal in den ein, zwei Stunden zwischen dem Ende eines perfekten Sommertages und dem Anbruch der Dämmerung erlebt. Unter einem Himmel, der sich allmählich indigoblau färbte, schlenderte ich über den Campingplatz. Mit einem Anflug von Neid stellte ich mir vor, wie die anderen Wohnwagenbewohner in ihrem zweirädrigen Zuhause saßen und ihre einfache Mahlzeit genossen: Abendessen aus Dosen, erhitzt auf Campinggaskochern und serviert auf Picknickgeschirr. Kinder, die vom Schwimmen im Meer und vom Spielen im Sand noch ganz aufgekratzt waren. Eine düstere Vorahnung, die ich nicht näher hätte beschreiben können, hatte von mir Besitz ergriffen. Ich ging zu den Dünen am Ende des Campingplatzes. In ihrer unvergänglichen Schönheit lag etwas zutiefst Beruhigendes. Das scharfe, spitze Dünengras, an dem wir uns als Kinder so oft verletzt hatten, sah jetzt ganz weich aus, wie Fell, das von einer sanften Brise gestreichelt wird. Ich kletterte hinauf, setzte mich und schaute hinaus aufs Meer und auf eine Welt, die vor zehntausend Jahren noch Land gewesen war, und die – davon hatte Dai Brainbocs seinen Walisischlehrer überzeugt – einen Rückgewinnungsversuch wert war. Das Vorhaben kam mir auch nicht verrückter vor als einige andere Dinge, die passiert waren, und ich verlor allmählich die Überzeugung, daß es nicht funktionieren konnte. Im Moment schien es mir schwieriger, an die Alltagswelt zu glauben. Die ersten Sterne flackerten auf, und aus weiter Ferne konnte ich ganz schwach die Stimmen spielender Kinder hören. Es würde eine lange Nacht werden. Ich holte meinen Flachmann heraus und nahm einen Schluck Rum, dann zog ich Notizblock und Bleistift aus der Tasche. Ein paar Sekunden dachte ich nach und schrieb dann auf den Block: Was kann man von Noel Bartholomew lernen? Ich nahm einen weiteren Schluck und genoß die Wärme des Alkohols, während ich über die Antwort auf meine Frage nachgrübelte. Versuch niemals, eine Frau zu retten, die nicht zu retten ist? Ich kaute auf dem Bleistift herum und betrachtete den Satz. Nein. Ich strich ihn durch. Versuche immer eine Frau zu retten, die nicht zu retten ist? Ich strich ihn ebenfalls durch. Versuch nicht, eine Frau zu retten, wenn du derjenige bist, der Rettung braucht? Ich legte den Notizblock auf die Erde und nahm noch einen Schluck. Calamity, die der festen Überzeugung war, daß alle Privatdetektive Whisky trinken müßten, hatte mich mal nach dem Unterschied zwischen den beiden Getränken gefragt. Damals dachte ich, es hätte was mit dem Geschmack zu tun, aber da lag ich falsch. Man liegt immer falsch, egal, worum es geht. Worin besteht schon der Unterschied? Beide brennen in der Kehle, von beiden wird man betrunken, beide sehen gleich aus und kosten gleich viel. Aber das eine ist die destillierte Essenz des kalten, nassen, armseligen schottischen Hochlands. Und das andere ist der saftige Nektar aus Zucker und destilliertem Sonnenschein exotischer Länder. Ich weiß, wofür sich Bartholomew entschieden hätte. Bartholomew, der Träumer, der Romantiker, der trotz aller Warnungen flußaufwärts gereist war, immer weiter ins Landesinnere, angelockt von sich widersprechenden Erzählungen und verheißungsvollen Gerüchten. Die ganze Zeit hatte ich Calamity gepredigt, daß sie die richtigen Fragen stellen müsse, und hatte selbst immer die verkehrte gestellt. Mir war jetzt klar, daß er Hermione nie gefunden hatte, und es war auch nicht der chinesische Ladenbesitzer, der die Fotos gefälscht hatte, sondern er selbst, kurz bevor er Aberystwyth verließ: ein paar Zweige von Laubbäumen aus dem Danycoed Wood, ein Mädchen aus einem der Teewärmerläden unten beim Hafen, dem er ein paar Pennys dafür gezahlt hatte, daß es sich entsprechend verkleidete, und ein Studio in der Terrace Road.

Und die Frage lautete nicht, ob er sie gefunden hatte oder nicht, sondern, warum er so weit gereist war, nur um zu sterben? Ich ließ meinen Blick über die stille, graue Landschaft gleiten, deren Farben mehr und mehr verblaßten. Die Antwort ist allen Gesichtern in Aberystwyth eingemeißelt. Niemand ist mutig genug, sich retten zu lassen. Nicht die Moulin-Girls, die sich an den einzigen Ort flüchten, von dem es kein Entkommen gibt. Und auch nicht Sospan, der traurig hinter den unsichtbaren Gitterstäben seines Vanilleknasts hervorlächelt.

Eine einsame Gestalt kam aus Richtung Borth den Strand entlanggelaufen. Eine winzige Gestalt, die mit pfeilschneller Verzweiflung dahinrannte wie jemand, der noch glaubt, daß seine Botschaft die Welt retten könnte. Sie kam allmählich näher, und ich sah, wie sie über die Steine springend den Strand und die Ausläufer der Dünen hinauflief. Der Schulranzen schwang an ihrer Seite hin und her. Als der Boden wie Sirup wurde und ihre Füße im weichen Dünensand den Halt verloren, kam sie nur noch halb so schnell voran. Sie bemühte sich um so mehr und kämpfte wie wild gegen die rutschenden Sandberge, voller Verachtung für deren Versuche, sie aufzuhalten. Es war Calamity, und das Feuer ihrer Überzeugung brannte immer noch lichterloh. Oben angekommen lief sie auf mich zu und warf sich mir unkontrolliert schluchzend in die Arme.

»Er ... er ...«

»Ganz ruhig, es ist alles in Ordnung.«

Ihr Gesicht war über und über mit Tränen bedeckt, und ihre Versuche zu reden wurden jedesmal von einem neuen Tränenstrom erstickt.

»Er ... er ...«

»Was ist los?«

»Er wird Aberystwyth zerstören!«, und bei der Vorstellung schrie sie auf und brach erneut in Tränen aus.

Ich zog eine Packung Taschentücher heraus und reichte sie ihr. Und während ich so in der tiefen Stille der Nacht über die sandige Fläche von Ynyslas hinausstarrte, spürte ich ein seltsames Gefühl von innerer Distanz bei dem Gedanken, jemand könne Aberystwyth zerstören. Ich wartete geduldig, bis ihre Schluchzer allmählich verebbten. Calamity nahm sich ein Taschentuch und schneuzte sich. Sie schaute zu mir hoch, das Gesicht naß und glänzend.

»Er wird alles zerstören.«

»Wer?«

»Lovespoon.«

Sie schluchzte auf und stammelte unter Tränen: »Du hast gesagt, du weißt nicht, wie er die Arche zum Meer bringen will?«

Ich nickte.

»Das war die verkehrte Frage. Er bringt das Meer zur Arche.«

Während wir den Weg zurückgingen, vorsichtig, nachdem alles Licht und somit auch die Pfade durch die Dünen verschwunden waren, sahen wir am Horizont, ungefähr in Richtung Treddol, ein Freudenfeuer brennen. In der dunklen Mittsommernacht hatte der Anblick etwas verstörend Altmodisches und Heidnisches. Lange Zeit starrten wir hinüber, bis uns das Miauen einer Katze direkt vor unseren Füßen aus unserer Träumerei riß und uns der beißende Geruch nach verbranntem Pelz in die Nase stieg. Es war Julian mit einem übel versengten Ohr. Dieser beißende Geruch nach verbrannter Katze erzählte eine ganze Geschichte, und wir verstanden sie auf Anhieb. Wir rannten über die Hügel in Richtung Ma Evans' Haus, quer durch den Wohnwagenpark, über die Straße und dann am Moor entlang zur Bahnlinie. Noch bevor wir ankamen, wußte ich, was uns erwartete. Mrs. Llantrisant hatte mich wieder einmal ausgetrickst. Als wir endlich dort waren, war die Gegend in das vertraute Blaulicht getaucht. Eine Gruppe Feuerwehrmänner spritzte das Haus mit Schläuchen ab, und ein paar Frauen von der St. John's Ambulance Brigade trösteten Ma Evans, die zusammengesunken unter einer Decke saß und Tee trank. Ein paar Meter entfernt standen die Reste eines häßlichen Scheiterhaufens. Und dahinter, mühsam von der Polizei zurückgehalten und wütend vor sich hinmurrend, stand der Mob verärgerter Einwohner, die zweifelsohne den Scheiterhaufen aufgestapelt hatten. Ich hatte keine Ahnung, was Mrs. Llantrisant ihnen erzählt hatte – so ein Job war für eine Agentin mit ihrer Erfahrung ein Kinderspiel. Schafe, die nicht lammen, Kühe, die nicht kalben, Milch, die aus unerklärlichen Gründen sauer wird; jedes dieser Vielzahl von natürlichen Mißgeschicken des alltäglichen Lebens konnte mit Hexerei begründet und gegen Ma Evans verwendet werden. Der Scheiterhaufen war gelöscht worden, aber das Haus, das man vorsätzlich angezündet hatte – auch wenn es so aussehen sollte, als hätte Funkenflug den Brand ausgelöst –, war nicht mehr zu retten. Während ich noch alles in mich aufnahm, sah Ma Evans zu mir herüber. Tränen glänzten auf ihren Wangen, und sie schien mir irgend etwas erklären zu wollen. Ich winkte ab. Eigentlich war ich derjenige, der hier was zu erklären hatte. Schließlich hatte ich das ganze Unheil über sie gebracht. Eine Gruppe Männer kam auf mich zu und zielte mit Schrotgewehren auf mich. Ich hob langsam die Hände. Von der Rückseite des Hauses sah ich eine Gestalt herbeieilen, eine alte Dame, die einst eine berühmte, bucklige alte Jungfer gewesen war, sich nun aber gerade wie ein Ladestock hielt und unbeirrbare Zielstrebigkeit ausstrahlte. Es war Mrs. Llantrisant, deren Autorität jetzt, wo sie ihr Ziel erreicht hatte, nur durch die große schwarze Lücke vorne in ihrem Gebiß, die sie wie einen Zeichentrickpiraten aussehen ließ, geschmälert wurde. Julian, der Kater, rannte zu ihr hin. Als sie einen großen Räucherhering aus ihrer Einkaufstasche holte und dem Kater hinwarf, durchströmte mich eine Welle von Verzweiflung und Wut. »Du verdammter Judas!« schrie ich und stürmte los. Ich holte aus und versetzte ihm einen brutalen Fußtritt mitten in seinen Katzenarsch. Er jaulte auf und sprang zur Seite. Im gleichen Moment knallte der Schaft einer Schrotflinte gegen meine Schläfe. Im Fallen drehte ich mich leicht um mich selbst, und als ich hochschaute, war das letzte, was ich sah, bevor ich das Bewußtsein verlor, Herod Jenkins und die horizontale Falte in seinem Gesicht, die man ein Lächeln nannte.

KAPITEL 22

Als ich die Augen öffnete, lag ich in einem dunklen Raum mit dem Gesicht auf dem kalten, rauhen Betonboden. Drei Lichtstreifen fielen von einem vergitterten Fenster auf die Wand. Mein Kopf und meine Rippen pochten. Wieder verlor ich das Bewußtsein. Als ich das nächste Mal zu mir kam, war der Schatten der Gitterstäbe kaum noch zu erkennen, und der erste fahle Schimmer der Morgendämmerung durchbrach die Dunkelheit. Trotz der reißenden Schmerzen in meinen Rippen zwang ich mich aufzustehen und schlurfte zum Fenster. Ich mußte mich nahe des Pen Dinas befinden, denn ich konnte den Hafen und dahinter den Bahnhof sehen. Ich war im Blaenplwyf Gefängnis. Vorsichtig tastete ich meine Rippen ab. Sie schienen nicht gebrochen zu sein, aber irgend jemand hatte mir ein paar kräftige Tritte verpaßt. Von meinem Aussichtspunkt aus konnte ich zwischen Bahnhof und Museum den Victory Square sehen, und ich konnte auch sehen, was Calamity so völlig aus der Fassung gebracht hatte. Der Lancaster-Bomber war weg. Jetzt, wo es zu spät war, irgendwas zu tun, kapierte ich endlich. Der dramatische Themenwechsel in Brainbocs' Untersuchung, mit dem der ganze Ärger begonnen hatte, konnte nur eines bedeuten. Die ganze Zeit hatten wir gerätselt, wie sie die Arche ins Meer bringen wollten. Und Calamity hatte die Lösung gefunden. Sie würden das Meer zur Arche bringen. Schließlich weiß ja jedes Kind, daß zu einer Arche auch eine Sintflut gehört. Und Brainbocs' prometheisches Ego würde eine liefern. Brainbocs würde Lovespoons alte Bombercrew zusammentrommeln, die, die damals den Einsatz über Rio Caeriog geflogen hatte – und würde bei Nant-y-moch den Damm hochgehen lassen.

Die Geräusche des allmählich zum Leben erwachenden Gefängnisses drangen an mein Ohr. Eisentüren flogen auf und zu, und rauhe Stimmen hallten durch die kahlen Flure. Schlüssel klirrten, Männer stöhnten. Calamity mußte zum gleichen Schluß gekommen sein. Und es war zuviel für sie gewesen. Sie mußte kein Dai Brainbocs sein, um sich auszumalen, was eine solche Wassermenge, wie sie durch die Zerstörung des Damms freigesetzt würde, in der Stadt anrichten würde. Ich hatte sie auf die Suche nach Llunos geschickt in der schwachen Hoffnung, daß er noch ein paar Männer hatte, die zu ihm hielten. Vielleicht konnten sie irgend etwas tun. Das Flugzeug stoppen oder eine Möglichkeit finden, die Einwohner auf höhergelegenes Terrain zu bringen. Wenn sie die Cliff Railway beschlagnahmten, konnte es vielleicht klappen. Aber auf all das hatte ich jetzt keinen Einfluß mehr. Kurz vor acht öffnete sich die Tür, und ein Tablett mit Brot und einem Becher voll brauner Flüssigkeit wurde hereingestellt. Das Getränk war süß und warm, aber ich hätte nicht sagen können, ob es Kaffee oder Kakao war. Vielleicht war es auch keins von beiden. Der Rand des Bechers war voller Kauspuren. Einige Zeit später öffnete sich wiederum die Tür, und der Wärter sagte, mein Anwalt sei da.

Ich folgte dem Wärter einen langen Gang hinunter, durch eine Reihe von Gittertüren, bis ich schließlich erneut in eine Zelle geschoben wurde. Sie war kleiner als meine, und in ihrer Mitte stand ein einfacher Holztisch. Am Tisch saß ein kleiner Mann mit jungenhaftem Gesicht. Er trug einen eleganten, gutgeschnittenen dreiteiligen Anzug, und seine kleinen, behandschuhten Hände ruhten auf einem Stock aus Malaccaholz. Aus seiner Brusttasche lugte ein malvenfarbenes Taschentuch. Als ich eintrat, stand er auf und zeigte auf den Stuhl.

»Bitte, nehmen Sie Platz.« Seine Stimme war dünn und ausweichend. »Möchten Sie eine?« Er holte eine Schachtel Zigaretten heraus und hielt sie mir hin. Ich schüttelte den Kopf, und er warf die Schachtel auf den Tisch. »Ich auch nicht. Abscheuliche Angewohnheit. Ich wußte einfach nicht, was ich einem Gefangenen sonst mitbringen sollte. Ich habe mit so was nicht viel Erfahrung.«

Ich sagte nichts, starrte ihn nur an. Er hatte etwas Unangenehmes, ja geradezu Außerirdisches an sich, wie die Bilder der Aliens, die angeblich in der Area 51 leben. Er sah mich an und lächelte ein wenig. »Wissen Sie, wer ich bin?«

»Ich weiß, daß du kein Anwalt bist.«

Er gluckste. »Wir wurden einander natürlich nie vorgestellt.« Die Seite meines Kopfes, die den Schlag mit dem Gewehr abbekommen hatte, fühlte sich wund an und pochte, aber mein Gehirn wurde allmählich klarer. Ein Verdacht nahm langsam konkrete Gestalt an – ein Verdacht, der schon einige Zeit wie Nebel in meinem Hirn herumwaberte. Ich hätte nicht sagen können, woher ich es wußte, aber ich wußte es. Eigentlich war es ganz einfach.

»Du bist Dai Brainbocs.«

Er kicherte.

»Ich nehme an, es war eine ausrangierte Beinschiene, die du in den Käsebottich geworfen hast?«

»Nein. Ich hatte einfach einen Ersatz gebaut. Aus einem Meccano-Baukasten. Übrigens eine deutliche Verbesserung zum ursprünglich Modell. Viel bessere Gelenkaufhängung. Vielleicht lasse ich mir das patentieren.«

»Und die Zähne?«

»Die waren auch echt – Milchzähne. Da können Sie mal sehen, was für eine Null der Polizeipathologe ist.«

Ich nickte, während ich das Gehörte langsam verdaute.

»Warum hast du dir soviel Mühe gegeben, deinen Tod zu inszenieren?«

»Weil Lovespoon mich umbringen wollte.«

Er ging zum Fenster hinüber und sah hinaus. »Von hier aus dürften Sie eine gute Sicht auf die Arche haben. Das ist einer der Gründe, warum ich diesen Ort ausgesucht habe.«

Etwas in seiner Stimme sorgte dafür, daß sich mir die Nackenhaare aufstellten. Eine Art einschmeichelnd-höhnische Selbstgefälligkeit, die bei mir den Eindruck erweckte, als hätte er jedes einzelne Detail geplant, bis hin zu dem T-Shirt, das ich heute Morgen trug.

»Acht Kubikkilometer Wasser. Nach meiner Berechnung braucht es zwanzig Minuten, bis es Aberystwyth erreicht. Dafür, daß es meine erste Sintflut ist, ist das doch eine ganz respektable Leistung, finden Sie nicht auch?«

»Die Flut wird alles zerstören.«

»Architektonisch gesehen kein allzu großer Verlust.«

»Warum bist du hier?« fragte ich unverblümt.

Er zögerte. Ich konnte mir schon vorstellen, wie die Antwort lautete: Er war hier um anzugeben. Er sah mich an und klopfte auf den Griff seines Stocks.

»Ich wollte Ihnen danken.«

»Wofür?«

»Dafür, daß Sie mir das Leben gerettet haben.«

»Für mich warst du längst tot.«

»Ah! Aber wieviel länger hätte ich noch in Frieden ruhen dürfen?«

Ich schüttelte den Kopf. »Ich dachte immer, Lovespoon war schwer von dir begeistert.«

Als er antwortete, klang es wie eine Verteidigungsrede, die er schon mal für eine eventuelle Begegnung mit Jesus probte. »Herod Jenkins, Custard Pie, Zachariah Lovespoon und Arthur Frobisher. Einer tot, die anderen drei angesehene Mitglieder der Aberystwyther Gesellschaft. Lauter Prominente, alle im Telefonbuch. Aber wo war das fünfte Mitglied der Truppe, wo war Gwenno abgeblieben? Hätte ich diese Frage bloß nie gestellt.«

Ich sagte nichts, sah ihn nur durchdringend an. Obwohl mich die Vorstellung anekelte, daß so ein winziges Teilchen der Menschheit, ein Junge mit der physischen Präsenz eines Grashüpfers, einfach nur mit Hilfe seiner Intelligenz wie ein Wirbelsturm in das Leben anderer einbrechen konnte, war ich beeindruckt. Mir war bewußt, daß ich ihn verachtete, nicht für all das Böse, das er sich ausgedacht hatte, sondern für sein blasses, kränkliches Äußeres. Ich, der ich solche Leute immer gegen Herods Dampfwalzensensibilität verteidigt hatte. Ob es das war, was Herod mir gegenüber empfand? Brainbocs redete weiter. Aus dem versonnenen Ton seiner Stimme konnte man schließen, daß er schon mehr zur Nachwelt als zu mir sprach.

»Als ich herausfand, daß Gwenno Mrs. Llantrisant war, wollte ich es schier nicht glauben. Unmöglich. Diese verblödete, wetterfanatische, treppenwischende Schwachsinnige? Chef der LisU? Wie war das möglich? Deshalb hatte ich mir den Trick mit den vergifteten Äpfeln und der Beichte auf dem Sterbebett ausgedacht. Ich wollte ganz sicher sein. Alles, was ich hören wollte, war ein Ja oder ein Nein. Aber die blöde alte Kuh hatte was ganz anderes im Sinn. Sie war überzeugt, im Sterben zu liegen, und sagte, ihr Gewissen würde von diesem schrecklichen Geheimnis geplagt, das sie nicht mit ins Grab nehmen wolle. Ich versuchte, sie zum Schweigen zu bringen, aber sie gab keine Ruhe. Ich nehme an, für sie war das ihr großer Auftritt, um den sie sich auf keinen Fall bringen lassen wollte.«

»Und dann hast du rausgefunden, daß Rio Caeriog alles andere als ein militärischer Triumph war?«

Brainbocs schüttelte traurig den Kopf. »Ach was, viel schlimmer. Ich wußte schon längst, daß es eine militärische Katastrophe war. Damit hätte ich leben können. Nein, ich fand was viel Schlimmeres raus. Etwas, das das gesamte Projekt zum Scheitern verurteilte. Die Landgewinnung, das wunderschöne Schiff, der ganze Exodus – alles im Eimer.«

Es war, als ginge ihm langsam die Puste aus. Er lehnte sich vor, stützte einen Ellbogen auf den Tisch auf und legte vorsichtig das Kinn in die Hand. Der messianische Eifer war dahin. Er sah mich beinahe hilfesuchend an.

»Lovespoon ist Engländer.«

Ich schnappte nach Luft. Brainbocs nickte kurz und schloß die Augen.

»Können Sie sich vorstellen, wie ich mich gefühlt habe? Der Mann, dem ich mein Leben geweiht hatte, zu dessen Ruhm ich mir mein Meisterstück, den Cantref-y-Gwaelod-Rückgewinnungsplan ausgedacht hatte, dieser Mann ist ein Hochstapler! Aus Slough!« Eine Zeitlang schwiegen wir beide. Die Stille war so absolut, daß ich unser beider Atmen hören konnte. Allmählich fing Brainbocs sich wieder.

»In dem Bomber waren sie damals zu fünft. Mrs. Llantrisant, Dai the Custard Pie, Herod Jenkins, Lovespoon und Frobisher. Lovespoon ist in Wirklichkeit Frobisher.«

»Der englische Freiwillige?«

»Ja. Der richtige Lovespoon starb, als die Lancaster nach der Mission im Rio Caeriog notlanden mußte. Genauer gesagt: er starb kurz darauf. Angeblich hatte er keine Überlebenschance, also haben sie alle zusammen ein bißchen nachgeholfen. Sie waren alle dran beteiligt. Ihr Plan war, ihn endgültig ins Jenseits zu befördern, damit Frobisher seine Identität annehmen konnte. Nach dem Krieg wollten sie das Geld dann teilen. Der richtige Lovespoon war reich, müssen Sie wissen. Das Sahnehäubchen auf der Geschichte ist, daß sie seinen Schwanz abgeschnitten und ihm in den Mund gestopft haben, damit es so aussah, als hätten ihn die Indianer umgebracht.«

»Jetzt sag bloß noch, daß Herod das gemacht hat.«

»Tatsächlich war es Gwenno, also Mrs. Llantrisant.«

Ich nickte vor mich hin, während mir allmählich die Tragweite seiner Erzählung bewußt wurde.

»Das also hat mir Mrs. Llantrisant auf ihrem Sterbebett erzählt. Es wäre vielleicht trotzdem noch gut gegangen. Aber ich war so baff über das, was sie da erzählte, daß ich mitten unter der Beichte plötzlich ›Hölle und Verdammnis!‹ geschrieen habe.« Er lächelte traurig. »Eines muß ich Mrs. Llantrisant lassen – clever ist sie. Sie wußte sofort, was Sache war. Und dann habe ich meinen ersten Fehler gemacht: den einzigen, genaugenommen. Ich hätte sie gleich dort in ihrem Schlafzimmer umbringen sollen.« Er sah mich an. »Wissen Sie, ich hätte es tun können. Ich weiß, wie's geht.«

Ich nickte und Brainbocs fuhr fort.

»Statt dessen bin ich weggerannt. Von da an war es nur noch eine Frage der Zeit, bis Lovespoon von der Sache erfuhr.«

»Was sollte dann der ganze Mist mit dem Teewärmer?«

Trotz seiner Niedergeschlagenheit mußte Brainbocs kichern.

»Der Teewärmer stellte *Mhexuataacahuatcxl*, den Gestaltwandler der Maya, dar. Er sollte Frobisher symbolisieren, weil er das Äußere eines Mannes, dem man den Schwanz abgeschnitten hatte, angenommen hatte. Es war kein ernsthafter Erpressungsversuch. Aber Sie verstehen schon. Ich mußte rausfinden, wie Lovespoon auf den Verrat seines Geheimnisses reagieren würde. Also brachte ich ihn auf die Idee, daß Evans und seine Kumpane meinen Aufsatz kopiert hatten und nun versuchten, ihn zu erpressen – so quasi als Testballon. Als er alle vier umgebracht hat, war mir klar, daß ich in ein Wespennest gestochen hatte. Was sollte ich also tun? Sie können sich mein Problem sicher vorstellen. Der Polizei konnte ich nicht trauen – ich war mir sicher, sie würde mich sofort den Druiden ausliefern. Darum dachte ich an Sie. Und jetzt wollte ich mich einfach bedanken.«

»Aber ich habe nichts gemacht. Ich hab's doch verbockt, oder etwa nicht?«

Er lächelte, stand auf und ging zur Tür. »Die Wahrheit ist: Sie spielen Ihre Rolle ganz gut. Obwohl Sie sie gar nicht kennen.«

Als der Wärter ihn hinausließ, rief ich ihm nach: »Wann startet denn nun das Flugzeug?«

»Heute Abend.«

»Und Aberystwyth säuft ab?«

»Keine Sorge. Man wird's wieder aufbauen.«

Kapitel 23

Llunos eine Nachricht zukommen zu lassen, erwies sich als einfacher, als ich gedacht hatte. Als ich zurückkam, lag er in meiner Zelle auf dem Boden, das Gesicht zerschlagen und geschwollen. Er sah aus, als sei er selbst die Treppen seiner Polizeistation hinuntergefallen. Ich wusch seine Wunden aus und wartete, bis er allmählich wieder zu Bewußtsein kam. Sobald er ansprechbar war, erklärte ich ihm die ganze Situation. Er ging zur Zellentür und hämmerte dagegen, um einen Wärter aufmerksam zu machen. Nach zehn Minuten gab er auf. Den ganzen Tag ließ sich niemand blicken. So alle halbe Stunde fragte mich Llunos, wie spät es sei. Jedesmal, wenn ich ihm antwortete, schlug er mit der Faust in die Hand und sagte: »Es muß einen Ausweg geben.« Aber uns fiel keiner ein. Als der Tag zu Ende ging, stellten wir uns ans Fenster und betrachteten den Sonnenuntergang. Und während sich der Himmel rosa färbte, hörten wir auf einmal von den Feldern bei der Mündung des Ystwyth das typische Knattern einer Propellermaschine.

Llunos sah mich an. »Das ist dann wohl die Lancaster?«

»Ja.«

»Meinen Sie, es funktioniert?«

»Was?«

»Ihr Plan.«

»Welcher Plan?«

Der alte Polizist überlegte. »Den Damm in die Luft zu jagen.«

»Keine Ahnung. Wenn sie das Flugzeug in die Luft kriegen, vermutlich schon. Ich denke, mit solchen Sachen kennt Brainbocs sich ziemlich gut aus. Die Bomben zu basteln, ist für ihn ein Kinderspiel, und der Rest, exakter Anflugwinkel, Fallkurve und so weiter, das ist bloße Mathematik.«

»Glauben Sie, das Wasser kommt bis hierher?«

»Wohin sonst?«

Daran hatte er eine Weile zu knabbern. »Vermutlich ist da ganz schön viel Wasser hinter dem Damm.«

»Acht Kubikkilometer.«

»Wieviel ist denn das?«

»Na, ungefähr soviel wie ein kleiner Berg.«

Er nickte, als würde das seine eigenen Berechnungen bestätigen. »Ganz schön viel Wasser, das da auf einen Schlag daherkommt.«

»Ja. Ganz schön viel.«

»Verdammt viel sogar.«

»Ja.«

»Gottverdammt viel.«

»Ja.«

»Was, glauben Sie, passiert dann mit Aberystwyth?«

Die Frage war nicht so leicht zu beantworten. Wie soll man etwas beschreiben, das noch nie jemand gesehen hat? Sogar Brainbocs hätte sich mit der Antwort schwer getan. Nachdenklich betrachtete ich Llunos. Er war noch nie ein sonderlich heiterer Mensch gewesen, aber heute abend wirkte er vollkommen niedergeschlagen. Vielleicht empfand er das Ganze als persönliches Versagen. Ich zermarterte mir das Gehirn nach einem anschaulichen Vergleich.

»Nun?«

Plötzlich hatte ich ein Bild im Kopf. »Stellen Sie sich Folgendes vor: Ihre Hoden sind Aberystwyth, und die Wassermassen ein Rugbystiefel.«

Als die ersten Straßenlampen aufflackerten, hörten wir, wie ein Schlüssel ins Schloß geschoben wurde. Wir wirbelten herum und verfluchten uns, daß wir uns für solch einen Fall keinen Plan ausgedacht hatten, beispielsweise wie wir die Wachen überwältigen könnten. Alles, egal wie verwegen, wäre besser gewesen, als am Fenster zu stehen und die Aussicht zu genießen. Der Schlüssel knirschte laut im Schloß, und durch die sich langsam öffnende Tür wehte ein leichter, vertrauter Geruch nach Gin. Ihm folgten Pickel und Calamity. Pickel hielt den kunstvoll gebogenen Kleiderbügel, mit dem er das Schloß geknackt hatte, in der Hand und schaute von mir zu Llunos und dann wieder zu mir.

»Das Mädchen da behauptet, Lovespoon will meinen verdammten Glockenturm fluten.«

Auf der Ladefläche von Pickels Kleinlastwagen fuhren wir zum Plascrug Naherholungsgebiet. Pickel und Calamity saßen im Fahrerhaus. Als wir ankamen, rollte das Flugzeug gerade los. Die Startbahn war mit Ölfässern und Warnblinklampen markiert, die von städtischen Straßenbaustellen gestohlen worden waren. Pikkel fuhr mit Vollgas auf den Parkplatz und dann über den Randstein direkt auf die Wiese. Vom entgegengesetzten Ende des Feldes rumpelte uns das Flugzeug entgegen, und Pickel hielt voll darauf zu. Eine halbe Minute später, und es wäre zu spät gewesen. Die Lancaster wäre schnell genug gewesen, um ungehindert abzuheben. Statt dessen rasten wir frontal aufeinander zu. Der riesige Bomber holperte und schlingerte über die Bahn, nahm allmählich Fahrt auf, hin- und hergerissen zwischen zwei gegensätzlichen Kräften: der Schwerkraft, die sein dahinrumpelndes Gestell am Boden hielt, und einer unsichtbaren Kraft, die ihn in den Nachthimmel saugen wollte. Der Abstand zwischen uns wurde rasch kleiner, und als er nur noch wenige Meter betrug, machte das Flugzeug einen Satz, bei dem die Räder sekundenlang den Boden verließen, bevor sie mit heftigem Knirschen wieder aufsetzten. Jetzt gab es drei Möglichkeiten: das Flugzeug würde in letzter Sekunde von der Bahn abheben, wir würden frontal zusammenkrachen, oder einer von uns würde im letzten Moment ausweichen. Wie sich herausstellte, wichen wir beide im letzten Moment aus.

Das Manöver hatte uns einen Vorteil verschafft. Nachdem Flugzeug und Lastwagen schwerfällig auf dem Feld gewendet hatten, gelang es Pickel, seinen Wagen seitlich neben den Rumpf des Flugzeugs zu lenken und dessen Geschwindigkeit zu halten. Auf der Ladefläche standen wir jetzt genau gegenüber vom Einstieg unterhalb des Gefechtsstands, der immer von den Museumsbesuchern benutzt worden war. Wir hätten an Bord klettern können, aber Hades hatte den Fliegern seinen Pförtner ausgeliehen: Herod Jenkins, im Trainingsanzug und mit einem Cricketschläger in der Hand, stand im Eingang und starrte haßerfüllt herüber. Mir lief ein Schauer über den Rücken. Selbst nach zwanzig Jahren machte mir dieser Mann immer noch Angst. Als ihm unsere mißliche Lage bewußt wurde, zog sich langsam diese bekannte horizontale Falte quer durch sein Gesicht. Herod lächelte, genau wie an dem Tag, als Marty starb. Aber diesmal hatte er sich verrechnet. Die Räder trafen auf einen Buckel, das Flugzeug machte einen kräftigen Satz. Herod flog hintenüber und tauchte nicht wieder auf. Llunos und ich sprangen genau in dem Moment hinein, als die Räder von der Bahn abhoben, und diesmal blieben sie in der Luft. Wir stiegen schnell, der Laster wurde kleiner und kleiner. Das Letzte, was ich von ihm sah, war Calamity, die aus dem Fenster winkte.

In dem engen Tunnel aus Metallstreben und Trägern stolperten wir herum wie Betrunkene, die verzweifelt das Gleichgewicht zu halten versuchen. Herod Jenkins lag zusammengekrümmt und bewußtlos an der Seitenwand des Flugzeugs. Ein roter Fleck zeugte vom Aufprall seines Hinterkopfs. Der Polizist warf mir einen fragenden Blick zu. Ich nickte. Er schnappte sich den Cricketschläger und zog ihn dem Sportlehrer über den Schädel. Dann konzentrierten wir uns auf das Cockpit. Durch die offene Tür konnten wir die beiden Besatzungsmitglieder sehen, die uns verblüfft anstarrten. Der Pilot war Dai the Custard Pie, die Bombenschützin Mrs. Llantrisant. Das gegenseitige Erkennen dauerte nur den Bruchteil einer Sekunde, und schon wurden wir unter dem Tosen des Donners gegen das kalte harte Metall geschleudert, als eine weitere Turbulenz das Flugzeug absacken ließ.

Es war wie eine Achterbahnfahrt in die Hölle. Das tobende Sommergewitter hämmerte mit gigantischen Blitzschlägen wie auf einen Amboß auf die Aluminiumhaut ein, und das Flugzeug hüpfte, sprang und sackte immer wieder ab. Gabelblitze tanzten auf den Tragflächen, und wir wurden in unserer Blechkiste hin- und hergeschleudert. Wir schlugen uns Kopf, Knie und Ellbogen an den scharfen Metalleingeweiden des Flugzeugs auf, aber wir ließen uns nicht unterkriegen. Wir waren schon so weit gekommen und hatten so viel durchgemacht. Dies war unsere Chance. Ich richtete mich auf und wankte nach vorne. Plötzlich packte mich eine riesige Hand am Kragen und zog mich zurück. Schon wieder Herod. Als das Flugzeug in eine weitere Turbulenz geriet und uns alle von den Füßen riß und gegen die Decke katapultierte, wand ich mich aus seinem Griff und kam mühsam wieder auf die Beine. Llunos war direkt hinter mir, Herod stand zwischen uns und dem Cockpit. Ein weiterer Blitz erhellte das Innere der Kabine mit einem gespenstischen Glühen. Herod, fuchsteufelswild von den Schlägen auf seinen Kopf und auf der Suche nach einem Schuldigen, brüllte über den Lärm hinweg wie das Weltraumungeheuer in einem B-Movie. Dann machte er einen Schritt auf mich zu.

Es gibt viele prägende Momente im Leben eines Menschen. Im Leben eines jeden Menschen. Wie Flüsse und Bergketten erstrekken sie sich über die Topographie unseres Heranwachsens. Es kommt der Tag, an dem wir feststellen, daß unsere Eltern – diese beiden Säulen all unseres Vertrauens – uns über den Weihnachtsmann belogen haben. Oder der Moment, in dem uns klar wird, daß unser Vater im Krieg niemals einen Panzer gefahren hat. Und auch nie für Manchester United gespielt hat. Und schließlich kommt der Zeitpunkt, wo sich das, was sich schon seit Jahren angebahnt hat, so deutlich abzeichnet, als blickte man durch ein Teleskop: Wir haben unseren Vater im Lauf des Lebens überrundet. Die starke, hoch aufragende Verkörperung von Männlichkeit und Autorität, der unangreifbare Beschützer, der immer alles wußte, was man wissen mußte, dessen innere Kraftquellen unaufhörlich sprudelten und für alle Widrigkeiten ausreichten, mit denen das Leben einen konfrontierte, ist vom Sockel gefallen. Ist ein schwacher und gebrechlicher alter Mann geworden.

Und dann ist da noch dieser andere ödipale Rubicon, hinter dem das Territorium der Männlichkeit liegt: der Tag, an dem ein Junge gegen seinen Sportlehrer rebelliert. Während der Donner brüllte und blendend blauweiße Blitze den Himmel erleuchteten, straffte ich die Schultern und sah ihm in die Augen, diesem Minotaurus im Trainingsanzug, der im Labyrinth meines Herzens hauste.

»Komm schon, mein Sohn, willst du dir ein paar einfangen?«

Das Flugzeug verschwand. Statt dessen tauchte vor meinen Augen eine verschwommene, düstere Vision unseres damaligen

Sportplatzes auf: jenes Stück Rasens, auf dem alle Regeln, die wir in der Schule lernten, umgekehrt wurden, wo rohe Gewalt rechtens und Intelligenz ein Fluch war. Ein Schlachtfeld, auf dem es tödlich war, klug zu sein, und auf dem die einzige Klugheit darin bestand, möglichst unsichtbar zu bleiben. Das Feld, auf dem Marty sich in sein Schicksal ergab, im Nebel verschwand und nie mehr zurückkehrte.

»Na, mein Sohn, du willst es doch krachen lassen, oder?«

Ich schaute ihn lange an. Natürlich war er jetzt älter, aber nicht schwächer. Durchaus nicht. Vielleicht war er untersetzter und dicker, die Haare grauer, aber er war immer noch ein eindrucksvoller Gegner, und das war ihm auch bewußt. Und er hielt mich nach wie vor für eine Schwuchtel. So wie der kommandierende Offizier, der es sich zum Prinzip gemacht hat, härter als jeder einzelne der jungen Männer in seiner Einheit zu sein, so verliert auch der Sportlehrer nie den Glauben, jeden seiner früheren Schüler immer noch zusammenschlagen zu können.

»Also los, Schätzchen, zeig uns mal, was in dir steckt.« Er grinste durch diese sauertöpfische Falte in seinem Gesicht.

Ich sah mich nach Llunos um, der wie versteinert dastand. Er hätte sich einmischen können, hätte nach vorn stürzen und meine Position übernehmen können. Aber irgendein Urinstinkt hielt ihn zurück. Das Wissen, daß dies mein Kampf war, mehr gefühlt als verstanden, wie es der Menschheit vielleicht in ihrer gesamten Geschichte bewußt war, von den Straßen Trojas bis hin zu den Straßen von Dodge City und Aberystwyth. Obwohl Llunos nur wenige Schritte entfernt stand, schloß ihn die innere Logik der Szene vollkommen aus. Wortlos reichte er mir den Schläger. Ich nahm ihn mit einer Hand, und Herod lachte. Er machte einen weiteren Schritt auf mich zu, immer noch grinsend. Wieder zuckte ein Blitz.

»Gehen Sie mir aus dem Weg, Mr. Jenkins.«

»Und wenn nicht, was dann?«

»Ich warne Sie.«

Er machte einen weiteren vorsichtigen Schritt nach vorn.

Ich schrie: »Los, aus dem Weg!«

»Du tust es ja doch nicht.«

»Und ob.«

Herod blieb gerade eben außerhalb der Reichweite meines Schlägers. Wir starrten uns gegenseitig in die Augen. Es war vermutlich das erste Mal, daß er einen Schüler so ansah. Ungeahnte Gefühle spiegelten sich in seinen Augen, und als er sprach, war seine Stimme so sanft und heiser, wie ich sie noch nie gehört hatte.

»Du hast mir nie vergeben, nicht wahr? All die Jahre nicht – du nicht, und die anderen auch nicht.«

Mein Griff schloß sich fester um den Schläger. Herod streckte die Hand nach mir aus. »Was glaubst du eigentlich, wie ich mich damals gefühlt habe? Hast du daran jemals auch nur einen Gedanken verschwendet?«

»Sie waren Schuld.«

»Die Untersuchungskommission war anderer Ansicht. Das Schreiben seiner Mutter war nicht echt. Er hatte es gefälscht. Er machte das jedes Mal. Und das weißt du auch.«

»Und was soll das beweisen?«

»Er war fit für den Lauf.«

»Wegen einem wertlosen Stück Papier? Soll das alles sein? Glauben Sie das wirklich?«

»Regeln sind dazu da, eingehalten zu werden, mein Junge.«

»Scheiß drauf, Herod,« schrie ich und hob den Schläger. Herod ließ die friedfertige Pose sausen und stürzte sich auf mich. Im selben Moment tauchte vor meinem inneren Auge eine weitere Szene aus lang vergangenen Zeiten auf. Die Vision eines kleinen verängstigten Jungen in Cricket-Schutzkleidung, dem ein Mann, zehnmal so groß wie er, eine Strafpredigt hält. »Nicht so, du dummer kleiner Junge! So! Halt ihn so! Höher! Jetzt hol aus! Nicht so! So!« Über die Jahre hinweg klangen mir diese Worte in den Ohren wie die Verse eines Kirchenlieds, das man jeden Morgen im Gottesdienst singt. Ich dachte an Marty und Bianca, und auch an Noel Bartholomew, jenen Mann, der das Bild einer Zwei-Penny-Hure in seiner Kamera den ganzen Weg bis nach Borneo geschleppt hatte. Plötzlich wurde mir klar, daß er lachend gestorben sein mußte, und daß dieses abartige Gen, das er mir vererbt hatte, weder Verrücktheit noch Versagen, sondern Mut bedeutete. Herod machte einen letzten unwiderruflichen Schritt auf mich zu, und ich tat, was er mich vor all den Jahren gelehrt hatte, indem ich ihm seine eigene Medizin zu schlucken gab. Ich stellte mich breitbeinig hin, faßte den Schläger, so fest ich konnte, und holte aus. Holte aus und schwang ihn mit der ganzen geschmeidigen Kraft meines Körpers. Und das mit Leinöl eingeriebene Schlagholz krachte seitlich auf den Kopf des Sportlehrers. Erstaunen zeichnete sich auf seinem Gesicht ab, als der Schlag ihn von den Füßen holte. Voller Entsetzen und mit wachsendem Stolz auf mein spät entwickeltes athletisches Talent sah ich zu, wie er – sich mehrmals überschlagend – durch die Seitentür aus dem Bomber flog. Seine letzten Worte, bevor er in der Tiefe verschwand, waren: »Guter Schlag, mein Junge.«

Ich rannte zur Tür und beobachtete, wie er, immer noch lächelnd, durch die Nebelschwaden und Wolkenfetzen nach unten tauchte, kleiner und kleiner werdend, den Augen immer mehr entschwindend, bis Dunstschwaden ähnlich dem Wasser des Ozeans jene horizontale Falte in seinem Gesicht verschlangen, die man einst ein Lächeln nannte.

Einen Moment lang stand ich wie gelähmt ob der Ungeheuerlichkeit meiner Tat. Dann machte Llunos das Daumen-Hoch-Zeichen, und der Bann brach. Wir stürzten nach vorn. Eine regelrechte Wand aus Blitzen erhellte das Tal, und eine Sekunde lang konnten wir den metallischen Schimmer des Nant-y-moch-Reservoirs in all seiner furchteinflößenden Erhabenheit so deutlich unter uns erkennen, daß es uns allen die Sprache verschlug. Dann endete die flackernde elektrische Entladung der Wolken, und Dunkelheit verschluckte den Anblick. Eine Dunkelheit, die nur von zwei Scheinwerfern durchbrochen wurde, die unterhalb der Plexiglasnase des Flugzeugs aufgehängt und auf die Oberfläche des Wassers gerichtet waren. Ohne zu fragen wußte ich, daß Brainbocs sie so montiert hatte, wie er es in dem Film »Mai 1943 – Die Zerstörung der Talsperren« gesehen hatte. Sie waren dazu da, die exakte Bombenabwurfhöhe anzuzeigen. Sobald die beiden Lichter auf der Wasseroberfläche zu einem Punkt verschmolzen, hatte das Flugzeug die richtige Höhe und konnte seine Sprengladung abwerfen. Mit nur noch wenigen Metern Abstand glitten die Scheinwerfer über die Oberfläche des Reservoirs, kamen sich näher und näher, während Custard Pie das Flugzeug in die endgültige Anflugposition brachte. Die langgezogene Betonwand des Damms ragte vor uns auf, und über den ganzen Krach hinweg schrie Bombenschützin Llantrisant, die

Augen fest aufs Visier gerichtet: »Sechs Sekunden! Fünf Sekunden! Vier Sekunden!«

Llunos und ich standen am Eingang zum Cockpit und sahen uns fassungslos an.

»Drei Sekunden!«

Mrs. Llantrisant, die für alles um sich herum blind und taub war außer für jene Zwillingslichtkreise auf der Oberfläche des Sees, die jetzt nur noch eine Sekunde oder zwei voneinander trennten, streckte ihre Hand nach dem Abwurfhebel aus. Dies war der entscheidende Augenblick. Wir brauchten den Abwurf nur um etwa eine Sekunde zu verzögern, und schon würde der Winkel nicht mehr stimmen und die Bombe ohne Schaden anzurichten versinken.

»Zwei Sekunden!« kreischte Ma Llantrisant. Custard Pie hielt den Steuerknüppel mit eisernem Griff, wie er es vermutlich viele Male damals in Patagonien getan hatte, genaugenommen vermutlich auch bei jenem berüchtigten Anflug über den Wolken oberhalb von San Isadora, als sie die Bombe auf das Waisenhaus warfen. Die beiden Lichtkreise schoben sich ineinander und verschmolzen, die Hand schwebte über dem Hebel, kurz davor, Aberystwyth den tödlichen Schlag zu versetzen, dieser einst so lieblichen Stadt am Meer.

»Eine Sekunde!« schrie Mrs. Llantrisant, und dann brüllte sie in geradezu ekstatischer Siegesgewißheit: »Los, los, los«. Llunos' und meine Hand schnellten nach vorn, um den Abwurfhebel zu packen und die Bombe zu stoppen.

KAPITEL 24

Das Polizeipferd stampft und schnaubt, während der Wind, der vom Meer hereinbläst, die Windjacken knistern läßt wie brennende Holzscheite. Hunde jaulen und Babys schreien, während die Städter sich zur Cliff Railway Talstation schieben, wo sie im allgemeinen Durcheinander vorwärtsdrängeln und schubsen, um einen Platz in der Bahn zu ergattern. »Zurück hinter die Schranke!« schreit der Polizist. »Frauen und Kinder zuerst! Gesunde Männer nehmen den Fußweg! Dauerkarten ungültig!« Allgemeines Wehklagen bricht aus, als die Vorhut aus den Vororten hereinstürmt und mit ihr die Nachricht von der näherrückenden Wasserwand. Berichte von Baumstämmen, die auf der Oberfläche der tobenden Gischt herumwirbeln wie Streichhölzer, von Wohnwagen, die herumgeschleudert werden wie Würfel in einem Becher, von Zügen, die die Hauptstraße von Borth hinunterkatapultiert werden, von der Apokalypse in Talybont, wo das Wasser mit solcher Wucht auf das Mühlrad traf, daß die Mühle selbst sich zu drehen begann. Panik bricht aus, die Polizeipferde bäumen sich voller Angst laut wiehernd auf, Schaum quillt über ihr Zaumzeug, während die Waggons der Bergbahn unter ihrer Last ächzen und stöhnen. Jedes Abteil ist überfüllt mit menschlicher Fracht, die in Trauben aus den Fenstern quillt. Nie zuvor in der langen Geschichte der Bergbahnen hat es ein derartiges Ungleichgewicht zwischen auf- und abwärts fahrenden Waggons gegeben. Die Trosse, die die beiden sich im Gleichgewicht haltenden Waggons verbindet, ist von der Anspannung dünner als eine Klaviersaite, und die Schienen glühen so hell in der Nacht, daß die Menschen unten an der Küste in Aberaeron glauben, daß oberhalb von Aberystwyth Jakobs Himmelsleiter auf die Erde zurückgekehrt ist.

Als der Abspann begann, verließen Calamity und ich das Kino. Draußen blinzelte ich in der hellen Nachmittagssonne.

»Ich weiß nicht, warum wir uns das immer wieder anschauen«, sagte ich.

»Es ist echt Mist«, stimmte Calamity zu. Wir sahen uns schuldbewußt an – wir wußten beide, warum wir immer wieder hineingingen: Wir liebten diesen Film. Der warme Juliwind blies Calamitys blonde Haare wie einen Vorhang vor ihr Gesicht. Die Igelfrisur war herausgewachsen, und der Wildfang hatte sich in eine Frau verwandelt, die mehr und mehr Kultiviertheit und Selbstbeherrschung ausstrahlte. Sie boxte mich leicht gegen den Arm.

»Ich mach mich jetzt auf den Weg, ich will ihn nicht warten lassen.«

Ich nickte. »Bis nachher am Hafen«, sagte sie und zog los.

Ich schaute auf die Uhr. Mir blieb vor dem Treffen mit dem Gesandten des Vatikans am Hafen noch genügend Zeit für einen Kaffee bei Sospan. Ich bestellte einen Cappuccino und trug ihn zu einem der neuen Tische, die vor dem Kiosk standen. Über meinem Kopf segelte eine Möwe in langsamen Kreisen herab und ließ sich schließlich auf dem Geländer nieder. Es war ein riesiger Vogel, alt und fett und fast so groß wie eine Katze, und vermutlich konnte er sich noch an die Zeiten erinnern, als Sospans Café noch ein einfacher Eisstand war. Ich bot ihm einen Mandelkeks an, aber der schien ihn nicht zu beeindrucken. »Tja, alter Knabe«, sagte ich, »wir alle denken an die alten Zeiten zurück. Aber diese Plastiktische mit den Sonnenschirmen in der Mitte sind doch eine deutliche Verbesserung, findest du nicht auch? Fortschritt ist nicht immer schlecht.« In den alten Zeiten war natürlich kein Platz für solchen Firlefanz. Damals gab es nur den Eisstand, einen schmalen Bürgersteig und dann das Geländer. Aber das war damals. Ich war mir nicht ganz sicher, ob sie die Straße nach hinten versetzt oder den Damm verbreitert hatten, jedenfalls war die neue Prom – oder »Esplanade«, wie wir sie neuerdings nennen sollten – wesentlich breiter und weitläufiger. Noddy war auch nicht mehr da, aber ihn würde niemand vermissen. Cartoonfiguren, die die Espressos und Ristrettos beleuchteten, wären in Sospans Terrassencafé fehl am Platz gewesen. Gleiches galt für den 24 Stunden geöffneten Moules-Marinières-Kiosk, der die Wellhornschneckenbude am Fuß des Constitution Hill abgelöst hatte.

Eine Stimme ließ mich aus meinen Gedanken hochschrecken, und als ich aufblickte, sah ich Llunos – inzwischen Polizeichef – auf meinen Tisch zusteuern. Er setzte sich und winkte der Kellnerin.

»Einen leichten doppelten koffeinfreien Latte bitte.« Er sah mich an. »Tag auch.«

Ich nickte. »Wie geht's mit der neuen Polizeistation voran?«

»Fast fertig. Die Zentralverriegelung der Zellen hat nur noch ein paar Kinderkrankheiten, aber die Mauer – das tut echt weh!« Er verdrehte die Augen. »Hätte eigentlich längst fertig sein sollen. Aber für meinen Geschmack ist die Perspektive zu flach, da, wo sich das Meer teilt.«

»Obwohl – du würdest es doch auch nicht zu realistisch haben wollen?«

»Das sagt er auch. Er behauptet, er habe es extra so gemacht, um den Blick aufs Wesentliche zu lenken. Das ist ja alles gut und schön, aber für Otto Normalverbraucher sieht es einfach nur falsch aus. Na ja, wir werden uns schon noch einigen.«

Die Kellnerin brachte den Kaffee, und Llunos nahm gierig einen Schluck, so daß der Schaum auf seiner Oberlippe hängen blieb.

Eine Zeitlang saßen wir schweigend da wie ein friedliches altes Ehepaar und genossen die flirrende Stille des Nachmittags. Llunos hatte keine Eile, zu seiner Arbeit zurückzukehren, und ich konnte mir durchaus eine Verschnaufpause gönnen. Calamity kümmerte sich um den Alltagskram, und sie machte das viel besser, als ich das je hingekriegt hatte. Es war nur noch eine Frage der Zeit, bis sie den Laden ganz übernehmen würde. Aus den Augenwinkeln heraus betrachtete ich Llunos, und ein wachsendes Gefühl von Wärme breitete sich in mir aus. Wir hatten uns gemeinsam auf eine lange Reise begeben, aber wir waren als gute Freunde zurückgekommen. Sospan, der zwischen den Tischen in der Nähe des Cafés umherging, hob die Hand zum Gruß, und ich lächelte. Dieser Tage war er ein vielbeschäftigter Mann, der sich um seine Bistrokette kümmern mußte oder sich mit EU-Beamten traf, um weitere Fördermittel locker zu machen. Wir bekamen nicht mehr viel von ihm zu sehen. Es gab noch so viel zu tun.

Von meinem Platz aus konnte ich ein zerrissenes Poster von Myfanwy Montez, der legendären walisischen Chanteuse, sehen, das immer noch an der Wand des alten Musikpavillons klebte. Dabei mußte ich an den merkwürdigen Flecken auf der neu asphaltierten Fahrbahn unten am Hafen denken, und an Pater Renaldo, der deswegen extra aus Rom angereist war.

Wieder unterbrach Llunos meine Träumereien. »Das waren zwei seltsame Jahre, findest du nicht auch?«

Ich grinste. »Das kannst du laut sagen.«

»Glaubst du, daß Brainbocs von Anfang an geplant hatte, die Filmrechte auf diese Art zu vermarkten?«

Ich schüttelte den Kopf. »Ich glaube, da hat er einfach Glück gehabt. Der Fortsetzungsroman in der Zeitung war jedenfalls Teil seines Plans. Aber Hollywood? Nein.«

Llunos wischte mit dem Handrücken seinen Milchschnurrbart weg. »Ich habe gehört, daß einer der Händler in Cardiff den Originalaufsatz gekauft hat. Für eine halbe Million Pfund.«

»Ganz schön viel Geld für die Hausaufgabe eines Schuljungen.«

»Völlig hirnrissig. Ich meine, woher will er denn wissen, daß er echt ist?«

Ich erlaubte mir ein geheimnisvolles Lächeln. Llunos hatte nicht unrecht, aber seltsamerweise, nach all den falschen Fährten und im Nichts endenden Spuren, hatte ich den Verdacht, daß der Originalaufsatz nun tatsächlich aufgetaucht war. Genaugenommen wäre ich sogar bereit gewesen, darauf zu wetten.

»Ich denke, diesmal ist es der richtige.«

Er sah mich skeptisch an. »Glaubst du?«

»Ich hab so ein komisches Gefühl.«

Er schnaubte. »Seit Monaten kommen gefälschte Brainbocs-Aufsätze auf den Markt. Wieso soll ausgerechnet dieser echt sein?«

Ich griff in meine Hosentasche und reichte ihm den Brief, den ich letzten Monat aus Argentinien bekommen hatte. Er war von Myfanwy, und darin befand sich ein Foto von ihr, aufgenommen nach einem ihrer Konzerte in der Estada della Caeriog. Der Polizist betrachtete es eingehend. »Brainbocs sieht gut aus.«

»Ja. Das macht die Sonne Floridas. Er hat sich bei einem dieser angesagten Chirurgen in Miami das Bein operieren lassen.«

»Und wer ist das mit dem großen Hut?«

»Ma Brainbocs. Sieht richtig schick aus, nicht wahr?«

Er ließ das Foto in seinen Schoß sinken und sah mich an.

»Ich weiß nicht, was du mir damit beweisen willst.«

»Sieh dir mal Myfanwy an.«

Er schaute sich das Foto nochmal genau an und sah dann hoch. »Was ist mit ihr?«

»Siehst du irgendeinen Unterschied?«

»Sie scheint ganz die Alte zu sein.«

Ich kicherte, und Llunos wurde allmählich nervös. »Worauf willst du hinaus?«

Ich zeigte auf das Bild von Myfanwy, das an der Wand des Musikpavillons klebte. Obwohl es alt und verwaschen war, war es noch gut zu erkennen. Es enthielt ein Detail, das auf dem Foto im Brief fehlte. Aber man brauchte gute Augen, um es zu erkennen. »Erinnerst du dich, was Brainbocs gesagt hat, wo er den Aufsatz versteckt hat?« half ich ihm auf die Sprünge.

»Eine bekannte Sehenswürdigkeit«, sagte er und ächzte beim Gedanken an die Blödheit eines solchen Verstecks. Dann sah er mich hilfesuchend an. Als Antwort bekam er ein großes, breites Grinsen. Seine Augenbraue hob sich, und während er erst auf das Bild in seiner Hand und dann auf das am Musikpavillon starrte, wurde mein Grinsen breiter und breiter, bis bei ihm endlich der Groschen fiel, und das so laut, daß es beinahe die Möwe verjagt hätte. »Mein Gott!« schrie er. Ungläubig raufte er sich die Haare. »Mein Gott!«

Er sah mich mit glänzenden Augen an, und ich nickte bestätigend. »Das Muttermal!« schrie er. »Es ist weg. Myfanwys Muttermal ist weg!« Er starrte mich mit offenem Mund an, der Speichel lief ihm aufs Kinn hinunter, und ich hielt den Atem an und sah gebannt zu, wie die Zahnräder surrten und ihm die Wahrheit allmählich dämmerte. »Ach, du meine Fresse!« Er sah mich total verblüfft an. »Er hat von dem verdammten Aufsatz einen Mikrofilm gemacht!«

Ich lachte. »Dieser dreiste Dreckskerl!«

»Die ganze Zeit haben wir den Aufsatz auf Picknickplätzen, in Liebeslauben und ähnlichem gesucht!«

»Ich muß Hunderte von Malen an dieser verdammten Mikrobildfotokabine im Museum vorbeigekommen sein. Und nicht ein einziges Mal wäre ich auch nur im Entferntesten auf die Idee gekommen ...«

»Und die ganze Zeit«, sagte Llunos, »hat uns die Antwort direkt ins Gesicht gestarrt.«

Wir mußten beide laut lachen. Was hätten wir auch sonst tun sollen? Brainbocs hatte uns nicht nur ausgetrickst, er hatte uns an der Nase herumgeführt und auch noch Charleston und Walzer auf ihr getanzt. Der Aufsatz war die ganze Zeit direkt vor unseren Augen gewesen – genau unter Myfanwys Nase. Und wir saßen jede Nacht im Moulin, starrten darauf und hatten nicht die geringste Ahnung. Llunos sah mich an, ich erwiderte seinen Blick, und wir fingen von Neuem an zu lachen.

Er lachte immer noch in seinen Latte, als ich aufbrach und einen geruhsamen Spaziergang die Esplanade hinunter zu meiner Verabredung machte. Pater Renaldo war den ganzen Weg von Rom hierher geflogen, und ich wollte ihn nicht warten lassen. Es war ein wunderschöner Tag, und während ich die neue Landungsbrücke betrachtete, eine gewagte architektonische Kreuzung aus edwardianischer Eisenkonstruktion und gewölbtem Plexiglas, kämpfte ich mit einem Aufruhr von Gefühlen in meiner Brust. In Momenten wie diesen kam ich immer wieder auf dieselbe Frage zurück. War es wirklich so passiert, wie ich es in Erinnerung hatte? In jener Nacht vor zwei Jahren an Bord eines Flugzeugs, als ein schreckliches Geheimnis geboren wurde? Das Geheimnis, das Llunos und mich wie Pech und Schwefel zusammenschweißt, über das wir aber paradoxerweise beide nicht zu reden wagen? War es wirklich so passiert, wie ich glaubte, daß es passiert war? »Fünf Sekunden, vier Sekunden, drei Sekunden!« hatte die Bombenschützin geschrieen, als ein Blitz von der Tragfläche abprallte und das schimmernde Wasser des Nant-y-moch vor uns in der Plexiglasnase auftauchte. »Zwei Sekunden, eine Sekunde! Los! Los! Los!« In dem Moment waren unsere Hände nach vorn geschossen, um den Abwurf der Bombe zu verhindern und die Stadt zu retten. Und noch während sie dies taten, berührten sie sich so sanft wie der Flügelschlag eines Schmetterlings, und da war dieses Zögern – ich bin sicher, daß es da war, und daß wir es beide fühlen konnten – dieses seltsame Gefühl fast wie Telepathie, als uns gleichzeitig bewußt wurde, über welche gottgleiche Macht wir in diesem Bruchteil einer Sekunde verfügten. Wir starrten uns an, und in einer Art gemeinsamer Vision sahen wir die entfesselte Gewalt, mit der das Wasser die Great Darkgate Street hinuntertobte; sahen die weißschäumenden Wellen, die sich über den Trödelläden und den Läden für Schiefer-Briefbeschwerer brachen; sahen, wie die Fenster des Moulin explodierten und die Teewärmergeschäfte an der Hafenstrasse ins Meer geschwemmt wurden. Wir sahen den Untergang der Spielsalons und der Buden mit den kandierten Äpfeln. Und in dieser Nanosekunde dachten wir an alles, was gewesen war, und an alles, was sein oder auch nicht sein könnte, und wir blickten uns in die Augen – und irgend etwas in uns sagte »Scheiß drauf«, und wir zogen unsere Hände zurück. Und die Bombe fiel. Diese Szene kommt im Film nicht vor.

Ich werde mir nie ganz sicher sein. Die Welt steckt voller Geheimnisse. Die Arche zum Beispiel blieb spurlos verschwunden, sieht man mal von den Gopherholzstücken ab, die gelegentlich an den Strand gespült werden. Und dann ist da noch diese andere Sache. Der Fleck, der immer wieder im Asphalt unten am Hafen auftaucht und den Meirion das »städtische Stigma« getauft hat. Sie haben jetzt zum viertenmal eine neue Schicht aufgetragen – diese pragmatischen Männer vom Bauhof mit ihren nackten Oberkörpern, ihrem Riesenkessel voll brodelndem Teer und ihrem gestreiften Segeltuchzelt. Und wieder ist der Fleck durchgekommen, als hätte das Blut, das in jener Nacht vergossen worden war, Fotofixierer enthalten. Normalerweise würde ich die ganze Sache als das Geschwafel abergläubischer Dummköpfe abtun. Und ich glaube auch mit Sicherheit nicht an Geister. Das hatte ich ihr sogar gesagt, verdammt nochmal! Aber wenn ich mich ungeduldig an den Pilgern und den Verkaufsständen mit ihren Reliquien vorbeischiebe, mich unter die Leichtgläubigen mische und auf den Fleck im Teer starre, bin ich mir nicht mehr so sicher. Ich kann es drehen und wenden, wie ich will, zwei Tatsachen bleiben unumstößlich: der Fleck befindet sich wirklich exakt an der Stelle, an der Bianca starb. Und wenn man die Augen nur genügend zusammenkneift, kann man den Umriß eines Mädchens in Schößchenjacke und Zylinder erkennen.

GLOSSAR

Aussprache einiger Eigennamen und walisischer Ausdrücke (mit herzlichem Dank an Malcolm Pryce):

Myfanwy – Ma van wee

Eeyore – Ee your

Penmaenmawr – Pen Mine Mao er

Ynyslas – Un is lass

Cadwaladr – Cad wal add er

Eisteddfod – I steth vod

Llantrisant – Ll.an triss ant (bei Wikipedia wird der ›ll‹-Laut folgendermaßen erklärt: »Entsteht, wenn ein *l* und ein *h* gleichzeitig ausgesprochen werden«)

Cantref-y-Gwaelod – Can trev er g'why lod

Tan-y-Bwlch – Tan er bull.ch (ch wird wie im Deutschen ›doch‹ ausgesprochen)

chwarae teg – Ch wa rye tegg

ANMERKUNGEN

Daleks: Außerirdische in der TV-Serie *Dr. Who*

Eisteddfod, Plural: Eisteddfodau: traditionelles Dichter- und Sängertreffen, bei dem die Barden ihre nach strengen Regeln verfassten Gedichte vortragen und die berühmten walisischen Männerchöre auftreten. Neben einem großen landesweiten Eisteddfod gibt es alljährlich auch viele kleine regionale Feste.

Goblin Teasmades: Kombination aus Elektro-Radiowecker und Teemaschine der Fa. Goblin

Kelly's Eye, Two fat Ladies: Zwei der vielen Bingo-Ausdrücke für Zahlen

Knight Errand = fahrender Ritter

Lovespoon/Liebeslöffel: ursprünglich kunstvoll geschnitzte Holzlöffel, mit denen junge Männer ihren Angebeten ihre Liebe erklärten; heute nur noch als Souvenirs in »Gebrauch«

»Mai 1943 - Die Zerstörung der Talsperren«: Original: *The Dambusters* (GB, 1954) Regie:Michael Anderson. Das 617. Bombergeschwader der britischen Luftwaffe startete mit seinen Lancastern 1943 einen Angriff auf verschiedene Dämme im Ruhrgebiet. Zerstört werden sollten bzw. wurden der Möhne-, Eder- und Sorpestaudamm. Die Scheinwerfermethode, mit der die richtige Abwurfhöhe von 18 Metern für die speziell hierfür entwickelten Bomben ermittelt wurde, wurde für diesen Einsatz ausgetüftelt.

Patagonien: Mitte des 18. Jahrhunderts wanderten viele walisische Familien nach Patagonien aus, um ihre Sprache und Kultur zu bewahren, was in ihrer Heimat wegen der erdrückenden Einflüsse der Engländer nicht mehr möglich war. Noch heute gibt es im argentinischen Teil Patagoniens eine kleine Gemeinschaft, die walisisch spricht.

Prufrock: Der vollständige Titel des Gedichts lautet: »The Love Song of J. Alfred Prufrock«.

Punch and Judy: Diese Form des Puppentheaters entwickelte sich im 16. Jahrhundert aus der Commedia del'Arte. Von Italien aus verbreitete es sich über Europa und gelangte im 17. Jahrhundert auch nach England. Samuel Pepys notiert in seinen Tagebüchern am 8. Oktober 1662, daß »dem König (..) heute abend ein besonderes Puppentheater vorgeführt« werde. Klassische Ingredienzien einer Punch and Judy-Show sind Liebe, Tod, Mord, Gemetzel, Geister und ein Wurst verschlingendes Krokodil.

Richard II: Übersetzung von Christoph Martin Wieland (mit Dank an das Projekt Gutenberg)

Bisher im Original erschienen:

Aberystwyth Mon Amour (Bloomsbury 2001)
Last Tango in Aberystwyth (Bloomsbury 2003)
The Unbearable Lightness of Being in Aberystwyth (Bloomsbury 2005)
Don't Cry for Me Aberystwyth (in Planung)

Interview

»Aus dem Trödelladen des Herzens ...«
Malcolm Pryce über seine Romane, Aberystwyth, Heimweh und ein kulinarisches Vorurteil

Woher stammt die Idee, einen Kriminalroman in Aberystwyth anzusiedeln und eine Figur wie Louie Knight zu erschaffen?

Ich glaube, Raymond Chandler hat den Schreibprozess einmal als Destillation bezeichnet, und insofern wäre dann die Idee die Destillation einer Destillation einer Destillation. Sie ist irgendwann vor langer Zeit in Zusammenhang mit einem gescheiterten literarischen Projekt aufgetaucht, in dem ich mir ausgedacht hatte, wie im Unterbewußtsein eines Menschen eine Bibliothek in die Luft gejagt wird, und wie die Protagonisten, die auf diese Weise frei kommen, die Kontrolle übernehmen. Darunter auch ein Privatdetektiv.

Welche englischen oder amerikanischen Kriminalschriftsteller haben Sie bei Ihrem ersten Roman beeinflußt?

Eigentlich nur Chandler. Ich war nie ein großer Leser von Kriminalromanen, aber die Marlowe-Bücher habe ich als Jugendlicher gelesen, und diese haben mir für meine Bücher in gewisser Weise alles Grundlegende über Privatdetektive geliefert.

In Aberystwyth Mon Amour *gibt es zahllose zauberhafte Einfälle, außergewöhnliche Figuren und lustige Nebenhandlungen. Woher nehmen Sie all diese Ideen?*

Zum einen stammen sie aus dem ›Trödelladen des Herzens‹. Das ist irgendein Zitat, ich weiß nur nicht mehr, woraus. Zum anderen sind sie die Früchte vieler, vieler Arbeitsstunden, in denen die weniger zauberhaften Ideen ausgemustert werden. Mich erinnert das oft an einen Zauberkünstler, der auf der Bühne jemanden entzweisägt. Es sieht aus, als wäre es unmöglich, als wäre es Zauberei. In Wirklichkeit ist es das Ergebnis von tausenden Stunden harten Trainings.

Die weiblichen Figuren in Ihrem Roman sind überwiegend sehr starke Mädchen und Frauen: die junge Calamity Jane und ihr kluges Köpfchen, Myfanwy Montez und ihr überwältigender Charme sowie Gwenno Guevara und ihre trickreiche Bösartigkeit – sie alle führen Louie Knight an der Nase herum, im Guten wie im Bösen. Wie kommt es, daß Ihre Frauenfiguren so starke Persönlichkeiten sind?

Diese Frage wird mir oft gestellt, und ich habe wirklich keine befriedigende Antwort darauf. Ich vermute, es hat etwas mit einer heimlichen Wertschätzung für das sogenannten ›schwache Geschlecht‹ zu tun ... vielleicht ein Gefühl, daß Frauen härter als Männer sind, daß sie viel größeren physischen und psychischen Schmerz aushalten, ohne die ganze Zeit zu jammern. Zumindest, was die Generation meiner Mutter und Großmutter betrifft.

Louie Knight fühlt sich oft an seine schreckliche Schulzeit erinnert. Haben Sie auch persönliche Erinnerung in diesem Roman verarbeitet?

Natürlich, aber ich hatte eine weitgehend glückliche Schulzeit. Diesen Teil des Buches sollte man nicht als literarische Reaktion auf meine eigene Schulzeit interpretieren. Auf einer tieferen Ebene habe ich jedoch das Gefühl, daß die Schule als Institution eine recht scheußliche Angelegenheit ist. Die ursprüngliche Idee, Kinder zu erziehen, ist ein ziemlich hochgestecktes Ziel, aber oftmals sieht das Ganze eher aus wie eine Fabrik, wo man die Kinder vor allem hinschickt, damit sie einem nicht im Weg sind, solange, bis sie sich im Leben selbst zurechtfinden können. Das hört sich vielleicht extrem an, aber mir erscheint es irgendwie nicht richtig, daß man diese doch angeblich so magische Zeit der Kindheit hauptsächlich in einer Art elendem Gewahrsam verbringen sollte.

Da Sie in Südostasien leben und nur noch gelegentlich nach Wales kommen: Ist es da schwierig für Sie, sich noch bis ins Detail an Ihre frühere Heimatstadt zu erinnern?

Ja, aber ein Problem ist das nicht, weil die Welt von *Aberystwyth Mon Amour* ohnehin in vieler Hinsicht frei erfunden ist. Einen Haufen Sachen denke ich mir einfach aus, ohne mir deswegen ernsthaft den Kopf zu zerbrechen.

Warum haben Sie sich eigentlich für einen Detektiv in der Stadt entschieden, in der Sie Ihre Kindheit verbracht haben, und nicht in dem Land, in dem Sie jetzt leben? Könnte man aus Ihren Büchern eine Art Heimweh herauslesen?

Heimweh nicht, vielleicht eher ein Liebeslied in Moll auf diese Stadt. Ganz zweifellos werde ich eines Tages über Bangkok schreiben, wenn ich einen interessanten Blickwinkel finde, aber nicht, solange ich hier lebe. Ich glaube, Hemingway hat einmal gesagt, man könne über einen Ort erst schreiben, wenn man ihn verlassen habe. Und dem stimme ich völlig zu. Zurückblikken muß man mit dem geistigen Auge, nicht mit dem richtigen.

Hat der Erfolg Ihres ersten Buches Sie überrascht?

Erstaunt. Aber nur, weil ich meine Hausaufgaben gemacht und die unüberwindlichen Hürden ins Auge gefaßt hatte, die dem Erstlingswerk eines unbekannten Schriftstellers im Wege stehen.

War Louie Knight von Anfang an als Serienheld angelegt?

Nein, das sollte eine einmalige Sache sein. Aber mir wurde schon bald klar, daß die Welt, die ich erschaffen hatte, jede Menge Entwicklungsmöglichkeiten bot.

Schreiben Sie zur Zeit an einem weiteren Band mit Louie Knight?

Ich bin gerade mit einem fertiggeworden: *Don't Cry for Me Aberystwyth.*

Denken Sie auch daran, einmal andere Romane zu schreiben, seien es nun Kriminalromane oder in einem anderen Genre?

Ja, eines Tages, aber darauf verschwende ich im Moment noch nicht viele Gedanken. Die Aberystwyth-Serie gedeiht prächtig, und derzeit genieße ich es, die Details dieser Welt immer weiter zu verfeinern und aufeinander abzustimmen und zu erforschen, was sich darin noch erreichen läßt.

›Gott, erbarme dich der Menschen in England wegen der schrecklichen Sachen , die sie da essen müssen.‹ (Frank Zappa, 200 Motels*). Halten Sie diesen Kommentar für gerechtfertigt oder für ein wenig übertrieben, vor allem von jemandem, in dessen Heimat sich Fast Food als Lebensweise durchgesetzt hat?*

[1] Meines Erachtens ist er einfach überholt. In den vergangenen fünfzehn Jahren gab es im Vereinigten Königreich eine regelrechte kulinarische Revolution, und London soll eine der herausragenden Städte sein, wenn man essen gehen will. Das behaupte nicht ich, in den ausländischen Zeitungen kann man andauernd Artikel darüber lesen. Und soweit ich das beurteilen kann, stimmt es auch.

[2] Ganz genau, man braucht sich bloß *Supersize Me* anzuschauen.

Dieses Interview wurde im April 2006 per E-Mail geführt.
Weitere Informationen zu den Büchern der *Aberystwyth*-Serie sind unter www.louieknight.com zu finden. Unter anderem sind dort die Geisterglocken zu hören, die Mrs. Pugh aus Ynyslas zu der berühmten Mietminderung verhalfen.

James Crumley

Land der Lügen

Milo Milodragovitch, Ex-Polizist und Ex-Detektiv aus Montana, hat es wegen einer rothaarigen Schönheit nach Texas verschlagen. Dort besitzt er inzwischen seine eigene Bar, die nebenher auch als Geldwaschanlage dient, und einen Ruf als ehrbarer Geschäftsmann. Doch Milo, gelangweilt und rastlos, fühlt sich zunehmend unwohl in seiner Beziehung und in seiner Wahlheimat. Als er zufällig Zeuge eines Raubüberfalls wird, sieht Milo die Chance gekommen, sich wieder in sein altes Leben zu stürzen. Doch die Texaner mögen es nicht, wenn ein Fremder in ihrem Leben herumschnüffelt. Milo entgeht nur knapp einem brutalen Mordanschlag, und selbst bei Menschen, die ihm nahe stehen, stößt er plötzlich auf ständig neue Lügen. Aber Milo, auch mit knapp sechzig noch immer das ewige Enfant terrible, fühlt sich endlich wieder in seinem Element. Mit der gewohnten Mischung aus Charme, Hartnäckigkeit, Zynismus und Gewalt stürzt er sich in die Suche nach den Schuldigen – ohne dabei den Blick für schöne Frauen oder seine Liebe zu schottischem Whiskey und reinem Kokain zu verlieren.

• Klappenbroschur ca. 400 Seiten ISBN 3-926126-62-0
Erscheint im Herbst 2006

»Mitreißende Protagonisten, bissige Formulierungen und eine ruhelose, fast manische Vitalität garantieren den Leser von James Crumleys Romanen ein ganz besonderes Vergnügen – Prosa auf Amphetamin.« • ENTERTAINMENT WEEKLY

FUNNY CRIMES im **Shayol Verlag** | Bergmannstraße 25 | 10961 Berlin
Tel. (030) 82 70 78 15 | Fax (030) 82 70 78 17 | shayol@epilog.de | www.shayol.de

Oliver Mau

Myrtille am Strand

Ein Tag im Leben einer Polizistin: Myrtille Xiao-Mei, 33 Jahre alt, halb Französin, halb Chinesin, Lieutenant in einem Pariser Kommissariat. Ihr großer Traum ist es, eines Tages zur Brigade Criminelle, der berühmten »Crim«, versetzt zu werden. Als ihr Vater stirbt, zu dem sie zwanzig Jahren zuvor jeden Kontakt abgebrochen hatte, fliegt sie zur Beerdigung nach Toulon. Unmittelbar nach der Landung wird sie noch am Flughafen Zeugin eines brutalen Raubüberfalls. Dort lernt sie auch Commandant Rembrandt von der »Crim« kennen, der die Ermittlungen an sich reißt. Als er Myrtille für seine Zwecke einzuspannen versucht, hält sie endlich die Zeit für gekommen zu zeigen, was in ihr steckt. Das erweist sich jedoch als nicht ganz ungefährlich. Denn Rembrandt hat es auf einen skrupellosen tschetschenischen Waffenhändler abgesehen, den er für den Drahtzieher des Überfalls hält, und der sich in einer Enklave von Superreichen eingenistet hat, umzingelt von nur wenig zimperlichen Gefolgsleuten. Doch da kochen noch ganz andere Kaliber ihr Süppchen. Und je später der Abend, desto höher die Leichenberge ...

• Klappenbroschur ca. 250 Seiten ISBN 3-926126-61-2
Erscheint im Herbst 2006

»Trotz der beeindruckenden Zahl der Leichen im Kielwasser der Heldin macht der kraftvolle und sonnige Stil die Lektüre dieses Massakers außerordentlich unterhaltsam ... Lang lebe Myrtille!«

• LES CRIMES DE L'ANNÉE N° 13